U0640194

大地的呼唤

迎河子 著

陕西新华出版
太白文艺出版社·西安

图书在版编目（CIP）数据

大地的呼唤 / 迎河子著. -- 西安：太白文艺出版社，2024.5

ISBN 978-7-5513-2604-9

Ⅰ．①大… Ⅱ．①迎… Ⅲ．①长篇小说－中国－当代 Ⅳ．①I247.5

中国国家版本馆CIP数据核字(2024)第074361号

大地的呼唤
DADI DE HUHUAN

作　　者	迎河子
责任编辑	何音旋　王浩伟
封面题字	张　钢
封面设计	刘柏辰
版式设计	建明文化
出版发行	太白文艺出版社
经　　销	新华书店
印　　刷	三河市腾飞印务有限公司
开　　本	787mm×1092mm　1/16
字　　数	210千字
印　　张	15
版　　次	2024年6月第1版
印　　次	2024年6月第1次印刷
书　　号	ISBN 978-7-5513-2604-9
定　　价	39.80元

序一

感谢迎河子先生，让我有幸先睹为快。我逐字逐句，仔细地拜读了他的最新大作，长篇小说《大地的呼唤》。

作者以浓墨重彩的笔触、江河千里的激情、酣畅淋漓的挚爱，握如椽之大笔，在鄂西北丛山广袤的大地上，书写着，书写着——写贫穷年代乡村的凋敝和农民的苦难时，作者没有怒吼，没有痛詈，没有惊世骇俗的揭露。然而看似平淡充满乡土气息的字里行间，却汩汩潜涌着一种蚀骨侵魄、深深长长的哀思。而写到改革开放以后建设美丽乡村，发生翻天覆地的变化时，从语言艺术到情感世界，让读者仿佛看到了彝水县山野中的春雨霏霏，云气氤氲；山头桃红点点，江上春燕翩翩。一派新农村桃红柳绿、莺歌燕舞的大好风光。

我伏案读着，联想起作者迎河子的人生四季：春天，他收获知识；夏天，他收获热情；秋天，他收获成熟；冬天，他收获智慧和沉静。四季为影，如梦如幻。他的创作灵感，一天比一天丰富；他的文字功夫，一天比一天精进；他的作品，犹如随时撒下的种子，竞相绽放，将这一径长路点缀得花香弥漫。让一边读着这些文字一边穿林拂柳的读者，踏着荆棘，不觉得痛苦；有泪可落，却不悲凉。

正是作者的坚持、坚守和决不放弃，才成就他质高量多的乡土系列著作。一位先哲曾说过：文章是案头之山水，山水是地上之文章。其实，文章还是心灵丰富多彩的记忆，所谓山水也正是记忆里声情并茂的回味、感受与激情。

让纸张挽起时代的屏幕，让笔墨拨转岁月的年轮，让我们共同期待，期待作者用虔诚的文学心，在历史的长河上，架起一座又一座通往万千读者心灵的时代津梁。

黄榕

2023年10月于武汉

序二

用哲学眼光与文学手法
书写和升华乡村有过的酸甜苦辣

乡村一直是我选择和专注的方向性创作主题。已经出版的10多部文学作品全部是乡村背景下的苍生万物。山川河流、阡陌田野、荆棘藤蔓、风霜雨雪、春夏秋冬、人间烟火和五谷六畜，这些唯有在乡村才最丰富的生活元素，由农民独立品尝的酸甜苦辣，构成了我创作不同体裁作品的全部内容。40年的文学路上，哲学眼光与艺术手法让我用纸墨在感性中笔耕不辍，在书写中理性升华，我就像一位无忧的歌者，于山岗上、丛林中，于小河边、杨柳下，于古井旁、篱笆外，还有在芳香的泥土里，烂漫的山花里，飘散的炊烟里，朗朗的笑声里和忧愁的面孔里，过着与市井生活截然不同的悠悠岁月，放足于广袤无垠的乡村大地，迎送每一寸光阴，打开嗓门儿，对着太阳、月亮和星星，唱出高亢嘹亮的时代歌声。

我已出版了《乳臭未干的岁月》《屋檐下的修行》《躁动的山乡》《无悔的真诚》《生命的邂逅》《高山放歌》《我心飞翔》《走进心与

心》等多部文学作品。我长期专注于"三农"题材文学创作，斗胆充当当下唤醒过往情感与代入集体回忆的乡愁拾穗者，较为系统完整地记录了中国中部地区的乡村地标和20世纪60年代至80年代的乡村"断代史"。以历史文化生活样本的形式，展示和呈现了当代青少年励志电影剧本《乳臭未干的岁月》，曾两度被国家电影局批准备案拍摄，同名小说发行量3年突破5万册。我坚持追逐宋代大家洪迈的创作风格与笔触，审视、捕捉与摄入当代俗世中朝圣者的独特镜像，把《屋檐下的修行》谱写成了一曲完全属于这个时代向上向善的生命赞歌。我力求用优美而感性的文字，展现汉语美感和现实主义的创作导向。仰敬皇天，俯捧后土，与苍生为伍，为乡村立命，执着于人生本质与意义的探寻，用正义之水荡涤泥沙与尘埃，借柔嫩的春风吹拂杨柳和吹散炊烟。笔涉小说、散文、诗歌、歌词、剧本多个艺术体裁，泥土芳香在我的作品里散发。我尽可能地使字里行间体现出思想性、艺术性和可读性，用作品中强大、旺盛的生命力，奏响回荡在前行路上的时代歌声。我在乡村生活独特的情绪积淀和洇浸乡土丰盈与贫乏的书写中，发现并接受了那些潜在与流动的乡音，并试图构筑一段段入情入世的奇诡变幻的人生记忆，于明暗交错之中，闪现仍在赓续着的人性光芒。

这倒不是姿态的做作，也不是跟风似的刻意追逐一种所谓时尚的东西。而是我的身世、经历所衍生的乡村情结激发了我挥之不去、弃之不舍的创作情感，以至于我的作品的每字每句都离不开"所有农民都是演员"的乡村舞台，耳闻目睹了一幕幕听不够也看不够的发生在黎民百姓里里外外的乡亲、乡情、乡音、乡遇、乡逢、乡思、乡愁之类的乡村故事。我天生热爱并沉浸于这个群体，沉浸于这个特殊而多见的生活过程中演绎出来的阳春白雪。他们的满足、他们的勤劳、他们的互助、他们的胸怀和他们幸福而称心地活在自己精神世界的境界，犹如一道道亮丽的风景，不停地催着我去欣赏。目不暇接的场景与画面，让我不住地痴迷。太多太多的陶醉，简直让我醒不过来。

作为一名熟识乡土生活气息和拥有乡村生活资源的作家，面对随处可见的乡村小伙与城里姑娘通婚、农民分布城乡的多处住所、农民与城市居民衣着的同一性、乡村放射状的超市与货币支付的数字化、"快递哥"在田间地头和房前屋后穿梭，以及他们在风格各异、乍一看会使人误判为异域风情的四合院里所洋溢出的对现代生活品质的认知与追求等这些千姿百态的乡村现象，如果作家审美疲劳甚至麻木不仁，不用饱蘸激情的笔墨讴歌与赞扬乡村文明，这不仅是文化的愚钝，更是对文化的轻慢。

因此我认定，把文学的笔墨深深扎根在乡村沃土上，书写乡村必须成为我的文化使命，并责无旁贷地将其扛在自己的肩上。正因此，我将一个个原汁原味又向上向善的乡村生活中的人与物，无一例外地当作创作的源头与原型，一如既往地认真扮演一位俗世中的朝圣者，手持一个祈福的"转经筒"，以或小说，或诗歌，或散文，或报告文学，或歌词，或影视剧本的方式，借助多种平面媒体，虔诚地向中国大地上的"三农"主体致以崇高的敬意。

我坦率地承认，这里面的主人公曾经在不同的环境里走着不同的路。有的在夹缝中生存，日子的艰难让人不可想象；有的冒着风雨，电闪雷鸣让他们不知道向何处去；有的拖着满是泥泞的双腿，在黑夜里寻找光明……

总之，对我们来说已经远去的生活难题总是出现在他们面前，他们脸上曾经挂着两行辛酸的泪，手里曾经捏着一本难念的经。当时的情境，让人感到他们的浑身上下全是痛，让人不知道何时才是他们的出头之日。无奈的呐喊与呻吟，有时候真的会震撼苍穹。但后来，勤劳的秉性、抗争的骨气和节俭持家、耕读传家的良好家风逐步改变了他们的命运，这里处处盛开了生机勃勃的乡村之花，让他们拾回了他们应有的人格和尊严。

2022年2月，我和一位乡村教师饶有兴趣地聊起了乡村振兴和美丽乡村这个话题。我们越回忆过去许多农民家庭的贫穷与不幸，越感到当下农民生活的巨大变化着实了不起。之后的时间，我分别到山区、丘陵，走村串户，与不同年龄的干部、教师、农民进行了较大范围的座谈。如此我得到的，远不像那些随手拈来的素材，而是了解了当代中国乡村进化过程中所创造的文明史。我在作品中深刻认识和正确处理贫穷与幸福、旧时代产物与新时代进步的对立统一关系时，非常感谢这位乡村教师给我讲述的一个叫黄开运的人的故事。当时一听完，我就产生了迫不及待的创作激情。回家的路上，我无比兴奋，一条清晰的创作思路在我心里渐渐形成，当晚我便进入了创作状态，沿着中国作协"新时代山乡巨变创作计划"和"新时代文学攀登计划"指引的方向，开始创作这部反映新时代乡村农民幸福生活的小说。

这个故事，是我遵循事物发展规律和辩证唯物主义观点，把"天有不测风云，月有阴晴圆缺"的自然现象恰到好处地用于诠释人世间的因果关系，契合了著名作家李春平倡导的"把乡村故事的诗意、格调和隐痛糅合成一团去写"的创作理念。

创作过程中，我始终把那位既食人间烟火，又有乡村情怀，还有厚重的乡村生活积淀的乡村教师当作第一读者，从谋篇布局到章节内容，从历史条件的局限到人物精神面貌的改变，从事件的真实性、连续性和启发性到作品的思想性、可读性和艺术性，不折不扣地统一于完全符合形式逻辑的情理之中，于2023年4月完成了这部长篇小说的创作。

在这部小说中，我没有孤立、片面、静止地看待和记录曾经有过的乡村苦难，没有人为地把后来的幸福与之割裂开来，而是将苦难视为黎明前的黑暗，将幸福化作风雨后的彩虹。因为我认为，当时的苦难所孕育的向上与拼搏精神，所形成的奋斗理念与心理建设，浪潮般地推动和追赶着幸福的生成与到来。所以在创作中我没有在苦难伤口上撒盐，没有把乡村曾经有过的苦难归咎于精神的颓废与惰性的使然，没有把后来的幸福当作天上掉下的馅儿饼，而是把历史的特定条件和客观因素所导致的乡村苦难视为后来幸福的动力和穷则思变的财富。由此跳出了自我迷惑的圈子，用第三只眼睛审视了乡村由苦难到幸福的演进过程，并且在"思路决定出路"的引导下，走出了"苦难救赎"的死胡同，让创作的翅膀飞向了"讲好中国故事，弘扬中国精神"的蓝天白云。因此，我描写苦难，但没有把苦难当作诋毁人类聪明才智的证据和工具；我回望苦难这种形态，但没有把这种形态当作历史的必然而不可避免。我由此摒弃了文学创作上的唯心主义，不捏造，不杜撰，不脱离现实，在来源于生活又高于生活的基础之上，在缕缕阳光和习习春风里，巧妙而艺术地给纪实的人与物戴上了"非纪实"的皇冠，使"社会运行与控制机器"存在的必要意义在隐喻中得到了张扬。

2023年的春天与往年不同。它首先以风和日丽之气象和披荆斩棘之勇气，让人们欢度了一个没有压抑的最为畅快的春节。我在这个优雅而浪漫的环境里读书与思考，在丰富和饱满的《大地的呼唤》故事情节中展开乡村变迁的宏大叙事，详尽记录历史长河的岁月档案，并且告诫自己不要被局限的创作心态所蒙蔽，在谋篇布局上避免出现文学遗憾。

文学历来是为社会进步和人的思想服务的精神食粮。《大地的呼唤》这部长篇小说秉持"释放正能量，唱响主旋律"的文学追求，致力于文学价值的提升和营养价值的供给。时代背景交代细致，事件脉络清晰完整，人物刻画惟妙惟肖，故事情节丰富曲折，交代与叙述既通情达理又扣人心弦，是我近年来用心创作的勉力之作。透过那些被风吹走了苦难岁月的乡村和在历史转折中向我们走来的幸福，《大地的呼唤》可以提供正面的思考与启示。

迎河子

一

秦巴山脉携着北翼的南条荆山向东而去。

举目而望，整个山势蜿蜒盘旋，不高也不陡，不大也不小，浑身上下覆盖了满目的苍松翠柏和太多太多的闲花野草。它在风雨变幻中，竖起严严实实的多彩屏障，守望着千里汉江。那些由它涵养着的长长的藤蔓密密麻麻地从原始的神农架一直攀爬到八山二水的彝水县。

县城以南50里开外的川谷半山腰里，有一个叫黄家湾的村落，300多户1000多号的村民绝大多数姓黄。这个村子跟周围的李家湾、张家湾、吴家湾和杜家沟，把山脚下的那片土地圈成了一个葫芦蒂，挂在江汉平原的脖子上。

黄家湾的人见山不走山，平时除了到山上放牧牛羊和砍些柴火之外，一年四季的大部分时光都在山下的庄稼地里忙碌。

黄家湾背靠的那座山的顶子上，有一口天然的池塘，黄家湾人把它叫作"天潭"。他们弄不清这一山一水是从什么时候开始护佑和滋养黄家湾的。

好多人都说，黄家湾背后的山是一座神山，从几十里远的地方看它，像一个人肩上挑着的担子，一头一个小山包，呈现出一个标准的"山"字形。在山脚下抬头望，中间高高耸立两边对称低垂的样子，让人以为它是一尊正襟危坐的观音，左右站立着一对金童玉女。稍后再靠近它去，又恰似一把太师椅，给人一种谁坐在上面就会风光无限，靠在那里必定安然无恙的感

觉。它那可以给人带来无穷想象的样子，使一辈又一辈的黄家湾人无不为之骄傲。

顶子上的几股山泉各自潺潺地流着。它们牵着手，不约而同地汇入天潭。在那里劳作或路过的人喝上几口，心里爽得比喝了蜂蜜还要舒服。无论站着还是坐着，在那里歇息一会儿，扑面而来的山风，柔和、斯文、笑容可掬地向蓝天下的苍生致意。到了星疏月朗的夜晚，天潭神奇地把天倒了个个儿，让人俯首便可阅尽天堂的美丽。还有，群群山雀从上面掠过的时候，它就像一面镜子，照出掠过鸟儿的倩影；这时，如果有一缕风儿时紧时松地撩起潭水，它会风情万种地漾起层层涟漪，给黄家湾人致以最温柔的问候。

依偎在它怀抱里的这一大湾子人家，斑驳墙体上的烟垢和屋顶上的瓦松，记录了年代的久远。脚下一块块被风霜吹打得光溜溜的青石板和一些没有了轮廓的石头，也诉说着岁月的沧桑。看着这些物件，很容易猜得出生存在这里的人们，为了慰藉心灵，在天池的旁边修建过专供自己敬仰与铭记的庙宇，但无常的天象，却给了它时兴时废的生命成色。现在散落在地上的瓦砾与砖块，没有任何可供识别的文字。只有几汪山泉在山顶上低吟浅唱，常年不断地倾入云雾缭绕的天潭。好多代的好多人都见过午日阳光洒在天潭时的景象，都说分明是一条闪光的绸缎披挂在黄家湾人的身上。

从古到今，黄家湾的人唱着一首不老的歌，耕耘着这片土地，沉浸于分外迷人的景色当中，在风雨中、霜雪里、太阳下、云雾间，延续着人间香火。

黄家湾的人每当极度兴奋之时，就会无法抑制地仰天一吼。若是晚上，原本静谧的夜空顿时被星星点点的农家灯火捅破，屋檐下隔三岔五地呼应起鸡犬的叫声。若在白天，便会渐渐看清袅袅炊烟和闻到慢慢飘来的越来越香的烟火气。在这种高耸的空旷的天然环境里，不管谁在吼，都意味着新生命的到来，或是新生活的开启……

　　2022年，半山腰的最东头，一栋耀眼醒目的中式四合院，单家独户地坐落在那里，雕梁画栋，美轮美奂，与半山腰正中间那片叫作黄家湾的密集人家，相隔着看得见人影、听不见说话声音的距离。

　　黄开运是这个四合院的主人。一大清早，他站在自己的家门口，双手合拢呈喇叭状，用粗犷而沙哑的嗓子喊着当地的山歌。他使尽了全身的力气，连那些叽叽喳喳的鸟儿也停止了鸣叫。

　　这天正巧是二十四节气的春分。在这之前，黄开运从来没有如此浪漫和奔放。

　　一时间，这片疏密有致的平川旷野没有了清晨的宁静，那些在太阳映照下的浓霜化作升腾的薄雾，任他拖着的长音，袅袅地飘向天空：

　　　　秦岭的那道泉啊

　　　　汇成了荆山的彝水河

　　　　窑洞的陕北调啊

　　　　唱红了荆山的薅草歌

　　　　风沙吹动的黄土坡哟

　　　　流来了肥沃的庄稼地

　　　　打腰鼓的大姑娘啊

　　　　生了我的爷爷奶奶

　　　　叫爹妈又养了我

　　　　……

　　喊了一遍又一遍，黄开运兴致不减，又转身走进屋里，打开音响，清脆悦耳的童声朗诵和欢快动人的音乐节奏把他的心撬动得更加兴奋：

前惊蛰，后清明，

中间夹的是春分，

春分前头是惊蛰，

后头跟的是清明。

从此风儿眯眯笑，

从此杨柳长梢梢，

从此昼夜般般长，

从此雨儿打芭蕉。

黄开运认定今天是个大喜大发的好日子。他今天的神情跟往常大不一样，高兴劲儿好像一股甜滋滋的春风，拂过他的心头，整个屋场顿时到处都弥漫着安好和吉祥的气息。

一个月前，在深圳华巍公司上班的儿媳生了一对双胞胎。黄开运今天要为他的双胞胎孙子举办满月宴，这确实是个大喜事儿，都说生一个要热闹，生了两个更应该热闹。

在他最早的记忆里，方圆几十里的人们都把春分当作春雨的爹，说只要春分一到，冬季不仅越走越远，而且还会一场接一场地下起贵如油的春雨。那句从小时候一直听到现在的"一场春雨一场暖，春雨过后好种田"的谚语，使他在渐渐长大的过程中切身感受到万物在二月复苏——晨曦穿过朦胧的朝雾，洒在屋顶上、树枝间、篱笆旁，又把天大的蒸笼架在庄稼地里轻烟缭绕，便自然而然地知道这一切都是冲着立春寓意冬去春来这个更美好的节气来的。

大前天的晚上，黄开运兴致勃勃地对他的妻子打着手势，告诉她，春分这天，是走进春天的最好的一天，有了这一天的好兆头，整个一年都会顺顺当当的。

他的妻子是个哑巴。打手势是他们两口子的交流方式。

妻子理解了黄开运的意思。

一阵高兴，这个风韵犹存的哑巴农家女人，圆圆的脸上，显现着甜甜的酒窝。

她眉开眼笑地走进屋里，把黄开运告诉她的这些，在手机视频上比比划划，欣喜万分地转告给她的儿子黄会说。

比这更早的几天前，黄开运的儿子黄会说劝他们扔掉了那部用了多年的老人机，花了5000多块钱，把华巍公司最新上市的智能手机给他们一人寄了一部，然后又在电话中一步一步地教他们下载、安装应用程序。这几天，夫妻俩在手机上你来我往，玩转了收付款、发红包、微信聊天和网上购物，并且建立了家庭群，一天到晚玩得好不快活。

黄会说见是母亲发来视频通话，高兴地叫来妻子月儿，两个人头挨着头，脸贴着脸，一同在视频里和母亲"会话"。

他们两人都是在普通家庭里长大的孩子，心里一刻也没有放下过不曾远去的乡愁和辛勤劳作的父母。他们从小就接受传统的思想教育，然后又在大学和沿海地区受到了现代思维的熏陶，看着哑巴母亲第一次用手机视频的方式和他们对话，感到无以言表的喜悦与欣慰，让他们的心海荡漾着幸福的波浪。

10多分钟的时间，儿子儿媳明白了母亲所表达的一切。

儿子美滋滋地告诉母亲，说是过一会，再进一步跟父亲好好商议这个事。

挂断视频电话，月儿看着黄会说的神情，比吃了一餐佳肴还舒服。

"我父亲虽是个地道的农民，但是在遇到一些大是大非的时候，他却显得无比沉着和稳重。我敢说，那个时候父亲因为贫穷没有读上书，不仅是他的遗憾，而且是湾子里的一大损失。"黄会说深有感触地说。

"事情都过去这么多年了，这是无法改变的事实。现在谈这个问题，只

能让人心里难受。"月儿通情达理地安慰着。

"还有我妈，上苍对她简直是嫉妒，让她如天使般来到人间，却偏偏不让她开口说话。经历了这么多年的严寒酷暑，风霜雨雪洗涤了她的心灵，劳动汗水装扮了她的容颜。几十年来，我妈平日里只梳头洗脸，从来不搽脂抹粉和节食减肥。一年四季忙里忙外，到目前为止，她没有用过任何化妆品，但肤色白皙，脸色红润，双眸明亮，还有那内敛的气质，哪像经历过艰难岁月的人啊！"

"你今天是怎么了啊，一会儿神采飞扬，一会儿无比沉重？"

"先不讨论这个问题。请你运用顺向思维，沿着我的语言路径，讨论一下我作为他们的儿子，你作为他们的儿媳，感到骄傲不骄傲？"黄会说俏皮又正经地向爱人提出了一个问题。

"人们都说时势造英雄，这是毋庸置疑的。因为时势造英雄，英雄亦适时。你我之所以能够成为科研领域的有用之人，是因为乘上了有利于当下社会的大势与东风，登上了为我们搭建的学习知识和施展才华的平台。我们如果不依赖这个时势，不把握这个时势，不升扬迎风劲起的风帆，再好的时势，也会跟一根稻草一样被风吹往他处。"月儿目不转睛地望着他说，"不过话再说回来，无论是一个企业，还是一个人，时势可以造就他们的成功，也可以断送和毁掉他们的前程。不管是谁，一旦陷入了穷困的境地，要想把它摆脱掉，都要受思想观念、文化程度和外部环境的制约，有的人只能眼睁睁地看着别人走在阳光大道上。"

"怪只怪我们的国家以前一穷二白，如果不解放思想进行改革开放，怎么探索出一条中国特色社会主义的路子？"黄会说有些激动了。

"在满目疮痍的土地上建立起一个国家，那一定是泪水和汗水相互交织的过程，我们的爷爷奶奶和父亲母亲那两代人是多么的伟大和不易呀！"月儿说道。

黄会说突然一愣，惊奇地打量着自己的妻子。

他再一次发现自己挚爱的女人是在运用辩证唯物主义的哲学观点看待事物的演进过程。这对于一个钟情于数字计算和空间物理的理工女来说，实在令人刮目相看。

"看来正如那家杂志说的那样，你是我独一无二的选择。你不仅在工作上能够与我齐头并进，在生活上对我进行无微不至的照顾，而且面临大是大非问题的时候还能在思想上给我以向上向前的牵引力量。难怪有些父母在引导儿女找朋友的时候说，找一位老师，辅导孩子的学习不成问题；找一位医生，确保孩子的健康不成问题。现在对于我来说，找一位有思想高度的能干妻子，我的事业和家庭都不成问题。我追你追对了，你一来外貌漂亮，二来灵魂美丽。这是一些朋友对我的羡慕之处，也是我在心底里感到我的一些朋友与我不能相比之处。"说完，黄会说轻轻地摸了摸妻子的头发。

黄会说刚才说的那家杂志，是排名全国前十的生活类期刊。深圳作家张军先生在今年的第3期上发表了一篇题为《乡村走出来的知性女人》的散文，以黄会说的妻子月儿为原型，讴歌新时代的知性女人。

他们会心地对视一笑，赶紧拨通了父亲的视频电话。

"刚才我妈在视频电话中把您对如何办满月宴的安排都告诉我们了。我们也没有二话。一会儿我们就把操办满月宴的钱通过微信转给您，你们尽量往好里办，把你们当爷爷奶奶的脸面大大方方地撑起来，让亲戚朋友都能感受到我们全家人的喜悦。"

"你说的这些都有道理。我跟你妈一定会把我们全身的力气使出来，办好这件大喜事儿。"

儿子在视频电话中说的那些话，让黄开运更加胸有成竹了，心里跟铁板钉钉一样踏实。

二

黄家湾。

昨天整整一个晚上，黄开运格外兴奋，一会儿想躺下好好地睡个安心觉，一会儿想起床好好地回味幸福的甜蜜。结果是想睡又睡不着，坐在那里又操心，今天要忙乎一天。他只好靠在床上，想睡就睡，想醒就醒。等到鸡叫三遍之后，东方还没有开始泛白，他就干脆起了床。不曾有过的兴奋与喜悦，使他在客厅里不停地来回踱步。当冉冉红日的光芒刚刚射到大门口的时候，他怎么也按捺不住自己那颗激动的心，无所顾忌地扯开嗓子，任凭自己喊出来的山歌在湾子上空回响。现在，他又打开儿子春节前才买回来的那套音响，用凡是从他门前那条路上路过的人都听得见的音量，一遍又一遍地放着《春分歌》。

连他自己也听得如痴如醉，他的心一会儿在彝水河边徜徉，一会儿在川谷间游荡。

趁着客人还没有到来的空儿，黄开运开始一丝不苟地打扫卫生。他执起一把竹扫帚，像站在一条旱船上面，在场子里认真地扫着扫着，地上的渣渣草草渐渐地集中到了那个堆放垃圾的地方，然后被装进了垃圾转运箱里。

村里最近发出了建设美丽乡村的号召，要求各家各户尽力改善居住条件，准备盖新房的，由村里提供图纸；前几年盖的房子需要翻新的，村里按照统一风格进行"穿衣戴帽"。村支书在群众大会上说，环境整治是美丽乡村建设的重要内容，要养成定期冲洗厕所、猪栏、羊圈、鸡舍等习惯，房前屋后都要保持干干净净的，做到"看不见蚊虫飞，闻不到粪便臭"。黄开运家门前的垃圾转运箱就是村里专门配置的。

一阵大扫除之后，他又拿着一根长长的自来水管，捏住管口，水喷出几

丈远，把房前屋后冲洗得一尘不染。

接下来，他抽着烟，经过一番端详，又一个人跑出跑进，在场子里摆起招待客人用的桌子和凳子。

门前的喜鹊似乎知道今天他家里要来客人，在树枝上跳来跳去，喳喳地叫个不停。

黄开运在心里感到好笑。他记起了小时候母亲给他念过无数遍的顺口溜：

鸦雀嘎，喜鹊接，

今儿屋里要来客。

来哪个，来姑爹，

姑爹来了好稀客。

母亲把这个顺口溜念完，又接着给他念下一个：

喜鹊叫得喳喳神，

好像天上掉饼饼，

主人家听了好欢喜，

稀客来了敬酒神。

在他脑海里，早早就印下了喜鹊可以带来吉庆与安康的记忆。后来渐渐长大了，黄开运见了喜鹊就喜欢得不得了。按照母亲"喜鹊叫了会来客"的说法，真的来客了，对于他来说是一件天大的好事儿。

后来家里真的来客了。黄开运总是坐在灶门口，按照母亲的要求添柴火，时刻掌握着炒菜做饭的火候。

他们家虽然很穷，但是黄开运心里仍然非常希望家里来客。因为这样的话，他多少能够吃上一点儿平时压根儿吃不到的那些油气较重的菜，即便遇到最不好的情况，起码也能喝上一点儿荤菜之类的汤水。回味无穷的味道，让他舒服得喝了还想喝。

黄开运坐在灶门口添柴火的时候，腾腾的热气，扑鼻而来的香味，使他飘飘欲仙，感觉过上了富贵人家每顿鸡鸭鱼肉的生活。因此，他早已领悟了母亲所说的"吃肉不如喝汤，喝汤不如闻香"这句话。

这个过程中，还让他感到幸运的是，不管每次来的是哪方面的客人，母亲总要煎上一盘自家喂养的土鸡下的鸡蛋。黄开运对母亲做的这道菜喜欢极了，因为那些鸡蛋壳里会残留一丝的鸡蛋清。母亲每次从灶台上把鸡蛋壳递给他之后，他会小心翼翼地用火钳夹着，慢慢放进灶膛，等到残留在鸡蛋壳里的蛋清烤熟之后，便坐在那里一点一点地用指头抠出来，津津有味地舔着沾在指头上的蛋白。那少之又少的蛋白，只差让黄开运的口水装满那些蛋壳。

其实，黄开运向往的并不只有这些，还有摆在案板上的那些平时根本吃不到的好菜和没掺萝卜丁的白米干饭。

黄开运特别希望客人们能够在桌子上多剩一些饭菜。这样一来，他既可以用剩菜汤泡饭，又可以用饭擦碗，让长久的煎熬和心里的渴望得到暂时缓解和满足。黄开运的双眼总是直勾勾地看着那些专门为客人准备的饭菜，嘴角的口水在不知不觉中滴落在灶门前的那些柴火灰上。

他恋恋不舍地看着摆在案板上的饭菜。由于这是他不可能直接吃到的东西，所以他越看越觉得馋，口水不断地从他嘴里涌出。他不得不采取吸吮的办法，将溢出的口水收回口中，然后像吞食从来没有吃过的好吃的东西一样，使劲儿再把口水咽回去。

他始终无奈而难堪地站在灶门口，直到母亲把案板上的那几个菜一个一

个地端上饭桌的时候，他的口水才停止对灶门口柴火灰的浸湿，无尽的缺憾与懊恼装满了黄开运的胸膛。

他失望地坐到灶门口，仍然嗅着母亲做的那些饭菜的香味，幻想着未来的美好生活……

黄开运最见不得的就是那些根本不想见的乌鸦了。从小时候上学走路到长大了下地干活，只要听到乌鸦的叫声，他就会毫不迟疑地捡起一块石头向它扔去。有时还会使出吃奶的劲儿，一边骂一边撵，一直撵到看不见的地方，才肯丢下手中的石块。

回味完小时候的事儿，他又在想，这些喜鹊天还没亮就在旁边的那棵大树上，欢喜得呷一声翘一下尾巴，唱唱和和的，一点儿也不累。他很想弄清它们究竟是从哪来的机灵，咋晓得他今儿会有客人到来的。

摆完了桌椅板凳，黄开运还要做一件严肃认真的事情。

他从前门左边的房间开始，在每个角落撒了一撮盐，之后从左到右地撒到门口和各个窗户的台子上，心里默默地念着：

"让所有的邪恶都逃离我家，让每个房间都成为幸福的地方。就这样吧。"

这时，他合起双手，虔诚地叩首，又继续给剩下的房间同样撒上盐，点燃一支蜡烛，一间挨一间地照进照出，用仅仅自己听得见的声音，再一次念着：

"祝福我们全家和所有进来的人幸福无边，保佑我的房子稳固如山，吉祥安泰。让这个很干净的地方，不伤害任何人。就这样吧！"

那条从他的门前横穿而过的大马路，来来往往地走着村里村外的人。

路过的人看了黄开运的房子，有的羡慕得流口水，在心里发誓一定要向这户人家看齐；有的自愧不如，反思着自己为啥不如人；还有一对夫妻看着看着，吹胡子瞪眼睛地吵了起来。仔细听听他们那些吵架的话，好像都是对方的不是。

乡下人没有城里人那么多的讲究。床头吵架床尾和，不会使气闹冷战，不存隔夜的仇恨。别看他们白天经常拌嘴，吵得不可开交，到了晚上，当老婆的照样做饭，当丈夫的喝起酒来一杯又一杯。还有更稀奇的地方，他们在屋里吵架，也不知道会来客人，等到客人一进门，挨打的丈夫不说疼，委屈的老婆擦掉泪，该说说，该笑笑，把刚才发生的你推我搡、你咒我骂的不愉快的事儿忘得一干二净，弄来一桌子的鸡鸭鱼肉，你劝酒我奉菜，把客人陪个酩酊大醉。这是他们的习惯，也是他们的胸怀。

络绎不绝的行人当中，当然也少不了嫉妒的人。他们眼气不顺，解不开心里的疙瘩，想不明白这个好多年活得人不人鬼不鬼，喝口清水都塞牙的黄开运，怎么会一下子把他们甩在了后头。

确实是这样，这些年来，一些顺风顺水、心想事成的事儿，简直跟挡不住的大水一样浩浩荡荡地往黄开运家里流，使这一家人在黄家湾"腰里围被套，猛的一粗"。儿子有本事，媳妇又漂亮，还盖了一栋比以前大地主的房子还要富丽堂皇的四合院。触景生情，硬是比扇他们的耳光还难受。

这条路上，一直有人不断地路过。

这时，一个叫不上名字的过路人，站在那里含沙射影地说着风凉话：

"狗日的，过去放个屁就把脚后跟砸了，打个哈欠就把腰扭了的穷光蛋，真是运气来了门板也挡不住，就连怀娃子、生娃子，也他妈的一铳打了两只斑鸠，冷不丁儿地搞出来了两个孙子！"

那人独个儿站在那里说着一些难听的话，看样子巴不得有人搭理，哪知你来我去的人偏偏不搭理，都装作啥也没有听见，不紧不慢地与他擦肩而过。

黄油子两口子骑着摩托车打算去县城逛商场买东西，有说有笑地离开家门，不料路过这里，看见高大的房子，又是桃花红李花白的，又是艳阳照歌声飘的，联想自己住的还是20世纪80年代盖的老红砖房子，心里酸得不

是个滋味儿。两口子在摩托车上说着话，一不留神，把话头从房子转向了对方，开始相互怪罪。一大堆的怨气和牢骚，分散了黄油子的注意力，如果不是手刹脚刹一起用，差点儿连人带车冲进旁边的堰塘。黄油子的老婆幸亏跳下了摩托车，方才避免了祸事的发生。一阵惊吓之后，老婆尖刻地指责起来，把自家生活不如黄开运家的责任全部推到了黄油子的身上：

"老子这一辈子嫁给你，算是乌龟吃大麦，活糟蹋粮食。一朵鲜花插到了牛粪上，害得老子回到娘家屋里跟爹妈没有一个好交代。娘家的哥哥嫂子三番五次地说他们拿着两捆人民币送不出去，说得我的脸不知道往哪里放，恨不得钻进后面山上的狗獾子洞。现在我走出去还不如人家黄开运的一个哑巴老婆子！"黄油子的老婆怨声载道，气得黄油子恨不得把她吃了。

"说你妈的个腿，如果那时候老子晓得你个狗日的是个克夫的，宁愿当一辈子的光棍汉，也不会让你这个扫帚星往我屋里走半步。你天天把老子当瓜子儿在嗑，嗑得老子的头都快抬不起来了！"

"你个狗日的没本事，还怪老子嗑瓜子儿。有本事你也盖一栋人家黄开运家这样的大房子噻？"

黄油子气急了，把摩托车掀倒在地，揪住老婆就打。幸亏遇到隔壁的黄满仓。

黄满仓是黄油子的堂兄。平时说起话来头头是道，让人听了心服口也服，闹得再狠的矛盾，只要他一出面，几个哈哈一打，三下五除二地就把问题解决了。现在他站在这里，黄油子两口子一下子安静了。黄满仓说："你看你们两口子像话不像话呀？跟三岁小娃子一样站在这里拉拉扯扯的，还怕过路的人笑不够你们是吧？要打要闹，你们回到屋里关起门来，怎么舒服怎么打。这样行吧？"

然后转眼盯着黄油子，指着他说：

"油子呀油子，你看你现在像个男人吗？光天化日之下打自己的老婆。

有本事好好地挣钱，使劲地挣钱，把自己的老婆养好宠好，让她反过来天天晚上把你当成宝贝儿抱在怀里，那才叫顶呱呱的男人！你看人家开运兄弟，把我们那个哑巴妹妹金贵得多好啊！结婚这么多年，人家黄开运没有动过哑巴妹妹一根毫毛，家和万事兴，人家房子盖得这么好，娃子也顶呱呱，成了黄家湾香喷喷的人物，听说我们的县委书记还准备到广东去求他们那个儿子帮助县里办大事。一家一户，吃孬一点，穿孬一点，住孬一点不要紧，怕就怕混得不如人，不能让自家的娃子跟别人的娃子在一起玩的时候也不合群。比如我，虽然混得没有人家黄开运那么好，但是我从来把你嫂子都是扛在肩膀上，有福同享，有难同当，遇到什么事了，在一起好说好商量。这叫什么？这才叫男人呀！"

就是这一番直言不讳的话，彻底地堵住了黄油子的嘴。

黄油子两口子一句也没敢犟。

他们心中有数，黄满仓来的正是时候，如果晚一点儿来或者不来，他们两口子在这里非打个死去活来不可。更何况俗话说得好，听人劝吃饱饭，见好就收，人家有面子，自己也捡了面子。

黄油子很知趣，真真假假地对自己的老婆说：

"走，老婆子，老子今天给你买两件衣裳，都是满仓哥的功劳。你个狗日的算是赚了，开始只准备给你买一件的。"

说完，黄油子雨过天晴地大笑起来。

"给老子买三件！"黄油子的老婆说着，又朝黄油子的胳膊揪了一把，把腿跷上了摩托车，烟消云散地坐在了黄油子的后面。

黄满仓见自己扑灭了一场大火，脸上笑得褶子都堆了起来。灵机一动，笑眯眯地补了一句：

"别忘了给我带一件哦！"

三

　　黄开运只顾在家里忙着，路上发生的这些事儿，他啥也没有看到，啥也没有听到。

　　眼前的黄开运的家，确实像一幅清净旷远又富有生活气息的画儿，仿佛一部尘封已久的时光相册，镶嵌着人间烟火的独特风景，看上去十分养眼。屋后的山岗、大树、炊烟，门外望不到边的田野、篱笆菊、鸡鸣犬吠，阳光下吐丝的蜘蛛，还有棚圈里的牛羊，呈现出美丽乡村的独有浪漫。

　　在这之前，有些乡下人总是向往城市生活，一幢幢的高楼大厦让他们心驰神往，耗尽一生的积蓄，到城里买一套鸽子笼大的房子。还没住上几天，心里就开始后悔起来，发现过去拥有的那些天生的自然的美好，远远地离开了自己。于是又回到了家乡的八亩地，想吃啥有啥，清新的空气比城里的饮料还要甜。现在看了黄开运的房子，再也不嫌弃祖祖辈辈繁衍生息的地方了。

　　陌生的外乡人都是局外人，他们不清楚这个湾子里的家长里短。面对一天一个变化的黄家湾，他们抱怨自己村里干部"占着茅坑不拉屎"，不好好地为大家谋福利，称赞黄家湾才是他们日思夜想的"新农村"。黄家湾日新月异的景象，让他们期待更美好的明天。

　　现在更不用说了，黄开运眼下的架势和他家门前的场面，他们都料定了黄开运的家里今天必有喜庆之事。

　　上午九十点钟的样子，二十几个客人陆陆续续地来到黄开运家里。

　　改革开放的这些年，湾子里留不住年轻人。读书、参军和打工是他们的必然选择。他们前前后后地走出了这片天地，一年到头，都在各自的舞台上

闯荡和拼搏，把自己的人生过成了与自己的父母截然不同的样子。

他们当中，一部分当了解放军指战员，走上了国家公务员和人民教师的岗位；另外一部分则成了各类企业的打工人，有的还走上了高处，成了企业的中坚力量。

大年三十晚上守岁的那阵子，黄二爷给回来过春节的孙子们提起他小时候运输工具如何如何的落后，一个劲儿说得没完没了。孩子们面对喋喋不休的爷爷，出于对他的尊重和顾及他的面子，老老实实地坐在那里听着。没想到，老爷子越说越来劲儿，口若悬河，滔滔不绝，把板车马车独轮车、犁耙石碌脱粒机说了一大通。更为有趣的是，老爷子竟然还把自行车说成了"洋驴娃"，把点灯的煤油说成了"洋油"，把火柴说成了"洋火"。眼下这些孩子极少见这些东西，生下来没看过驴子没看过马，连耕田犁地的黄牛、水牛也都没见过。所以他们听不进去这些七七八八的陈年旧事，只知道手扶拖拉机是用来拉草拉柴拉肥料的，成熟的麦子和稻子一概由收割机来收割。老爷子的口中之物犹如天方夜谭。一开始，孩子们还时不时地问上几句，听着听着，就迷糊得不知其然，更不知其所以然。

孩子们不知所措地相互张望，实在忍不住了，干脆装着去上厕所，或者拿起手机跑到外面假装接听电话，最后落得老爷子一个人坐在那里"自娱自乐"。

人们都看得出来，现在的乡下老少几乎没有共同语言。年轻人没有翻阅过20世纪七八十年代历史文化生活样本，改革开放后的进步元素引领着他们的思维。打工的日子，让他们品尝了都市生活的味道，把外面的精彩世界装进了自己的大脑。现在逢年过节回到乡下，与老一辈的观念之间自然形成了一道难以逾越的鸿沟。

不过有一条可以肯定，那些年岁较大的人，一方面在世代耕耘的田野里延续着自己的活路，另一方面生怕落在了时代潮流的后面，穿戴、发型和出

行工具无不彰显出他们悠然快活的精神面貌。

平时，他们只在乡村超市里买一些油盐酱醋茶之类的东西，那些稍有档次的日常用品都在手机上操作下单，玩得滚瓜烂熟的网络支付平台，不断地扩大着他们每个月的支出。

生活方式在变，乡下人的思想观念和社会风气在日益丰富的物质精神生活中也在变。

前些年，黄家湾遇有红白喜事，"走人家"的人手里提的尽是一些面条、油条、床单、被面，或是十斤鱼、五斤肉之类的东西，看谁的分量重，堆头大。现如今，传统的礼情方式已经淘汰了，唯一保留着的，是谁也舍不得丢弃的能够彰显自己派头的烟花爆竹。

今天的一些客人，自然是心甘情愿到黄开运家里贺喜的。至于怎么样表示，上多大的"人情"，各家有各家的安排。

人人平等的时代，家庭成员的思想确实不好统一，利益主体多元化带来了家人思想的多元化。

有些亲戚，不是舍不得，而是当家人说了算。如果男人当家，这个事情就好办得很；如果女人当家，还是要经过一番激烈争论的。

果真如此，黄开运姑爹的儿子李三毛和老婆就是其中的一户。他们是黄开运的表哥和表嫂子。从黄开运请他们的那一天起，表哥就一直坚持多上一点，说少于2000块钱根本拿不出手。表嫂子却不是这样想的，她觉得亲戚之间是常来常往的，要做到细水长流，不亏人家就是了，不能把"赶人情"当成一锤子买卖。黄开运的儿子结婚时，他们上了1000块钱的人情，如果这次再上2000块钱，接二连三地加码，也确实太多了一点。

两口子扯来扯去，一扯就是好几天。

李三毛实在没有办法，只好在答应老婆只上1000块钱的情况下，背着老婆，向在外面打工的朋友又借了1000块钱。他悄悄地把2000块钱装在一

个红包里，一半交到黄开运手里，另一半登记在礼簿子上，一再嘱咐黄开运千万不要搞岔了，更不能走漏半点风声。

李三毛这样做并不是没把老婆当回事儿，如果不去这样遮掩，平时一心顾家的老婆绝对会闹翻天的。

黄开运只意识到表哥这样做是为了少一些麻烦，但对他们两口子在如何表达心意这个问题上争嘴吵架的事儿完全蒙在鼓里。

其他的那些客人，也看不出手上带有什么礼物，不过仔细瞧瞧他们的神情，却能发现一种有备而来的淡定。

客人们一走到门前的场子里，主动在礼簿上一五一十地做好登记，转身再各自掏出身上那个厚实的写着自己名字和数额的红包，递到黄开运手里。他们生怕自己的人情上得比别人少，用厚道朴实的话语，重复表达着"对不起，对不起""拿不出手，拿不出手"。完毕，一个个把随身带来的鞭炮搭在门前的枝丫上，你一串我一串地燃放了起来。

黄开运一边热情地招呼，一边客气地看座，又左左右右地端茶上烟，忙乎得连轴转。灿烂的笑容里洋溢着无比的喜悦。

按照他们两口子今天的分工，黄开运负责在外面接待和安顿，妻子则在厨房里忙碌中午的七碟子八碗，把煎烧焖炸蒸之类的硬菜全部做成一菜双盘的"对子席"。

黄开运的妻子心灵手巧，茶饭好，是远近闻名的"土菜师傅"，同样的油盐酱醋，她随便在大锅里几铲子几番捣鼓，做出来的味道跟别人就大不一样。平时别人家里不管过哪一类的喜事，都少不了请她去掌灶。这几天，黄开运两口子合计了又合计，准备利用这个天时地利人和的黄道吉日，在两个孙子的满月宴上，让大家有滋有味地把他们的饭菜吃个够。

来的那些男人不像过去那样"走人家"，前脚刚刚踏进门，后脚就迫不及待地去打麻将，一块两块，你输我赢，你争我吵的，硬是闹得天昏地暗。

他们坐在门前场子里，你一句我一句地聊着家里家外的事儿，在没有一丝张扬和半分喧嚣的状态下，将彼此的家庭责任和一年到头的愿望与盘算细细说来，全身舒坦地享受着乡村人家的春日时光。

与外面相比，厨房里好像又是另一番天地。

女人们主动地帮忙择菜洗菜，收拾碗筷，进进出出地打着下手，一看就知道这是一群泼辣能干的乡下媳妇，她们自觉自愿地做着一些看得见摸得着的活儿，你来我往中无比协调地演绎着锅碗瓢盆交响曲。

在这之前的整个正月，黄开运感到自己没有一晚上的瞌睡是安稳的，夜里都在寻思如何办好家里这桩光宗耀祖的大喜事。那天，他专门回到老家向母亲报喜，说祖上的余荫和母亲的心血让她的孙媳妇一胎生了两个重孙，总想把这桩天大的喜事办得体体面面的。

黄开运越是想把喜事办好，越是六神无主。平时常听一些人说，"吃饭看家，喝酒看人，结婚庆生看日期"。黄开运想来想去，应该把哪一天定为两个孙子的满月宴时间，他硬是绞尽了脑汁。

他为此又专门回到生他养他的李家湾，向母亲请教。

黄开运的老家李家湾。

前几天儿子有了孙子，专门向她报喜，今天儿子又回来了，要母亲为儿子的孙子定个满月宴的时间。

母亲闭目靠在椅子背上，滚滚的热泪挂满了脸颊。

"儿子呀，看来爷爷坟上真的冒青烟了。自从你到了黄家就开始转运。这些年，你的好运一个接一个。先是生了一个听话有出息的儿子；然后儿子娶了一个如花似玉的媳妇；年前又建起了一栋宫殿似的房子；现在才过完年，年味儿还没有散去，你又多了两个孙子。真的是喜上加喜，事事如意呀！"

母亲掰着指头，舒心地数着，越数越称心如意，乐不可支的脸上，犹如浅尝了一口柔肠百转的美酒，丝丝沁心地舒畅，荡去了往日沧桑，含辛茹苦的岁月顿时被抛却在九霄云外。

母亲笑吟吟地接着说：

"我这个90多岁的人，成天在屋里，遇到好事了只知道高兴，脑筋不好使了，天天糨糊似的。上次你一走，我就在想这个事儿，想来想去，这也好那也好，一个主意也拿不定，最后啊，硬是想不动了。你丈人丈母娘他们精神好，点子多，他们的话不会错的，你还是回去和他们好好商量吧。"

听了母亲的话，黄开运不忍再麻烦母亲，只好如实禀报了自己的大致想法后，连夜赶回黄家湾。

在这个事情上，黄开运的岳父岳母之前其实没有过多地考虑。老丈人不紧不慢地说：

"开运，自从你来到我们家以后，方方面面都是你在操心，每一个心都操在我们的心坎上。这个事情我们听你的铺排，你说咋办就咋办，时间由你定。"

岳父这么一说，岳母连连赞同，黄开运没有了退路。

二月的某天早晨，黄开运急得团团转。

吃过早饭，突然想起去年腊月二十那天在县城置办年货时买的那个皇历本。

他记得那里面不仅有一年到头的农事环节和气候变化介绍，还有诸如十二生肖每月的运程和宜忌方面的内容，他赶紧翻箱倒柜地找了出来。

翻来翻去，仍然不知道哪一天是好。

一阵琢磨，按照这一带家家户户张口就来的"要想发，不离八""要想有，不离九""十全十美不离十"的俚语，把每个月的初八、十八、二十八，初九、十九、二十九和初十、二十、三十，一条一条地写在了纸

上。把一年365天当中，凡适合办喜事的所有好天气，挑选出来进行对比分析，发现春风化雨的农历二月十八的春分这天，正好与两个孙子的属相相生相旺，是今年二十四节气中最扬眉吐气的一天。他顿时喜出望外，选定了这个百无禁忌、福佑后代的黄道吉日。

那天之后，无以言表的精神慰藉，抑制不住内心的喜悦，天天都表现在他的脸上。他亲口告诉岳父岳母，说他的心脏从来没有这样跟打鼓一样咚咚地跳着。岳父岳母听了，如释重负地说："你看你一下子来了两个孙子，给我们送来两个"重重"，喝满月酒的日子又选得这么好，哪个遇到这样的好事都会在梦里笑醒。妻子也从黄开运的神情和手势上看懂了他的得意和高兴，对他选择的这个日子大加赞赏。

当天晚上，哑巴妻子特意为他做了几样好菜，岳父也第一次打开那缸还是20多年前为迎接上门女婿时自己酿造和封存的老酒，和黄开运好好地喝了几杯。一家四口你来我往地把这顿饭吃到了大半夜。

黄开运虽没有喝得超量，但也一觉睡到了大天亮。

早上醒来，黄开运把待客用的鸡鸭鱼肉和烟酒茶糖列成单子，计划用三四天的时间，一样一样地去买。准备买一样，划一样，然后掰着指头等着这一天的到来。

四

真的是天上飞来的横祸。就在离办满月宴还有两三天时间的那天下午，黄二狗子亲手点燃了一个能够把整个黄家湾的人炸昏死过去的大炮。

黄二狗子是一个啥稀奇古怪的坏事都做得出来的人。他往往为了图一时

之快，什么后果也不计较。

3年前的一天，黄二狗子差一点点就闯下一个天大的祸，若不是站在他背后的王瘪三，放了一个相隔十丈八尺远的人也听得见的跟炸雷一样的响屁，黄二狗子肯定不会走神，绝对会扣动了端在手上的那杆火铳的扳机，把李驼子一枪毙命了。现在火铳响了，筛子大的一盘霰弹却鬼使神差地打到了别处，李驼子在砰的一声中以为自己中弹无疑，随即应声倒下。黄二狗子顿感自己害了一条人命，冒着余烟的火铳从他的手中自然地掉在地上，他那稀泥巴一样的身子，在"哎呀我的妈呀"的一声尖叫之后，背朝黄土脸朝天地呈"大"字形瘫了下去。王瘪三见大事不妙，赶紧上前拍打着李驼子的脑袋，接着又把手指头放在李驼子的鼻孔上，看李驼子还有没有呼吸。哪知李驼子在惊厥后一跃而起，朝着黄二狗子破口大骂："我操你妈呀黄二狗子，你个王八蛋给老子黑了一家伙！"

这一骂不打紧，骂醒了被吓得半死不活的黄二狗子。他翻滚着爬了起来，两眼直勾勾地看着活生生的李驼子，深深地出了一口长气。之后，仰天而跪，双手托天，拼命地喊道："你们看，你们看哪，观音啊，天王啊，原来我没有杀人害命啊，狗日的李驼子还是个活家伙呀！"

路过这里和住在周围的人听见动静，都感觉出了大事，走得走来，跑得跑来，不约而同地围着黄二狗子问长问短。已经被吓得魂不附体的黄二狗子不知道怎样回答，王瘪三便钻进人群，结结巴巴地把事情的原委一五一十地告诉了大家。

黄二狗子打小就干尽了数不清的缺德事，现在人到中年了，一些不靠谱的事仍然隔三岔五地发生在他身上。有一次，他趴在隔壁家新郎新娘的窗户上偷看，并时不时地敲着人家的窗户，硬是害得新郎新娘三个晚上什么事也没搞成。

还有一次，在他发小结婚的当天晚上，不知他从哪里弄来了一些刺激皮

肤的药粉，乘闹洞房之机撒在了新郎新娘的床上，害得这对新人的身上痒了半个月也不得止。现在，黄二狗子看见李驼子的火铳，滴溜溜地转动两只三角眼计上心来，准备用射击的姿势把李驼子好好地教训一顿。

说起这支火铳，跟着李驼子已有20多年了。最近这几年来，公安局对各种枪支弹药的管理越来越严，农闲季节和重大节日一律实行集中统一管理，等到一些野猪之类的野生动物开始危害庄稼了，再发下去，用完了之后再收上来。眼下已经进入秋季，山上山下的庄稼一天一天地成熟了，县公安局在守青护黄的这个时节，李驼子按照个人申请、层层证明、最后审批的程序，把公安局之前收上去的有猎枪证的那支火铳领了回来。

李驼子有将近大半年的时间没有摸到自己心爱的火铳了，现在他专门抽出一点工夫，吹着口哨，哼着歌，一阵抹油，一阵打蜡，坐在门口高兴而自豪地擦了一遍又一遍，然后装上了发令纸、火药和霰弹。刚刚靠墙竖了起来，碰巧黄二狗子和王瘪三有说有笑地路过这里，黄二狗子一见到李驼子擦得锃亮锃亮的火铳，就伸手拿了过来，笑嘻嘻地对着李驼子。李驼子连忙说火铳里面上了火药，千万不要乱来。哪知黄二狗子根本不吃这一套，嬉皮笑脸地说："你个狗日的才把它领回来，连油都还没有完全擦干净，咋可能上火药呢？"说着，只见他把火铳口对着李驼子，随着吓得直打哆嗦的李驼子的身影一起移动，一只手的食指慢慢扣动着扳机。就在李驼子吓得屁滚尿流的那一刻，早上饱饱地吃了一顿红薯干饭的王瘪三手足无措地站在那里救了李驼子一命，他无意之中自然地放了一个奇特无比的响屁，就像打雷一样灌进了他们三人的耳朵。这个响屁一下子分散和转移了黄二狗子的注意力，他手一抖，火铳偏离了李驼子的身影，随着砰的一声巨响，飞出来的霰弹与李驼子擦肩而过，最终换得了李驼子死里逃生，让事后心有余悸的黄二狗子从监狱门口过了一趟。

王瘪三说完，真相大白，大家一个个地长舒一口气，无不庆幸李驼子福

大命大，也无不庆幸黄二狗子逃过了牢狱之灾……

现在是2022年农历正月底，黄二狗子在家里又心怀鬼胎，准备搞一件大坏事。

昨天晚上，黄二狗子听他的老婆说黄开运要准备为他的双胞胎孙子办喜酒宴。装着一肚子坏水的黄二狗子听了，顿时嫉恨得七窍生烟。

他像个僵尸似的站在自己屋里，两个眼珠子不停地转来转去，盘算着如何大干一场。

到了晚上，黄二狗子的阴谋诡计终于形成：

造谣黄开运的儿媳妇是当年把黄开运追得死去活来的英子和黄开运的女儿。

为了把这个无根无底的谣言扩散出去，黄二狗子写了一张大字报。大字报的内容是：

"20多年以前，李家湾的黄开运和旁边湾子叫英子的女人在偷情的时候怀上了娃子。去年跟黄开运的儿子黄会说结婚的那个小女人，就是黄开运和英子偷情之后生下的女儿。现在等于这对亲哥哥和亲妹妹，又生下了一对双胞胎，马上就要吃喜酒了。这完全是天大的笑话，也完全是黄氏家族永远洗不清的丑行。"

写完了之后，黄二狗子的老婆打着手电筒，跟黄二狗子鬼鬼祟祟地贴在了村办公室的门上。

黄家湾村村委会办公室。

第二天上午，村支书和其他村干部按常习来到了村委会，见办公室门口贴了一张大字报，在大吃一惊中定神一看，一个个哎呀连天地摆头。经过一番猜测，他们认为这绝对是黄二狗子干的。

俗话说，好事不出门，恶事传千里。不一会儿的工夫，黄家湾的老老少

少都知道了大字报的事。

黄开运跟哑巴姑娘一人拿着一把菜刀，气得哆哆嗦嗦地来到了村委会办公室。

黄开运气冲冲地走到村支书面前，质问他管不管，如果不管，他马上就去把黄二狗子宰了。

村支书战战兢兢地看着从来没有发过这么大火的黄开运，连忙相劝：

"开运呀，你先坐下来，平平气，我马上收拾这个猪狗不如的畜生！"

黄开运和哑巴姑娘并没有坐下，怒不可遏的目光直勾勾地盯着村支书。

"我的兄弟，我的妹妹呀，你们一定要相信我，我今儿如果不把那个王八蛋收拾得当场给你们下跪，我就不是人养的！"

黄开运和哑巴姑娘还是没有吭声。

村支书预感会出大事，高声大嗓地对着一直站在那里的民兵连长说：

"还不快去把那个王八蛋给我抓过来！"

民兵连长一听，二话没说，扭头就去。

大约半个时辰后，民兵连长带着两个民兵一前一后地把黄二狗子带了过来。

"快给老子跪下！"

黄二狗子扑通一声跪在了地上。

"你个王八蛋，天天净干一些无屁眼子的事。去年说开运的儿子是你小舅子的亲骨肉，老子就放了你一马。现在你又说开运的儿媳妇是英子跟开运睡觉了怀上的。你个王八蛋唯恐天下不乱，一张烂嘴，天天不是这个混账至极，就是那个男盗女娼。你还是人不是人呀！"

村支书一阵痛骂，黄二狗子低着脑壳跪在那里，抬也没有敢抬。

"快给老子交代，你说咋收场？"民兵连长捣着黄二狗子的脑壳说。

"我错了，我错了！我罪该万死，我罪该万死！"黄二狗子的脑壳跟鸡

啄米一样，一个劲儿地把自己的额头点在地上。

"老子根本不相信你这个坦白油子的话，逮到是个死的，放到是个活的。快给老子交代，究竟怎么收场？！"

民兵连长再一次催促黄二狗子。

"我的老婆已经到我们黄家的当家人黄家舅舅屋里检讨去了。她一会儿过来你就知道了。"黄二狗子老实地说。

村支书和民兵连长知道黄家舅舅的威信和厉害，就信了黄二狗子的话。

原来，黄二狗子的老婆意识到自己和男人闯了大祸，在民兵连长来时，看到黄二狗子给她使眼色，便跑到了黄家舅舅的家里。黄家舅舅问是怎么回事，黄二狗子的老婆把自己和黄二狗子的所作所为如实地告知了。黄家舅舅还没有听完，就气不打一处来，拍着桌子把黄二狗子的老婆臭骂了一顿。黄二狗子的老婆说，不看僧面看佛面，黄家人做错了事还需要黄家舅舅来解决。黄家舅舅说："你们把坏事做成了这个样子，老子怎么解决呀？"

黄二狗子的老婆笑嘻嘻地走到黄家舅舅的身旁，一手搭在他的肩膀上，一手拿着手机要添加微信。

黄家舅舅一时迷惑不解，怒道：

"都这个时候了，还加你他妈的啥微信呀？"

黄二狗子的老婆又是一阵嬉皮笑脸。然后娇滴滴地说：

"老爷子呀，这个事情非得你出面不可。我不添加你的微信，我咋能把1000块钱转到你的手机上呢？"

黄家舅舅一下子明白了黄二狗子老婆的意思，事不宜迟，连忙掏出手机，打开自己的微信二维码。

黄二狗子的老婆在自己的手机上跟掰螃蟹一样，三下五除二地给黄家舅舅转过去了1000块钱。

接着他们连走带跑，一会儿的工夫就来到了村委会办公室。

黄家舅舅有点心虚地走了进去。

"书记啊，连长啊，刚才二狗子的老婆到我家里亲手替黄二狗子狠狠地打了自己几嘴巴子，你们看，她的脸打得都有些青了。"黄家舅舅把往常的那股傲气收敛起来，点头哈腰地说道。

"你是黄家湾黄家户的当家人，你说这个问题怎么办？"村支书气愤地说。

"书记呀，你看这样行不行？"

"什么这样那样？你赶紧说究竟怎么办？"村支书说了一句，就很不耐烦地把头扭了过去。

"我的意思是，把黄二狗子交给我来处理。国有国法，家有家规。老子不把他收拾得服服帖帖就不是人！"

村支书无奈地望着黄开运："开运呀，你看这样行不行？"

"我听你的。"黄开运不假思索地说。

这时哑巴姑娘走上前一把抓住村支书的手，"哦哦哦"地指着地下。

黄开运一看就明白了，哑巴姑娘的意思是让黄二狗子当场下跪磕头。

村支书惊慌失措，民兵连长双手向哑巴姑娘作揖，求她饶过黄二狗子。接着扭过头来，大声训斥黄二狗子：

"你个王八蛋，还不赶快过来给开运他们赔礼道歉！"

本身就跪在地上的黄二狗子挪动着自己的膝盖，一寸一寸地挪到了黄开运和哑巴姑娘的面前。

"你还不赶紧磕头！"

黄二狗子一个头磕下去，整个身子栽在了地上，便鬼哭狼嚎般地叫了起来。

黄开运和哑巴姑娘的心一下子软了下来。

"你们看行了吧？这王八蛋已经知错认错了。"村支书对着黄开运夫妻

俩说。

"你个王八蛋，太不是个东西了。我黄开运来到黄家湾有多少年，你个狗日的就欺负了老子多少年。今天如果不是看在村支书和民兵连长的面子上，老子非跟你以命相拼不可！"说完这句话，黄开运跟小孩子挨了别人的打一样，嚎天喊地委屈地哭了起来。

"你个王八蛋，从现在起给老子长记性，以后再这样搞，非把你送到派出所去！"村支书提高嗓门，给黄二狗子敲警钟。

回黄家湾的路上。

黄家舅舅领走了黄二狗子。按照他之前表的态，村支书同意他按照黄家的家规处置黄二狗子。

黄二狗子两口子跟在黄家舅舅的后面，把感谢他的话说了一路。黄家舅舅觉得路上的人多，不适合回答他们两口子的话，等走到了自家的屋里，他把大门关了，又用身子紧紧地靠住，压低嗓门，悄悄地说：

"我告诉你们两个，以后再也不能这样搞了。大字报上写的那些话，不管写了哪个，哪个都能气个半死不活。幸亏我出面，不然的话，黄开运今天不把你捅了才怪。再说，哑巴姑娘也是你们同一个辈分的姐姐，你们咋忍心写下去呀？现在我警告你们，绝对不能有第二次！"

黄二狗子老实地听着，连连点头。

黄家舅舅开门探头望了一下外面，又关上门接着对黄二狗子的老婆说：

"你也不是个正经的女人，跟着坏人学坏人，跟着巫婆学跳神。说起来，你还是从县城嫁到这里来的，我从你的身上看不出一点点县城女人的样子。今天你来请我出面，算是你脑袋瓜子好使，走对了路子找对了人。你当时给的1000块钱，我收下了，是给你了一个大面子。要是不收下吧，黄二狗子今天只有死路一条。按说你起码要给我2000才是个谱气儿，但是救

人要紧，我就没有跟你计较。俗话说得好，细水长流，有情有感。再过一个多月就是我的90大寿了，你们心里还记不记得我，到时候就看你们的良心了！"

黄二狗子两口子听了，原来黄家舅舅叫他们过来接受家规处置，是他设的一个圈套。现在他话中有话，一听就知道这个老东西从一开始，就打起了他们的主意。

黄开运的家。

黄开运和老婆哑巴回到家里，没有把黄二狗子做的龌龊事告诉岳父岳母，也没有告诉自己的儿子儿媳。他们强装笑脸，为了办好两个孙子的满月宴，装作什么也没有发生的样子，以常人不具有的忍耐和超乎想象的平静，把黄二狗子平白无故欺负他们的这口苦水默默地咽进了自己的肚里。

黄二狗子也回去了。在那条大半里的路上，黄二狗子的老婆骂骂咧咧地怪罪着他。说今天丢了这么大的人，看以后的脸往哪里放。黄二狗子没有吭声。

走进屋里，黄二狗子像一只快鸡子，坐在那里抽着闷烟，把屋里搞得乌烟瘴气。

黄二狗子的老婆气急了，在厨房里拿起一把锅刷子直接朝他头上打去。黄二狗子只当作打在别人身上，低着脑壳不理会，还是一个劲儿地抽着烟。这个时候，他老婆猛地一巴掌打在黄二狗子的脸上，破口大骂起来：

你个下辈子没得屁眼子的、斜眼睛豁嘴的，鼻子长在后脑壳上的……"

就这样，黄二狗子的老婆把这些恶言恨语骂了一遍又一遍，一骂就是一顿饭的工夫。

黄二狗子任凭他老婆轰炸，一直等到她骂得有气无力了，才无精打采地站起身子，伸了几个懒腰，恶狠狠地指着他的老婆说：

"你骂够了吧？骂好了吧？你给老子记着，今儿你把老子骂熟了，从今

往后，老子跟你老死不相往来。你走你的阳关道，我过我的独木桥，老子一辈子也不会搭理你这个臭女人了！"丢下这句话，钻进被窝呼噜连天地睡起了大觉。

两天两夜，黄二狗子和他的老婆半句话也没说。

第三天鸡叫过最后一遍，两口子睡在床上都没有起床。

黄二狗子这几天的觉睡得充足，现在醒了，却没有人跟他说话。

他干咳了两声，试探老婆的动静。

这时，他老婆也没了瞌睡，在黄二狗子翻身的那一阵子，忍不住踹了他一脚。黄二狗子想起前天被骂得狗血淋头的场面，赌气坚持自己发过的那个誓，装着什么也没有感觉到，不吭不嗯地睡着自个儿的觉。

见他没有任何回应，他老婆开口问道：

"我们两口子现在好生说会儿话。你说我们两口子算不算黄家湾最坏的坏人？"

黄二狗子还是没有回应，并且故意打起呼噜来。

他老婆自责地说："我觉得我们坏得确实只差喝血了。"

黄二狗子忍不住了。

"都怪你这个歪屁股搅胯的老女人给老子带坏的。"黄二狗子突然翻了一个身，恶狠狠地说。

黄二狗子的老婆没有发火，泄气儿地回着黄二狗子的话：

"你还说我给你带坏的。这个事是谁出的鬼主意，你不清楚啊？每回你要干那些无屁眼的事，我说不能搞，你偏要搞，天天净想些鬼主意，没有一回不叫老娘添着干柴又淋柴油的。"

听着听着，黄二狗子开始抽泣。

脾气又臭又硬的黄二狗子从来没有这样子过。

他老婆的心软了下来，从被窝这头拱到了黄二狗子那头。

黄二狗子以为老婆要过来温存，止住了哭声，转而抱着老婆亲亲摸摸了起来。

其实黄二狗子的老婆是打算过来跟他说话的，并不是火上来了爬过来跟他快活的。现在黄二狗子突然要搞事儿，她只好应付着他的动作。

激情过后，两口子还是不想起床。他们虽然和好如初，但是一想起黄家舅舅，心里就不是滋味儿，憋屈得很。

确实，黄二狗子两口子在黄家舅舅那里吃了个闷亏，真的叫哑巴吃黄连——有苦说不出。要想以后不再上那个老东西的当，摆在他们面前唯一的路，只有改邪归正。回想起这些年来的所作所为，黄二狗子抱着老婆说自己不是人，家里没搞好，老婆没带好，孩子没教好，真是秃子脑壳上逮虱子——一头没有。他老婆也说自己做错了不少，没主见，又不喜欢操心，啥子都按黄二狗子说的做，结果一错再错，错上加错。两口子都在反省自己，都在下决心改变自己。

五

不堪回首的那些年，你穷我也穷，穷得要命的黄开运只要稍微有一点高兴的样子，一定会有人说他是"叫花子唱歌——苦中作乐"，并且还会说他是"吃个饱了再饿个死"。眼下进入了新的时代，黄开运不再遭人斜眼看了。

这段时间，黄开运始终一门心思地筹划着自己家的喜事儿。直到昨天，他像之前为儿子结婚办喜事一样，三亲六眷中，只请了母亲、姑爹、舅舅及自己的几个弟弟妹妹，整个黄氏家族的那几百号人他一个也没有吭声。

原来位于黄家湾东头垴的"干打垒"三间正屋搭间偏厦，是哑巴姑娘一家人过去的居住地。

在分田到户责任到人之前的那段被人瞧不起的贫困岁月，黄开运几乎是用被人鄙夷不屑的凄凉和自己忍气吞声的肚量，孤独地承载着一家人的自尊。

后来还是天老爷开了眼。一扇门被关起，始终打不开，却从窗户射进来了温暖的阳光。

去年这个时候，在华巍公司深圳工厂当科技带头人的儿子和当工程师的儿媳寄回了一套图纸和90多万块钱，要他拆掉旧房，就地建一套现代中式四合院。

儿子儿媳当时的想法是，建房子是一个家庭的大事，朝向、结构、宽敞度和舒适度，都要符合现代建筑学的理念。

黄开运搞不懂这些，更不知道怎么办。儿子儿媳告诉他，这个不是问题。他们找到母校的建筑学教授拿出一个总的方案，然后交给大学同学所在的建筑设计公司，按照"比着身材裁裤子"的思维，进行设计。

儿子儿媳安排得这么周到，黄开运卸下了压在肩上的无形的担子。

两个月的时间，这件看起来好像比较轻松的事情，儿子儿媳其实在里面做了好多麻烦又艰苦的工作。比如，请老家在县城工作的同学带着无人机在他们原有的住址上，把前后左右的格局拍成视频发给设计师。然后又请人按照设计师的要求，本着宽打窄用的原则，丈量出整个地基的开间和进深尺寸，同时配套提供一些不同角度的现场照片。这些东西，是设计师确定方位的关键。这期间，电话、语音、视频等，你来我往，几乎不间断。

负责具体设计工作的同学说，这是他从事设计工作以来遇到的难度最大的一个项目。难就难在，他要满足新旧两个时代三代人的需求，围绕风格与结构、民俗与科学，为精准确定最佳设计方案绞尽脑汁。

最终确定采用江浙地区流行的青砖白墙灰瓦的四合院样式。儿子的同学当时供职于一家专业从事徽派建筑的设计公司，借鉴江南水乡的房屋格调，注入南条荆山的历史文化元素，精心设计了一套中式四合院。

"这个设计，如果交给别人去做，或者是为别人而做，没有5万块钱肯定拿不到手的。"老同学把这个设计的价值给黄会说交了一个底儿。

"老同学别这样说呀。从开始到现在，谁说过让你汗水白流哇？"

"去去去。我啥时候说过你要占便宜呀？我是在向你表明它的价值，也是在表明我为你效力的喜悦。"

"我知道，我知道。我这不是跟你开玩笑。等这四合院建好了，我父母说给你们两口子留一个套间，作为你们的卧室。不过话说回来，卧室里面只能住你和你的夫人，如果你把大学里那位心仪你的女同学带上，我是绝对要让她住在另一个房间的。"黄会说说完一阵哈哈大笑，他的同学也不由得笑了起来。

现在图纸和钱都交给父母了，月儿想得比较全面，害怕那些小打小闹的水货施工队，什么都会搞，什么都搞不好，担心他们偷工减料，马虎应付，建的房子使用不到多长时间，便出现墙体裂缝、涂料脱落、钢筋露骨和一些细枝末节经不起检查的问题。所以把土建工程、强弱电安装、给排水处理等方方面面的图纸分了个一清二楚，一再交代找一支正规的施工队伍"照葫芦画瓢"，等到竣工验收了，再把工程款一分不少地付给他们。

黄开运有些为难地跟儿子商量：

"儿子呀，现在农村的一些小打小闹的施工队伍都是瞟学的技术，一把尺子一把刀，那些火柴盒式的房子都是摸着脑壳建起来的。有的农户盖起来的房子远看还不错，但是近前一看，不是这问题就是那问题。你见识广，干脆操心操到底，在县城联系一家建筑公司，以包工包料的形式对外公开发包。签了合同再开工，然后每天中午、晚上或者抽空通过手机视频查看工程

质量和施工进度。看到是那回事的，就让他们继续搞，确实不像话的叫他们返工重来。"

"我想想看。"黄会说感到这是个新问题。

"你们天天手机不离手，我发现这个玩意儿跟你们的仓库一样，装的净是你们想要的一些东西。"

黄会说听了，恍然大悟。

"我先到网上找找，看能不能找一支称心的施工队伍。"

"我们这一带，都是一些半路出家的施工队，我从来没有跟他们打过交道，弄不清哪个奸狡哪个实在，哪个手脚子好哪个手脚子差。这里面的水说深就深，说浅就浅。你在外面闯荡，见过世面。在他们面前，怎样谈价钱，怎样讲质量，我是外行加外行，当爹的只有依靠你了。"

一席话，黄会说心领神会。

通完电话，黄会说没敢懈怠，和爱人在网上搜了个遍，第二天晚上，他告诉父亲，他们在彝水县官方网站上找到了一家业绩和口碑数一数二的私营施工企业。

"难怪说有子不要父上前的。如果没有你们的孙子孙媳他们出面，我真的是急性子吃汤圆——四下无门。"黄开运对岳父岳母说。

"开运呀，咱家这些运气都是你来了之后带来的。"

"你们二老是家里的定盘星。我不是说好听的话，没有你们的庇护，我们再会劳动，再会勤扒苦做，也不会过上今天这样称心如意的日子。"

翁婿两人在相互感激中，说着推心置腹的话语，分享着当下的幸福。

建筑公司老总郭元波根据黄会说手机发的定位，那天晚上，径直来到黄开运的家里。

黄会说知道郭总见到了父亲，为了避免产生一些不必要的误会，黄会

说当即发起了由他、父亲和郭总参加的视频电话会议。在黄会说的主导下，把一些弯弯拐拐的事儿说了个透。开完会三人一拍即合，果断地签了施工合同。

郭总说，这是他第一次用这样的形式和业主洽谈业务。跟有文化的人打交道，每句话都说在点子上，方便快捷又简单，直来直去，没有一点儿扯筋的地方。

临走的时候，郭总的心情特别舒畅。掏出2000块钱装在信封里，对黄开运说："这是我的一点心意。收下吧，你我都图个吉利。"

黄开运不相信天下竟然有这样的好事，赚钱的老板，钱还没有开始赚，首先就来了个倒贴钱。他的两只手忙摆个不停。

"放心吧，这不是设圈套。给你们建房子的工钱，我一分不加；建房子的时候也保证不会走样。今儿的生意谈得快活。我在别处，主人家跟防贼似的，从谈条件签合同那天开始，就这不对那不是地指责我们，搞得双方都不愉快。我不是给你们上麻药，是瞧着你们这户善解人意的人家，大人孩子没有一个不是对我们客客气气的，让我们这些干力气活的泥瓦匠，在你们面前没有掉一点儿底子。"

黄开运说，这件事儿他当不住家，还得打电话问问自家的孩子。

儿子明白了这件事的来因去果，对父亲说："人家有这个心意你就收下吧。等房子盖好了，我们摆一桌人高的席面，好好地款待人家。"

黄开运觉得儿子说得有道理，收下了人情，一直把郭总送上了车。

事情就这样定下来了。

"三月三，蛇出洞"的那天上午9点9分，黄开运、哑巴姑娘、岳父岳母一家四口人和施工队举行了开工仪式。

黄家湾的人听见噼里啪啦的鞭炮声，都不知道黄开运家里究竟有什么好事。直到一辆辆拉着钢材铝材的大货车和商品混凝土车，还有吊车和挖掘

机，轰隆轰隆地开到黄开运的家门口，大家才知道了是怎么回事。

去黄开运家的路上。

黄二狗子是知其然又不知其所以然地从500多米远的湾子里跑过来的。

他站在远处有些神情恍惚，很想凑近看个究竟。脚刚挪出几步，又退了回来，又挪出几步，又退了回来。

后头赶过来的黄猫子看见黄二狗子的神态，茫然不解地问他：

"你像一只发情的公鸡打着转转追母鸡，这是在干什么呀？"

"老子在这里追你的老婆子，行吧？！"黄二狗子突然蹦出来这句话来，把黄猫子怼了个晕头转向。

"既然你不认我这个本家子的兄弟，老子也来个翻脸不认人。你个王八蛋太没有教养了，连你没出三服的亲嬷嬷也敢骂？当心老子一不做二不休，把你往死里揍！"

"你来呀，你来呀！你来揍老子呀！"

"你以为老子揍不过你，是吧？老子不揍便罢，要揍就给你揍个明白。"

"啥明白不明白？多管闲事！老子今儿站在这里想看什么看什么，有你啥事呀？"

"老子还不晓得你是个啥东西？不等你的尾巴翘起来，老子就晓得你要屙啥屎！去年人家黄开运的儿子娶媳妇，你狗嘴里吐不出象牙，不知羞耻地说黄开运的儿子黄会说是你小舅子的亲骨肉。你说你有没有良心呀？！现在退一万步说，嫁给黄开运的那个哑巴姑娘，不管咋说还是我们黄家的姐妹呀，并且她还是你自家爷爷的亲堂孙女。你个王八蛋是不是头上长疮、脚底流脓、坏透顶的人渣子啊？！"

听了这一通臭骂，黄二狗子不仅没有感到羞耻，反而顺手捡起一块石块，气急败坏地砸向黄猫子。

黄猫子赶紧躲闪，一个两三斤重的石块从他的耳边擦了过去。

黄二狗子见没有砸中黄猫子，像一只疯狗又扑了上去。

黄猫子的个头比黄二狗子大得多，要说打起架来，黄二狗子根本不是他的对手。

有所准备的黄猫子，双手叉腰，一点儿也不在意地站在那里。等黄二狗子扑到他的跟前，他一把揪住90多斤重的黄二狗子的衣服，拎起黄二狗子一边甩一边骂："叫你打转转，让你个王八蛋转个够！"

黄猫子的一只手像一台吊车的长臂，把黄二狗子紧紧地拎在自己的腰间，360度地甩个不停。被甩得晕头转向的黄二狗子妈呀妈呀地叫着，让一些本身打算到黄开运那里看开工热闹的人，都围了过来，目瞪口呆地看着黄猫子教训黄二狗子。

黄二狗子被甩了七八圈，黄猫子转而拎起他的一条腿，又一圈一圈地甩了起来。

黄二狗子一直没有停止他的哀叫，爷呀爹呀地要黄猫子饶他一命。

黄猫子不解气地问："怎么样？今天过瘾不过瘾哪？不过瘾是吧？不吭声，老子再给你甩几圈！"

"哥哥呀，爹爹呀，爷爷呀，我错了好吧？从今以后我就叫你爷爷行吧？我今后再也不敢冒犯爷爷了，再也不敢了，再也不敢了！"

"黄家湾怎么出了你这个犯天条的王八蛋？今天给老子记好，胆敢再惹老子，老子非把你的两条腿卸了不可！"

"爷爷呀，爹爹呀，哥哥呀，我保证不敢了！保证不敢了！"

黄猫子一把将黄二狗子扔在地上，说："黄家败类！"接着朝他的屁股重重地踹了一脚。

站在那里看热闹的人，吓得抖的抖，跳的跳，还有几个躲了起来。

不知道那个黄家舅舅什么时候过来的。

　　这个时候他猛地钻出人群，抱住黄猫子不松手，长一声短一声地叫着侄儿。

　　开始黄猫子并没有注意，以为是黄家的其他人，不断地使劲挣扎起来。这时候，哑巴姐姐打着手势，他扭头定神一看，才没有继续下去。

　　黄二狗子见黄家舅舅救了他的命，手脚并用，爬到黄家舅舅的面前，抱住他的大腿，像一头刚生下来的小牛犊，抵抵拱拱，把头磕在黄家舅舅的身下。

　　黄二狗子的老婆觉得自己表现的时候到了，陪着黄二狗子一边磕头一边说：

　　"老爷子你真的是我的救命恩人呀！讲感情，重义气，前一会儿，我把1000块钱送给了你。这会儿一过来，又把我们从火坑里救了出来。我万万没有想到你说话这么算话。现在我感谢你了，感谢你了！"

　　站在那里的一群人，听到黄二狗子老婆说的这些话，知道了他们之间的交易。黄家舅舅的威信扫地。

　　黄二狗子听了，没有脸再在这里待下去了。趁着黄猫子没有注意的一瞬间，使尽了全身的力气爬起就跑。

　　看热闹的人，渐渐散去。路上，不见有人理会黄家舅舅。

　　黄开运和哑巴姑娘，还有他的岳父岳母什么也没有说，把刚才发生的这一幕全然当成了一场戏。

　　就这样，从阳春三月冰雪消融到金秋十月稻穗灿灿，从破土动工到扫地住屋，四合院整整盖了188天的时间。

　　整个施工过程中，黄开运的儿子在3000里之外的深圳关注着每一个环节，隔三岔五地打开手机视频，遥控查看现场情况。

　　完工的那天早上，黄开运记起岳父要他去做的那个事儿。

　　他在村里超市买了些黄表纸和阴币之类的祭祀用品，向祖坟跪拜行礼，

禀报自家的新房子盖好了，求得祖先多多庇佑。

回到家里，儿子又打来电话，说郭总刚才把工程分项的每个部位，拍了一个十几分钟的完整视频，发给他看了。土建、给排水、强弱电和内外装饰装潢，还有亮化和环境搭配，在质量上都没啥说的。现在竣工了，人家辛苦了这么长的时间，给每个工人准备一个50块钱的红包，再买几瓶好点儿的珍珠液酒，留施工队吃中午饭。

黄开运一丝不苟地照做。郭总的心里充满了成就感，也充满了这家人对他和工人们的人格尊重。临走的时候，他说："我做了二十几年的工程，从没受过这样的待遇。现在我实话告诉你们，动工以来，我要工人们不说坏话丑话恶话，不许他们在地基上随便尿尿。在大梁中间安放了大吉、平安、太平的竹叶符，在大梁两头分别安放了一枚财源滚滚的古钱币。我之所以这样做，是你们的为人感动了我。我希望通过这些方式，保佑你们的日子越过越幸福。我不敢保证这些有多大的灵验，至少我该用心的用心了，该尽力的尽力了。我现在把这个秘密告诉你们，是想从良心上对得起在你们家挣的钱，也想用我的土办法、笨办法来表达我对你们的回报。"

黄开运听了，竟舍不得他走了。

哑巴妻子提来了100个鸡蛋，要郭总带回去，比比划划的意思，是她专门送给他老婆孩子的。

村子里的人或远观或近看，面对这套没有见过的四合院，"羡慕嫉妒恨"交织在他们的心里。这倒不是"见不得人受穷又见不得人吃肉"的缘故，而是朴素的心态和对事物的认识角度决定了他们的表达方式。不管怎么说，他们有个比较一致的看法，那就是黄开运家从此脱离了苦海，来了个雨过天晴的大翻身，过上了苦尽甘来的神仙日子。

六

黄开运的家门口。

没过几天，村委会专门把现场会开到了黄开运的家门口。

为了开好这次现场会，村委会要求每家每户来一个当家人。拿着黄开运家当典型，把他们怎样勤俭持家，怎样教育儿子，怎样绾起头发立志，还有怎样扬眉吐气地活在世上的这些大家都听得懂的话，讲了一串又一串。

村支书打开话匣子，说得头头是道。

"今日我们在黄开运家门口召开村里的现场会。为什么开这个会？你们心里大体上有数。现在我跟大家一起坐在黄开运家门前，看着黄开运家的房子，脑壳里面都在想事情，你怎么想的，他怎么想的，想的都是一些啥子，肯定是不一样的。今儿上午我要把这个事儿说个够，也说个透。你们听了，回去再翻出来，斟酌一下我说得有没有道理。

"黄开运这一家子为啥子搞得这么好，让我们个个都羡慕得流口水，这要我们好好地把根子找到。关于这个事儿，我要当着大家的面，从三个方面来讲。

"第一个方面：人家黄开运一家人勤扒苦做。我们大家一年四季365天都看得到，地里干活也好，山上砍柴放牛也好，收拾屋里屋外也好，人家是裤裆里头捉虱子——一折一折地来。每个事儿搞得都是有棱有角、板板正正、扎扎实实、抻抻展展的。你们啥时候看见人家在外头嚼舌头、吹牛、打麻将了？男的不好吃，女的不懒身；当老的不讨嫌，当晚辈的不在外面无章打野。只顾吃自己的饭，干自己的活，没看见他们在任何一个窝儿喝得洋叉八痴、鸡子认不得鸭子的。一天到晚只忙着自己的事。而我们村里，有的人游手好闲，天天大摇大摆地在外头浪，把自己吹得天花乱坠，什么哪天哪天

逛县城，如何如何逛商场，怎么怎么上馆子，谝得神乎其神。还有的人，啥子都叫老婆做，自己跷个二郎腿玩手机。自己屋里的柴米油盐、老婆娃子一点儿的边也不沾，浪到半夜三更回去了，搞的那些鬼事以为别人不知道，信息看了就删，手机回家就关，上床睡觉打鼾，裤头经常反穿。有句俗话说得好，"吃不穷，穿不穷，不会盘算一世穷"。这几个人是谁，我今儿不点名。你们好好想一想，你这个样子准备混到啥时候为止！

"第二个问题，人家黄开运教子有方。黄开运他们是怎么教育儿子的，今儿我专门讲讲黄开运的儿子黄会说的事，大家听了，自然就明白了。

"一个是，他们教育出来的儿子从小就立场坚定，爱憎分明。

"黄会说上小学的时候，在一次上学的路上，他看见两个同学扭打成一团，你揪着我、我揪着你地在地上翻来滚去。脸上、手上都是伤。

"黄会说扔下书包，赶上前去，边拉边说：你们为什么要打架啊？都不要再打了，松开松开！

"两个同学不听，仍然在地上使劲地纠缠，不分高下。

"黄会说大声喊：你们听没听见？我叫你们松开。用手拼命地拉扯着他们两个。

"拉来拉去，始终拉不开他们。实在没有办法了，他只有站在那里大声地哭了起来。

"两个同学看见他这个样子，才慢慢地松开了手，先后站起身子，在黄会说的面前低着头，不好意思地向黄会说认错，反过来劝他不要哭了。

"二个是，人家教育出来的娃子懂得大人的艰难辛苦，从小就知道为大人分忧。

"黄会说上初中一年级的时候，一个星期一的早晨起床晚了，赶到学校后迟到了半个小时，一进教室老师就火冒三丈地叫他罚站，并说罚完了这节课，还要罚到下一节课。同学们都惊讶地听着老师的训斥和看着乖乖地站在

那里的黄会说。

"为什么罚站呢？

"说来也不能怪罪老师的狠心和严厉。那几天，黄会说连续几天都在迟到，老师每次点名，唯独没有黄会说应答的声音，这在他们班上是从来没有过的事情。

"心甘情愿地接收罚站的黄会说，脸上看不出丝毫的抵触，只见他非常老实地站在那里，从书包里拿出课本，像什么也没有发生一样，认真地听着老师的讲课内容。如果让不知底细的陌生人看见，真不敢相信这竟然是一个刚满12岁的孩子。

"站了15分钟，教室外面响起了下课铃声，同学们三三两两地走出教室，都在猜他迟到的原因。

"坐在他后面的一个同学，先是走到黄会说的面前说了几句安慰他的话，虽然不是大人的那些言语，但听起来却十分暖心。总的意思是，叫黄会说不要压抑、不要悲观，然后问黄会说这几天连续迟到，是不是因为睡懒觉起床晚了，或者是身体不舒服。你们猜是咋回事儿？是他那几天的晚上，都在帮爹妈提着马灯，在对面的那几座山上捉蜈蚣，一捉就到大半夜，回来睡觉晚了，瞌睡自然就睡过头了。同学们听了，才晓得他是在心疼父母，帮父母分忧。

"每年春上，确实是捉蜈蚣的季节，黄会说觉得自己长大了，应该替爹妈做一些力所能及的事情，想来想去，别的忙也帮不上，只有自己在好好学习的同时，主动给天天在山上捉蜈蚣卖钱的爹妈提着马灯，让他们多捉一些蜈蚣。这样一来，从天黑到三更半夜，一晃就是四五个小时。一个晚上下来，大人累了不说，年仅12岁的黄会说当然也瞌睡得不得了。连续几个晚上之后，爹妈起不了床，黄会说也肯定是一觉睡了个忘记，由此导致了一连几天的迟到。"

大家听到这里，有的用羡慕的眼光看着黄开运，有的低着头想自己的儿女。

村支书看见大家用心在听，又接着讲了第三个关于黄会说好好学习，写的作文登上了省里的报纸的故事。

"原来教过黄会说的那位老师，现在是我们小学的校长。前几天听说他的学生黄会说在深圳当了一名工程师，长大本事了，他高兴得不得了。他说黄会说过去就是他最看好的学生，有一天，他要同学们写一篇关于太阳的作文，写散文也行，写诗歌也行。老师万万没有想到，黄会说写的一首诗歌，不仅语句优美，而且饱含了理想信念和深厚感情。这篇作文后来还登上了省里的报纸，很多读者也都叫好呢。老师越说越高兴，听说我们今天召开现场会，他在办公室里把黄会说当年写的那首诗歌和他对这首诗的评价，唰唰唰地写了出来，让我跟他一起欣赏。下面我也让大家见识见识。我水平有限，不会朗诵，只能照着念。大家将就着听。题目是《关于太阳》：

太阳

我说　你是红的

因为　我在早上

看见了你　红彤彤的　脸庞

太阳

我说　你是白的

因为　我在路上

知道了我　前进的　方向

太阳

我说　你是黑的

因为　我在晚上

寻找着　黎明前的　希望

　　"老师说这首诗的节奏把握得非常好，每一节的总字数都是一样的，而且每一节中的每一句，也和另外两节相对应的句子字数相同，回环往复，读起来很有气势。而且这首诗十分注重韵律的和谐，读起来朗朗上口。

　　"我拿的这张纸上面老师还写了很多，我继续照着念。老师说，黄会说的这首诗选用了红色、白色、黑色这些不同的颜色来塑造太阳的形象，不同色彩的对比使太阳的形象丰富起来，而'红彤彤的脸庞''黎明前的希望'又使诗歌极具画面感。

　　"总而言之，老师恨不得把黄会说夸上天。我读书少，他说了好多我听不懂的话。听来听去，只听懂了黄会说是个了不起的学生，长大了肯定有出息。现在大家听了这个故事，说不定听得稀里糊涂的。但是有一条，大家心里肯定有数，没有他们这个家的家风和家教，不会教育出这样的娃子。"

　　村支书说到这里，看着躲在会场后面的黄二狗子说：

　　"在这个问题上，我们当家长的，一定要当回事儿。俗话说，什么样的师傅带什么样的徒弟。还有一种说法就是，前面有样，后面跟上。今天在这个会上，我不是有意掉黄二狗子的底子。你看你把你那个儿子教成什么样子了？首先从名字上说，你就犯了一个大错误。别人问你为什么给你的儿子改了一个黄大棍的名字。你说你看了《孙悟空三打白骨精》的电影，觉得孙悟空拿的那个金箍棒神通广大，所以就给儿子改名叫黄大棍。平时还在外面炫耀自己给儿子改了一个如何如何好的名字。究竟好在哪里？我看还不如给他改成黄大昆。名字改就改了，我就不往下说了。你好好地教育也行啊。可偏偏把他往坏处教。人家黄开运的妻子，说起来还是你三代以内的直系血亲，

没有出三服的姐妹，你跟人家过不去，还带着自己的儿子跟人家过不去。你在自己屋里闲得确实没事做了，编了一首侮辱人格的顺口溜：

憨子爹呀哑巴妈，

生了一个二不丫，

只会天天啃书本，

长大是个日大侠。

"就是你编的这个乱七八糟的东西，还天天教你儿子在外面唱。你今天当着大家的面，老实想想你自己混账到什么程度了？"

黄二狗子心里清楚得很，村支书讲的这些虽然烧他的耳朵根子，但是他不能犟，如果真的犟起来了，村支书肯定会接着开一个让大家一起来批评他的会。

"下面我来讲第三个问题。就是黄开运这一家人与人为善。我跟大家一样都是这个村土生土长的人。我们从来没有听到或看到他们这一家子在外面对别人品头论足、说长道短，从不跟任何人争高低贵贱。别人在他们面前说的话再难听，他们都装作没有听见。这并不代表人家好欺负，而是人家不跟那些人一般见识，那些人自己说着说着也没劲了。特别是在我们大多数人面前，人家男女老少分得清清楚楚，该叫什么叫什么，讲礼貌讲在每一个人的身上。他们还是我们这个村最心慈面软的人家，见困难就帮，有好事就让。不像有的人见死不救，遇到别人的难处，躲得远远的。遇到一点儿好事，抢都抢不赢。"

讲到这里，支书停顿下来，看黄猫子今天来了没来。

一阵左右环顾，指着黄猫子说："在这个方面，黄猫子也有值得我们大家学习的地方。他敢说真话实话，见不得眼睛里头进沙子。说是说，笑是

笑，做是做，玩是玩，是一个很开朗很实在的人。在这里还有一句话我不得不说，黄二狗子的爱人本身是个县城里的良家姑娘，嫁给二狗子的这些年被二狗子带坏了。这个责任不是我嫂子的责任，二狗子要好好反省自己，一定要悬崖勒马，回头是岸，重新做人，让我这个当支书的小叔子，在村里群众面前说起话来也理直气壮一些！还有……"

村支书欲言又止，有话还没有说完。

"还有一个事情我不得不说。憋了一年多，硬是把我的嘴都憋疼了。二狗子，你以后别再到外面丢人了。去年刚过完年，我敢说黄家湾所有人的肚子里的油水都还没有刮干净，你却跟饿牢里放出来的人一样。人家黄满仓家里过喜事，第一没有接你，第二你没有上人情，到了放席的时候，你厚着脸皮，直冲冲地跑到上席坐了下来。吃就吃吧，你硬是逮着那碗肉可劲吃，拿起那瓶酒，恨不得当矿泉水来喝，自己把自己给灌醉了。醉了就醉了，回去好好睡觉也行，哪晓得你晚上又跑过去了，接着喝，接着吃，像一头才下崽的母猪，那个吃相啊，简直难看极了。十几席的客人都听见你吃得嘴吧唧吧唧响，还在那里吹得雷光火闪，喝了人家大半斤酒不说，还让别人说不成话也吃不成饭。吹着吹着，突然不吹了，一跟头栽到了地上。当时把主人家都吓坏了，以为你出了什么事。客人们赶紧围了上来，喊的喊，叫的叫，准备把你送到乡卫生所去抢救。大家拎着胳膊抬着腿，你哼哼唧唧地醒了过来。客人们定神一看，你二狗子真是醉生梦死啊，原来是醉得撑不住了才栽到地上的，而且把屎尿都拉在裤裆里了。

"还有一次，黄油子在县里工作的妹夫来了，你的那个鼻子尖得稀奇得很，弄不清你是咋闻到香味的，人家的饭菜刚上桌子，你钻进去一屁股坐在了桌子边。黄油子看在黄家弟兄的分上，二话没说，让你吃让你喝。你说你要脸不要脸，一会儿说这个菜淡了，一会儿说那个菜咸了，一会儿又把一些菜往锅子里面倒，还厚颜无耻地说，在锅子里面煮着好吃一些。结果你喝醉了，你在人家黄油子的老婆面前动手动脚、拉拉扯扯的，并且不顾晚辈还坐在那里，尽说一些粗话蠢话。黄油子实在听不下去了，提醒了你一句，你竟站起来把人家的桌子掀翻了。你混吃混喝的事太多了，你摸着你胸前的第三颗扣子说说，你这是不是丢人现眼，是不是把你老婆娃子的人都丢尽了！今天我是以村支书的名义在提醒你，教育你，对你有好处。如果你觉得我在人多的场合糟讯你，一会儿散会了，你把衣服扒掉，我把我这个支部书记的帽子甩到一边，当着大家的面，想怎么打就怎么打。"

黄二狗子确实理亏在前，有口难言，坐在那里没敢吭声。

现场会还没有散，黄二狗子自感无脸见人，无地自容，自个儿从会场后面的山上回去了。

俗话说，"会听话的听门道，不会听话的凑热闹"，村支书讲来讲去，讲得在场的大多数人容光焕发，斗志昂扬，只有少数的几个人听得"傻子爬墙头——干瞪眼"。会议开到最后，村支书还豪情满怀地说，黄开运在黄家湾开了一个好头，培养了一个像样的大学生，能干的儿子娶了一个能干的儿媳，脑子里装满了知识，腰包里装满了银子。哪个看了这栋房子，都会断定这是一户兴旺发达的人家。他们通过建设自己的美丽家园，添了黄家人的志气，长了黄家湾的脸面。

确实也是如此，有文化的人就是跟别人的眼光不一样。黄开运不仅按他儿子的要求，建了一栋在电视里才能看到的江浙那一带的四合院，还有城里一模一样的环境搭配，哪个见了都说好，都想把他们的房子当"比子"，好让他们"比着屁股裁裤子"。

光这还不算。房子周围的花花草草和花花草草上摆的那几个石头，硬是跟下凡的仙女一样，长得有鼻子有眼的。在花草边上有股泉水，泉水旁边栽了几根竹子和几棵树的地方，人家黄开运用几块砖整整齐齐地往那里一码，抹了白水泥，就变成了一堵美丽、方正的照壁。

看了这些，还要看人家黄开运房子的这头和那头。

在房子的左边，祖坟旁边长着一棵苍老的不知长了多少年的银杏树。这种树，当地人把它叫作"爷孙树"，只愁栽，不愁长，像落了又出的日头，黑了又亮的白昼，一根植于土，万代不绝生。乡下人喜欢栽这种树，都指望在它的荫佑下福报满满，儿孙满堂。近处细望，这棵树的身前身后又生了一窝坨参差不齐的小树，在古树伸向四面八方的一人多高的那些枝干上，出奇地发育了一些叫作"天笋"的气根，它们一根根倒挂金钩似的吊着，不知根底的外地人如果一眼望见，十有八九会以为是隆冬夜幕下的冰凌钩子。

在房子的右边，是一汪长年源源不断的山泉，泉水汇聚在一个宽有丈余、深不见底的小池塘里，祖祖辈辈饮用到现在，也依靠它灌溉门前的那一畈农田。如果登高望远，整个湾子好像都是些大户人家，各式各样的楼房和院落背靠湾子后面的那座大山，错落有致地分布在以山腰为中心的周围。唯有他这处单门独户的房子在这座被黄氏家族世世代代奉为风水宝地的大山边缘，虽然孤零零地飘着自己厨房烟囱里冒出来的烟子。但这又像一幅画一样，这叫什么来着？村支书抓住脑壳上的头发，一下子不知道怎么形容。叫……叫……对了对了，叫世外桃源！这哪是天天跑田埂子的农民住的房子啊？让那些领导来住，也不一定住得起。人家就是有这个能耐，把自己的房子建得比旅游景点还要美。好比给漂亮的姑娘身上喷了香水，又在脸上化了妆。为我们这里增加了谁也带不走的美丽呀。

2021年秋。

乔迁新居那天，儿子一再提醒父母不要请客收礼，顺其自然地搬进去，等到有孙子了，再好好热闹一场。

黄开运搬进去的第一个晚上，止不住的思绪，引发了他太多的感慨。回想过去吃不饱饭、抬不起头、直不起腰的日子，黄开运不禁涌起阵阵酸楚。

在黄开运心里，穷就是穷，一不怪天，二不怪地，三不怪人，怪只怪那些年"黄鼠狼咬得净是病鸭子"，跟秃子脑壳上长虱子一样，背火背气的霉运都降到了自家人的头上。一户吃不饱穿不暖的人家，还要别人把你当人看，那是古往今来没有的事情。

七

黄开运坐在自己屋里。

回望自己在李家湾生活的那31年，真的叫饿狼看了也会掉几滴眼泪。他硬是弄不清一个接一个的不幸为啥子像魔鬼一样，偏偏揪着他们家不放。

1947年6月，李家湾一户姓李的人家，生下了他们的第一个孩子。当时这户人家见是一个男孩，给他取了一个"开运"的名字，希望他长大以后能给家里带来翻身的希望。

1966年，开运跟他的爹妈和脚下的弟弟妹妹们还没有过完那个根本不叫春节的春节，他的父亲便一天比一天打不起精神。在李家湾，自从他懂事以来，每每隔上一两个月，总能听到不是这家有人"害病"，便是那家有人"要不得"的事。万万没有想到这年的春上，他家草屋后面的一棵杏子树在开花结果的过程中，出现了许多怪状。最开始，开运的母亲和他的六个弟弟妹妹并没有注意到这些。直到春暖花开之后，杏子树叶黄枝枯，刚刚长出来的青涩杏子不断地从树上掉落下来的时候，他们才意识到，那棵杏子树可能会在不长的时间内，彻底终结掉还是上几代人种下的四季轮回的生命。

那棵比吃饭的碗口还要粗一些的杏子树，是新中国成立前后，连同那间草屋一起，从一个发迹没有几天的地主手里分给父亲的。

面对这种现象，开运的母亲和弟弟妹妹们怎么也没有想到，它的命运竟然会同父亲连到一起。后来，那棵杏子树上压满枝头的杏子，随着杏子树的日渐枯萎和衰竭，无一例外地全部掉落在了地上。这种自然界与人之间难以揭示的内在联系，这个一穷二白的人家一点儿也不懂，最终似乎演绎成了父亲生命历程中的不祥之兆。

这之后的8个多月的时间，为给开运父亲治病，开运的母亲想尽了一切办法。但极端落后的医疗技术和极度窘困的经济状况，根本无法阻止他的父亲病情的急剧恶化。当年的腊月二十三，年仅44岁的父亲带着说不清的病因和对人世间的无限眷恋，在无尽的担忧与无言的绝望中，把梯子坎式的7个儿女托付给了患难与共的妻子，乘着仙鹤西去。

尽管一个贫困潦倒的穷户人家发生了天塌了一样的灾难，但是对李家湾里200多户人家的平静生活，几乎没有带来悲伤和影响，整天在田间劳作的人们，为了自己的生计，依然有序地为各自的活路忙碌。

住在隔壁的陈二姐是从开运家里传来的痛哭声中，得知开运的父亲去世的消息的。因为她知道，临近过年的这段时间，李开运的父亲一直处于昏迷状态。于是她径直来到李开运家里，走到李开运的父亲的病床前，默默地帮开运的母亲擦去开运的父亲脸上的泪水，接着又抚闭了他在生命最后一刻与病魔抗争的那双睁着的眼睛。

在这个过程中，陈二姐像料理自己父亲的后事一样，每一滴泪水都表达了她对这位邻居去世的悲痛和同情。

稍后，陈二姐又对开运的妈说："李幺奶奶，我在这里和几个弟弟妹妹守着幺爷，你到街上去借副棺材，然后再请十几个人来帮忙。"

"我们屋里现在穷成了这个样子，平时人家连米面都不愿借，我们咋还能借到棺材呀？"开运的母亲悲伤而迟疑地说道。

"湾子中间的王货郎子有一副棺材闲置在那里，他现在身体还好，你

去试一下吧。"陈二姐接着又补了一句，"万一不行，你就去公社里找柏书记，请他帮忙想想办法。"

开运的母亲按照陈二姐的指点，含着泪水，哀求着她认为可以哀求的李家湾的每一个人。

事情并不如陈二姐想象得那么简单，能够为之动容并愿意帮忙的，仅仅只有几个平时就很怜悯他们的长辈。

无奈之际，开运的母亲只好抱着最后一线希望，踏进了公社的大门。

满脸麻子的柏书记听罢开运母亲泣不成声的哭诉，顿时大发雷霆，他破口大骂李家湾那些没良心的东西，并要求王货郎子必须借出自己的棺材，湾子里凡是李姓人家也必须出一个劳动力，帮助开运父亲安葬。

柏书记的命令，果然镇住了李家湾的所有人家。人们纷纷带着安葬开运父亲的工具来到开运的家里。

眼见快到晌午了，开运的母亲好话说尽，王货郎子和他的老伴坚决不借棺材。听到了柏书记发的那些脾气，他们又骑在棺材上不下来，一把鼻涕一把泪地号啕：

"我的天啊，我的地啊，他们比国民党还狠呀，想抢走我们的棺材呀！"

开运母亲带着一帮儿女一起跪在他们的面前。

王货郎子和他的老伴儿装着什么也没有看见，趴在上面，使劲地拍打着棺材。

柏书记闻讯赶到，王货郎子和他的老伴儿更加来了劲，丢下一句又一句的狠话：谁要把他们的棺材弄走，他们马上就死在棺材里。到了这个地步，开运母亲别无选择地往回走去。

棺材没有借到手，来帮忙的邻居都傻了眼。

陈二姐万般无奈地走到帮忙的人面前，说她家里有一床前两天才编扎好

的晒棉花的棉花帘子。

在场的所有人你看着我，我看着你。

"不借就不借。老子就不信用棉花帘子把人软埋了，这家子的几个娃子以后长大了就硬不起来！你们跟王货郎子两口子说，有难不帮，跟个死人都过不去，有朝一日，这七个娃子只说一个娃子有出息，老子看他们两个老脸往哪里放？！"柏书记不发这一大通脾气，好像解不了他的心头之恨。

接下来，大家把开运的父亲放在了棉花帘子的当头，经过一阵翻翻滚滚，极不情愿地结束了一个人入土为安的丧事前奏。

再后来，在大队书记的安排下，在晌午到来之前，将开运的父亲送到了李家湾山后面的那片松柏林子里……

那天，柏书记亲自和大家一道安葬了开运的父亲。人埋了，柏书记说，开运家里穷，一家人连饭都吃不上，所有参加安葬的人各自回各自的家里去。

开运长大以后，只要一想到这件事，两眼汪汪的泪水，不是流在被窝里就是流在别人看不见的地方。

父亲去世的第二年，家里一贫如洗，开运的母亲实在没有办法养活自己的儿女。万般无奈，她想出了把儿女送给有钱人家的主意。

那天，开运的母亲准备把他送出去。

开运被吓出来的那泡尿打湿了裤子。

上午，开运按照母亲的要求去捡柴。他的运气非常好，在百亩洲旁边的柳树林里很快就捡够了一大捆被风刮下来的干树枝子。他特别感激头天晚上的那场大风，大风把柳树上的枯枝三三两两地吹折在地上，让他没费多大工夫，就完成了平时需要大半天时间才能完成的捡柴任务。

望着这捆令他欣慰的干柴，他没有在这里玩耍，或者去河边干那些诸如掏鸟窝之类的调皮事情，而是想早点回去，把当天的意外收获及早地告诉母

亲。他扛着这捆自他捡柴以来捡得最多最大的干柴，全然忘记了它的沉重，心里一直想象着母亲可能给他的夸奖和鼓励。那颤动的脉搏在兴奋的心绪的伴随下，顿时激活了他全身的每一根神经，他在不知不觉中走到了他屋后头的那个堆放柴火的地方。

开运毕竟是在毅力的支撑下走完这段路的，他放下这捆说不清有多重的干柴，气喘吁吁地坐在父亲生前一直用来劈柴的石磴上。这时，他全身酸软无力，肩上还有一种刺疼和火辣辣的感觉，他确实需要好好歇息一下，消除一天的劳累，等待体力的恢复。

他坐在那里，隐隐约约听见母亲在家门口的场子里和一个人拉家常的声音："马站长，娃子他爹说走就走了，走的时候欠下几千块钱的债。现在这些个娃子，大的大，小的小，我已经养不活他们了。"

"大姐，我心里有一个想法，一直不好意思在你面前开口，生怕伤了你的自尊。"

"马站长，我们孤儿寡母的，衣无衣，食无食，只差当叫花子了，还有什么自尊不自尊的呀？你有啥想法就直接说吧！"

"大姐，我虽然参加了革命工作，还在李家湾粮站当了一名站长，但是哪有你这福分啊？你生了三四个儿子，我们家却生了三四个姑娘，以后我家连传宗接代的人也没有，香火难续，实在是悲哀呀！"

"马站长，其实生姑娘比生儿子还有福分一些，姑娘一是心细，晓得心疼大人，二是不会给大人惹麻烦，添负担。我现在的四个儿子，完全是我的四块心病，要不了几年，他们一旦都成了单身汉条子，那才愁人哪！"

"大姐，你没有懂我的意思，我是想要你那个叫开运的小儿子给我当儿子，他长大了不仅可以接我的班，去参加工作，而且可以为我实现传宗接代的心愿。"

"我的大儿子年轻太大了，我怕给你添麻烦，干脆把我那个叫六月河的

三儿子送给你当儿子吧！"

"不，大姐，你要是舍得的话，就把你那个叫开运的儿子送给我吧。他秃嘴秃脑壳的，看上去既听话老实，又机灵过人。你把他送给我，我以后也好带一些。"

"那就这样定吧。我这个儿子做梦也想不到他这一辈子会到'福窝'里和'蜂糖罐'里去享福的，你不嫌弃他，也算是他前世的造化。你们把他带回去以后，如果他调皮不听话，你们就把他当作自己的亲生儿子，该打的打，该骂的骂，万一他不成器了，你就还是把他还给我！"

开运一直竖着耳朵，趴在墙角听着。这时，他听到了母亲的啜泣声，像在给他送行做准备。

"大姐，你放一千个心、一万个心，我保证和你弟媳把开运当成自己的儿子，把他抚养和教育成人。等他长大结婚有了孩子之后，我们再把真实情况告诉他，让他把你也养活起来。"马站长斩钉截铁地拍着胸脯说。

"他今天上午到百亩洲的柳树林子捡柴去了，你就在我们这里吃晚饭，等他回来，我就说你本身就是他的亲爹，然后叫他跟你回去。"

开运听到这里，犹如五雷轰顶，眼前一片漆黑。他像在做梦，压根儿不敢相信这是真的。此时，他带着乞求的目光，从屋后头的墙角那里，六神无主地走到坐在门前场子的母亲和马站长面前，抖动着嘴唇，舌头僵硬，半句话也说不出来。

木然的母亲和尴尬的马站长，只见开运裤子里有什么滴答着，从上到下慢慢地滴到他的脚上，然后又从他的脚背慢慢地流到他站着的那个地方。

开运的母亲和马站长目睹李开运的这种情景，顿时意识到那是他被吓出来的尿。他们不知所措地望着李开运，陷入无法解释的境地……

开运的尿还在流着，其实他的魂早已被吓得不在身上了……

上小学三年级那年。

每天早上八九点钟太阳升起的时候，开运和隔壁家的同龄伙伴搬招子总是趁着吃早饭的机会，各自端着盛满饭菜的饭碗，转到他们屋后头的屋檐下，商量上学前和放学后如何玩耍、嬉闹的一些事情。这是他们自然养成的一种习惯，除了刮风下雨，他们都会不约而同地在屋檐下碰面。虽然他们吃着不同的饭菜，甚至有些时候饭菜差别很大，但是并不影响他们所要讨论的事情。每一次商量的结果，大多转化为他们两个人的一致行动。在这个气氛融洽的商讨过程中，搬招子对开运充满了特殊认同和无限敬重。在搬招子看来，开运不仅是他的邻居和同龄伙伴，更重要的是，开运与他的父母是同辈，所以他在和开运朝夕相处的岁月里，当真把开运当作自己的叔叔。后来，无论和开运在一起干什么，也无论在李家湾的任何地方碰见开运，搬招子都会对在家排行老大的开运以"大叔"相称。

一天，李家湾日复一日地迎来了早上忙碌后的寂静，勤劳的李家湾人在渐渐消散的炊烟中开始享用他们的早餐。这时的开运和搬招子同往常一样，端着饭碗来到他们后门的屋檐下，商量趁着别人家晌午睡觉的时机去偷杏子的事。不料，开运挑起话头，还未进入正题，搬招子就将怜悯的目光投向开运手里端着的饭碗。

开运问："你在看啥？"

"大叔，你碗里咋尽是萝卜块子呀？"

"我妈已经向别人借了好几天的米了，不好意思再开口找别人借，这几天我们一天三顿吃的都是萝卜。"

开运说到这里，稚嫩的脸上泛起几丝淡淡的愁意，刚到屋檐下时的欢欣和兴奋，随着愁苦的思绪，顿时消失在辛酸的泪水之中。他在想一个问题：他的家境其实和搬招子差不多，一样的草房，一般多的人口，不同的是他的父亲被病魔折磨离开人世，欠下一大堆的债务，使他们家陷入了饥寒交迫的

困境。当时30多岁的母亲执意选择了守寡的生活道路，没日没夜地勤扒苦做，仍不能和膝下的七个儿女吃上一顿饱饭。开运一想到这个悲伤的事情，就想用哭的方式来发泄自己对命运的不满。但是他没有这样做，而是扭头避开搬招子的目光，看着滚滚东去的彝河之水，黯然神伤，不知道他们家今后还有多少黑暗的日子，梯子坎式的七个兄弟姐妹和他们的母亲还要在贫困的长夜里煎熬多长时间，也不知道摆脱饥饿、寒冷和他人歧视的岁月何时才能到来。

"我会去的。"开运回头平静地对搬招子说。

"大叔，反正我每顿都吃两碗饭，从今儿起，我每顿都跟你换一碗饭吃。"搬招子同情而认真地说，"只要我不吭声，我妈他们不会发现的。"

"不行不行，假若我妈晓得了，肯定是要打我的。"

"不要紧，给，你快点吃。"搬招子执意把他端的那碗黏米干饭递到开运的手里。

开运望着搬招子递来的这碗米饭，上面覆盖着他很长时间没有吃到过的韭菜煎鸡蛋。他在扑鼻的阵阵香味的诱惑下，埋头大口大口地吃了起来。他感觉自己简直到了幸福的天堂，那吞下去的每一口饭菜通过喉咙的时候，有种无比圆润而顺畅的快感，犹如他幼年时吮吸过的母乳，给他生命得以延续的希望。

开运就这样旁若无人地吃着，全然忘掉了搬招子刚才换过去的那碗萝卜，那狼吞虎咽和迫不及待的神情，像乞丐得到他人的施舍和恩赐一样。开运在感恩戴德的境况下，由衷地看到了无限美好的人间真情和灿烂如画的温暖阳光。同样在这样的境况下，他的心时而荡漾，时而飞翔，在这个短暂又漫长的时间里，他把树立的远大志向和追求的宏大目标，深深地藏在自己的心中——他深信，只要沿着自己追求的道路坚定地走下去，他和他的母亲一定会有幸福的未来。

"大叔，你已经吃完了，我们现在走吧！"

听到搬招子说话，开运回过神来，难为情地看着搬招子和搬招子没吃的那碗萝卜，两行无言的泪水淌过他的嘴角，然后滴落在属于搬招子的那个空碗里……

开运坐在灶门口添加柴火的时候，那股沸腾的热气中扑鼻而来的香味，可以使他飘飘欲仙，感觉过上了恰似富贵人家顿顿鸡鸭鱼肉的生活。

尽管这些困苦让这一家人活得人不人鬼不鬼的，但它远不如人间的"魔鬼"，无视他们的尊严，用残酷的魔掌，把他们折磨得比死了还可怕。

有一次，忍不住饥饿的黄开运差一点让自己死于非命。

一到乡下大忙的季节，李家湾山上的那些野果子，总能给在夜以继日的劳作中累得喘不过气的人们充饥。湾子的山寨上长满了一种叫"胖胖娘腿"的野生植物，这种果子就是在这个时节由青涩走向成熟的。

与野李子、野杏子和"八月李子"不同，"胖胖娘腿"果子的个头只有绿豆一般大小，没有熟透的是绝对不可以吃的，即使熟透了，"胖胖娘腿"果子的核也是绝对不可以嚼破的。大人们说，如果吃了那种没有长熟的"胖胖娘腿"果子，或者吃成熟了的"胖胖娘腿"果子而不注意嚼破了它的核，那是会中毒丧命的。平时，大人们非常注意，并叮嘱自家孩子，李开运也没敢违背这个规矩，甜滋滋的味道，在每年的这个时候，总能减轻饥饿对他的煎熬。

"胖胖娘腿"果子熟了，这当然是李家湾的老老少少期待向往的事情。这时的李开运的口水比别人流得多，他的心也比别人更迫切一些。

一天晌午，李开运上山的时候一直跑在大家的前头，把"胖胖娘腿"果子吃饱吃好无疑是他这天的愿望。只见他抢先走到一大蓬"胖胖娘腿"面前，一把一把地狼吞虎咽起来。一阵时间过去，李开运正在为自己饱了许多

而欣慰的时候，但万万没有想到他在吃的过程中把大人们平时的教诲忘记得一干二净，他虽然没有吃那些青果，但是他嚼破了无数的果核。不一会儿，他的嘴唇发乌，口吐白沫，"砰"的一声倒在地上，顿时两眼直翻。身边的人见状，赶紧呼喊："快来人啊，李开运中毒了！李开运中毒了！"众人闻声赶到，有的掐人中，有的拍脑壳，有的喊名字，一切都无济于事，直到他的母亲赶来，才把李开运背到公社卫生所抢救。

到了天黑的时候，开运终于得救了，他睁开眼睛，望着医生和站在他面前的母亲，顿时明白了那些能填饱肚子的果子今天差点儿要了自己的性命。

1974年那个漆黑的晚上，生产队长鬼鬼祟祟地把他的母亲叫了出去。开运生怕母亲遇到什么不测，便悄悄地站在门后边，静静地听着队长跟母亲说话。

"你们现在穷得不像个样子，我想帮你们一把。"生产队长说。

"感谢队长啊，我现在一个人，真的没有办法养活这群娃子了。"李开运的母亲痛心地说道。

"你答应我，每个月跟我睡四五个晚上，我保证让你做清闲的农活，并且给你记棒劳动力的工分，你说行不行？"生产队长边说边动手动脚。

"队长，你看你是有觉悟的干部，怎么能开这样的玩笑啊？！"李开运的母亲以为队长在开玩笑，顺手推掉队长调戏她的手。

"你他妈的不要不识抬举。盘子端的不吃，等着吃脚趾丫子夹的，是吧？"

"我的队长大哥呀，我们一家人什么都没有，唯独只有我这张老脸了。你非这样做，我只有死路一条了。现在生产队的绳子、农药多得很，我屋旁边的那条河的水也不浅，门前田畈里还有十几丈深的水井，它们都是为我准备的，我无脸见人了，只有去投靠它们了。"

李开运母亲说到这里，不顾夜深人静，大声哭了起来。

好色的生产队长把李开运母亲说的这些话一个字也没有听进去，肆无忌惮地动作着。

开运的母亲感觉自己被拽进了鬼的世界，在拼命的挣扎中，狠狠地咬住了生产队长的肩膀。

突然，一阵犬吠，一阵乌啼，似乎在替开运的母亲呐喊。生产队长以为有人走来，继续抱着开运的母亲，探头探脑地四处张望。

开运在门缝里看见这一幕，怒目切齿地骂道：

"我操你个妈耶，老子今天跟你这个王八蛋拼了！"

开运转身跑进自家的厨屋，拿起菜刀，直接冲向门外。

生产队长见势不妙，撒腿向黑暗中跑去。

开运的母亲一把抱住自己的儿子，顿时，凄惨的痛哭声撕裂了整个李家湾的夜空。她知道，今天晚上，若没有她这个还未成年的儿子，那个王八蛋一定会把她糟蹋得无脸见人。

又是一个月之后。

那个禽兽不如的生产队长照常指手画脚、吆五喝六地出现在生产队的大人小孩面前。

那天一大早，他安排开运的母亲到李家湾那个山冲里去薅草。

"你今天去把那三亩半的苞谷地里的草薅完，经过我检查验收之后，给你记半个劳动力的工分。"生产队长说完，开运的母亲明显听得出来，他是从牙缝里挤出来的。

"薅三亩半的草，只给我记半个劳动力的工分，这也太少了啊。以往薅那三亩半地的草，都是用三个棒劳动力花一天的时间才完工的，记的是30分呀。"开运的母亲不服道。

"你今天去也得去，不去也得去。如果完不成这个生产任务，老子还要倒罚你20个工分！"生产队长明目张胆地威胁。

开运的母亲抗争不过压在自己肩上的大山，只得扛起锄，低着头，拖着沉重的步伐，向山冲里的那块苞谷地走去。

在那块苞谷地里，开运的母亲为了不被生产队长倒扣20个工分，在红杠杠的日头下拼命地薅着草，汗水晒干后的衣服上布满了白花花的盐印。她实在累得受不了了，只好在田边的树荫下歇息一会儿。

山上，田里，没有一丝风儿，也没有一丝动静。

开运的母亲刚刚坐下靠在一棵大树根旁，一直在暗中窥探的生产队长，犹如一只饿狼狰狞地向她扑来，举起罪恶的拳头打在开运母亲的头上……

强暴之后，那个王八蛋跑了。

开运的母亲是在黄昏时分才醒过来的。

当天晚上，开运的母亲没有向开运诉说自己的遭遇。一个人坐在那里流着无言的泪水。

开运陪着母亲坐在屋里，一再试探性地询问缘由。母亲始终没有吭声。

这天晚上，开运的母亲一个人在凳子上坐着，没有说话，也没有睡觉。她不想活了，又不想去死。如果去死，她不晓得开运和他的弟弟妹妹今后该怎么过日子；如果活着不死，如何去面对那个禽兽不如的畜生的凌辱和折磨。她没脸哭出声来，更没脸向人诉说。只有一个办法，就是请老天爷帮她出一个主意。

次日早上一起床，开运的母亲公布了一个让李家湾所有的人都不敢相信的决定：为了不再被生产队长那个畜生纠缠与凌辱，她谁也没有告知，昨晚后半夜，她直接去了窑场，跟那个一直在李家湾烧窑的河南老光棍结了婚。

窑场的灯还亮着，听得见里面干活的声音。

门开着，开运的母亲直接走进屋里。

窑匠拿着砍锹，正在一上一下地砍着做布瓦的那堆泥巴。

"窑匠老头子，我来跟你说个事儿。"

开运的母亲没有吭声地走进去，开口说了这句话。

窑匠老头干着自己的活儿，突然听见一个女人的声音，不禁吓了一跳。

"谁呀？这么晚了，你来干什么？"窑匠看着她，吃惊地问。

"我来跟你结婚的！"

窑匠以为见鬼了，定睛一看，"咋回事你？"窑匠认出了开运的母亲。

"不要干活了，你去洗一洗。我今晚就睡在你的床上和你结婚。"开运的母亲没有商量地说。

"这可不中。我看你是杂七杂八地想歪了。这个时候突然来和我结个什么婚？"

"没有想歪。我是正儿八经来和你结婚的。"

"不中不中。你半夜三更的，不要开玩笑了。我一个穷窑匠，除了烧窑，啥也没有。"窑匠操着一口地道的河南话，头也不抬地回答着开运母亲的话。

"那我就在床上睡了，明天早上再回去告诉我的儿女们，就说从今天晚上起，你就是我的男人了。"

开运母亲淡淡地说了这句话。

窑匠明白了她在说真的，但是想不通。

"世上哪有这样结婚的？黑漆漆的晚上，偷偷摸摸地。等大队里晓得了，会批斗我的。"

"斗什么呀斗？你不是强奸，我也不是卖身。心甘情愿的。"

"你这是强迫我呀？我这辈子没有这个打算。"

"不管你打算不打算。今晚我就算跟你成亲了。你是我的男人，我是你的婆娘。天亮了，我大大方方地回去，然后，我带着儿子给大队书记汇报。"

窑匠没再说下去，放下手中的砍锹，坐在那里抽了一阵子闷烟。

开运的母亲点亮了窑匠平时用的那盏煤油灯，独个躺在窑匠的床上，不断地催着他。

窑匠终于站了起来。开运的母亲听见了洗手的水声。

稍后，窑匠进了房门，熄灭了那盏只能照见两个人的灯。

……

窑匠64岁，比开运的母亲年龄大许多，没有结过婚，老早就没有了父母。19岁那年黄河发大水，冲走了他的父母、他的兄弟姐妹和他们家的房子，他从镇平县逃荒逃到了彝水县。

他背着一口铁锅和补了一些铁疤的脸盆，一天晚上，在李家湾的那棵大树下席地而睡。大队书记路过，见是个陌生人，便问来踪去迹。于是他从头到尾把河南遭受的水灾一五一十地告诉了大队书记。说自己既会种香瓜、西瓜，还会烧窑。大队书记一听，就把他留在了李家湾。给他找了一块空旷的黄土地，让他在那里建窑，烧砖烧瓦。每年向大队上交2万块青砖、5万片布瓦，多余的部分留给他卖了当饭钱。打那以后，窑匠就成了李家湾的外来单身汉，一住就是40多年。

早上起床，开运的母亲把一切都告诉了窑匠。她说她要找一个男人，什么都不求，只求不再受那个生产队长的凌辱。

窑匠懂了，一句话也没有接，但把她说的一切装在了自己心里。

……

开运早上起来，跟母亲说话的时候没有应答。到她房间看了，也没有母亲的影子。

母亲的难处，开运是能够意会的。

等了一会儿，母亲回来了，一五一十地说了她跟河南人结婚的事儿。

他知道，母亲跟河南窑匠成婚，不是为了别的，为的是从此摆脱那个卑鄙下流的魔鬼。

他什么也没有说，毫无疑义地支持了母亲的决定。

当时在整个李家湾，没人知道这个事，只有开运心里装着母亲向窑匠走出的这一步。

上午，窑匠把窑里的活放在了一边。

他扛着那把和泥巴的砍锹，来到了大队办公室。

先是大队会计见到了他。

"我说河南佬啊，这么早来到大队里干啥呀？"大队会计不紧不慢地问。

"我啥也不干。是来跟你们当官的说一个事的。"

"啥事？"大队会计不解地问。

"我昨天晚上，跟那个死了男人的老婆娘睡觉了。从今往后，她就是我的婆娘了。哪个以后要是动她一个指头，老子就用这把砍锹给他劈成两半，哪个阻拦也不中！"

听到窑匠劈头盖脸的这句话，大队会计的神经突然紧绷起来。忙问：

"哎哎哎，线有头，人有脑。你算是遇到天大的事，总得把里面的根根绊绊说清楚吧？"

"我现在实话告诉你。昨天晚上我的婆娘跟我说了。他们队里的那个王八蛋队长强奸过她。过去的事儿老子都不说了，今后他个狗日的胆敢靠近我婆娘半步，老子不是把他割了就是把他劈了！"

"真有这事？"大队会计瞪着眼睛问。

"老子哄人就是黄河里的乌龟王八！"

大队会计感到这是大事，赶紧跑到远处的另一栋房子向大队书记报告。

大队书记听了觉得真不是个小事儿，大步流星地走了过来。

他当着窑匠的面，拍拍胸脯又跺脚：

"河南老乡啊，我今天给你定一千个保证，先把他停职3天，再叫他写10页纸的检讨书，最后让他在全体党员大会上狠狠地打自己几嘴巴子。如果他再犯这样的错误了，随你怎么处置！"

窑匠见大队书记说得天花乱坠的，不紧不慢地丢下一句话：

"你们先给我等到，再给我看到！"

说完了，没等大队书记接话，自己扭头就走。

跟窑匠成婚后，生产队长再也没有到开运家里给他的母亲派活儿。

窑匠知道是怎么回事儿。

日子一天接着一天地过去了。

窑匠现在多了一个帮手。

他跟开运的母亲说，现在多一个人干活，就会多出些砖瓦，争取到了年底，多攒千把多片布瓦，把她们家三间土坯房上的草屋面揭掉换上，让他们住上跟别人一样的布瓦房。

听了窑匠的打算，开运母亲的脸上露出了好些年不曾有的微笑。

哪知天有不测风云，一下把他们刚刚盼来的幸福扫了个精光，一场横祸不声不响地向他们飞了过来。

那天下午，开运的继父正在窑里查看烧制砖瓦的火候，谁也想不到，完好无损的砖瓦窑猛地塌了下来。

当时开运的母亲正在帮助窑匠和泥巴，听见呼啦一声闷响，意识到出了大事。

她抬头一看，只见耸立的整个窑身只有了平时的半截，窑烟不再从窑口冒出，烟雾罩满了整个窑门。

一座跟了窑匠30多年的老窑，顷刻间变成了他的葬身之地。

这跟"黄鼠狼专咬病鸭子"简直没有两样，山穷水尽的这家人，跟房子上刚刚撑起的脊檩断了之后，连同支撑屋面的山墙也坍塌了一样，竟然没有任何动静地要了一个人的命。

开运的母亲什么话也没有说。

她在异常平静与恍惚中告诉李开运：

"儿子呀，这就叫命啊，看来天老爷不会把我们放在眼里了，也容不得我们这一家人了，天注定了你妈的苦命。你这个继父佬烧了一辈子的窑，结果被他亲手烧出来的砖瓦和亲手砌起来的窑了断了，也算是天老爷的安排了……"

开运问母亲，现在怎么办。

母亲说："他为这个窑来的，又是随这个窑去的。你谁也不要请，也不要借什么棺材，就用十字镐和铁锹把那里拢成一个坟包，让你继父佬睡在那里吧。"

那天，开运先是到大队里向书记报告了这件事。等书记同意了，民兵连长也到现场看了，他才根据母亲的嘱咐，默默地送走了母亲生命中的这顶"斗笠"。

三个月后，上苍用一种特殊的方式，为他们流下了一滴同情的眼泪。

芒种打火夜插秧的季节。

生产队长穿着一件红汗衫去检查劳力们的劳动情况。正在耕田的两头水牛看到了他，一下子红了眼，拖着身上的农具，拼命地把他追撵。生产队里的仓库保管员见状，生怕牛用角把他剐死了。于是根据"水牛怕火"的经验，连忙跑过去点燃一把竹扫帚，准备拦住被红颜色激怒的水牛。哪知，过

去这个方法一用就灵，水牛见了火光便会乖乖地停下来，而这次，两头水牛却毫不在乎，并且怒不可遏地盯着生产队长，从两个方向渐渐逼近，然后把他夹在中间使劲儿地剜着。满身是血的生产队长在势不可当的水牛牛角下面已经没有了喊叫声。两头牛直到把他剜得不再动弹了，才停止了对他的攻击，像完成了使命似的离开了。

在田间干活的好多人从四面八方跑了过来，不断地拍打着生产队长的身子，大声喊着却听不见一点回应的声音。

正在这个生产队走家串户的大队赤脚医生听到消息后，气喘吁吁地赶了过来。他首先想到的是人工呼吸，两只手刚接触生产队长的胸部，发现他前胸后背的肋骨全部被牛抵断了。赤脚医生见状，伸出一个指头放在生产队长的鼻孔上，过了三五分钟，始终没有一丝的动静。赤脚医生摇摇头，站了起来。

他用沉重的声音，遗憾地告诉大家：队长死了。

在场的那些人听了都转身就走，没人提起下一步怎么办。

这两头水牛，之所以怒火万丈，那是有它们的道理的。

今年春季农忙的那段时间，正是水牛发情的季节。生产队里的30多头水牛，好多都是发几天情就过去了。唯有这两头越发越厉害，没有心思耕田犁地，见了母牛，谁也拦不住，不顾一切地追撵。队长知道了，狠心地做出了把它们骟了的决定。

那天，队长安排几个人准备绳子、杠子和锤子，叫木匠专门制作了一把木头凿子。吃过晌午饭，两头水牛被五花大绑地放倒在地上。队长亲自上阵，一手拿着锤子，一手拿着木头凿子，让人将水牛的睾丸放在一块厚实的石头上，使劲地拽着。接下来，他亲手把木头凿子对着直通水牛睾丸的输精管，一锤一锤地砸着。丝毫不能动弹的这头水牛凄惨地发出哞哞哞的声音，两只眼睛顿时泪流不止，不一会儿就湿透了它头下的那片地。那些不知情的

大人小孩在远处听见，还以为是人在用粗犷的嗓门呼喊着"妈"……

这头被骗的水牛，从疼痛难忍地挣扎到拼命叫唤，最后昏死过去，煎熬了两个时辰。

同样被放倒在旁的另一头水牛，听见同伴的惨叫，显然清楚自己也将面临一场逃不过的劫难。

到了晚上，两头水牛都被骗了。

解开捆绑在水牛身上的绳索，它们除了微弱的呼吸，全身没有一丝力气。

一个月之后，它们的伤口在愈合中渐渐消去了疼痛。队长见它们状态如初，开始让它们耕田犁地。

现在，一具不成样子的尸体，以当时死的那个神态，僵硬在凝固的血泊里。

不一会儿，苍蝇一只接一只地飞了过来，落在生产队长身上的血腥处。

这或许就是生产队长应得的报应，开运和他的母亲不敢相信这报应来得这么快。

队长死了，开运这家人曾经耿耿于怀的狂怒与愤慨，随着单属于生产队长的那堆黄土堆化为乌有。一颗寻机报仇的心，也随着那个土丘上的几缕青烟的散去而归于平静。

后来，开运越来越心疼自己的母亲。他不知道究竟有多少个晚上，自己是怎样捏着母亲的小脚入眠的。

他的母亲是一个小脚女人。开运的父亲和继父去世以后，母亲的那双小脚承受着养家糊口的繁重劳作。一到夜里，忙碌了一天的母亲，总是要把畸形的小脚放在木盆里，用滚烫的热水浸泡一个多时辰。那痛苦的样子，让开运深深地感受到母亲的疼痛与难受。母亲说，她的这双脚每天既像压迫了千

斤重担，又似步行了万里之遥，唯有用热水浸泡之后，再捏上一阵子，才能解除难以言状的疲乏。

十一二岁的开运听懂了母亲的话，从这以后，把为母亲捏脚当成了孝敬母亲的方式和责任。

每天晚上，开运总是睡在母亲脚头，用未曾磨砺的小手，翻来覆去地捏着母亲那双不知走过多少路的小脚。他从母亲的脚板捏到脚背，从母亲的脚跟捏到脚趾，一捏就是一个多小时。

他就这样捏着捏着，捏过了春夏，捏到了秋冬，捏过了今年，捏到了明年。

开运打心里知道，他为母亲捏脚的过程，便是为母亲消除痛苦的过程。因此他没有丝毫的应付和马虎，期盼用自己的孝心和能力，让饱经风霜的母亲在未成年的儿子身上看到希望。

母亲在渐去的疲乏和消逝的痛苦中告诉他，如果手捏疼了或者困了就不要再捏下去了，因为第二天还要去上学，放学后还要去做别的事情。

开运在蒙眬的睡意中瞒着母亲说，他一点儿也不困，他要一直捏下去，一直捏到母亲入眠。

母亲听出了儿子的心声，她知道她有一个孝顺的儿子，这个孝顺的儿子正在用有限的力量和无限的孝心，把她慢慢送入无忧的梦乡。

"儿子，你以后长大了还给我捏脚吗？"母亲问。

"捏，就是我以后结婚了，有你的孙子了，我还会天天给你捏脚，让你在儿子面前永远享受安逸。"

"那不一定啊，娃子，到时候我走不动了，成天瘫在床上，能吃上一口饭就算是前世的造化了。"

"妈，你不要想这么多，再过几年，我们家的情况肯定会好起来的，住着宽敞的房子，有了贤惠的儿媳，你还怕没有饭吃吗？"

"那可不一定啊，隔壁的王嬷嬷原来把她的那个独子看得像个宝，啥都让给他吃，让给他穿，到了现在，她那个独子不是照样三天两头打骂她吗？"

"妈，你放心。他是他，我是我，我保证说到做到。"

听到这里，母亲笑了，笑得是那样自在，笑得是那样安然。

对话之中，母亲的声音渐渐变弱，那是母亲即将熟睡的信号。开运抵挡着向自己袭来的浓浓睡意，仍然不知疲倦地捏着母亲的那双小脚。

他希望母亲睡得更香更沉，受累的心灵在睡梦中不再那么忧虑和惆怅，劳累的身躯不再被疲惫纠结和缠绕。他闭着自己的眼睛，在似睡非睡的状态中捏了一遍又一遍，为自己能够亲手给母亲送去健康和平安，感到难以言状的荣光和欣慰。他决心今夜要给母亲多捏一会儿，让母亲那双畸形小脚上停滞的血液循环起来，脚部的每一根经络也通畅起来。他为此想了很多，他想把为母亲捏脚这个责任，传承给自己未来的妻子和儿女，把母亲的笑容和生命延续到他所期望的那个恒久的年代，使他的母亲成为李家湾和彝河之滨的长寿老人。

开运的这种想法，实际上是在睡梦中形成的。梦中，他什么也不知道，只知道他在用手为母亲捏脚，用心为母亲祈福……

八

这时，开运又想起了那只甲鱼。

那天他做完作业，跟母亲打过招呼之后，习惯性地提着鱼篓，向离家二三里路的河滩走去。夏天的每个星期六下午，他都会去河滩那里捉一些鱼

虾回来，让母亲在这间草屋里做一顿穷户人家的特殊晚餐。

读小学的那几年，他一直在这样做着。因为他知道，自从父亲英年早逝和继父在窑里面被压死以后，再没有人照顾母亲了。30多岁的母亲，不想为了个人的幸福，给膝下儿女的幼小心灵留下压抑的阴影，谢绝了众人的关心，像一只引着一群小鸡崽儿的"抱鸡婆"，把七个儿女紧紧地呵护在自己的两只"翅膀"下面，过着艰难的生活。

开运虽然不十分懂事，但是他知道如何用自己的方式去心疼母亲。他既希望漂亮的母亲不离开自己，也渴望母亲过上幸福生活。每有适合捕捉鱼虾的空闲日子，开运都会到那片浅浅的河滩，捕捉一些鱼虾，来改善艰难的生活。

其实，母亲早已看出李开运的心事。每当夜晚，开运坐在她的身旁，看着她用纺车纺线的时候，她总会对开运说："儿子，别怕，妈要一直守着你们，一直守到看见我的孙子长大。"

开运每次听到母亲的这句话，都感觉到有一种怪异的东西哽着喉咙。他不知道怎样去安抚母亲，只是在每个星期六下午，做点力所能及的事情为母亲创造一点儿穷户人家的美好生活，尽量让母亲能够从他的身上得到一点依靠和看到未来的希望。

开运与往常一样，在河滩里摸着，无意中看到一只正在水面上若隐若现的石头包上晒壳的大甲鱼。他抱着甲鱼兴冲冲地跑回家，把这个意外的收获告诉了母亲。谁知母亲高兴过后平静下来，镇静地对他说："儿子，我们穷人家要盐无盐、要油无油，吃这个不适合。还是让隔壁的杜大伯他们吃吧。"开运二话没说，提着甲鱼径直向杜大伯家走去。

杜大伯家是这一带赫赫有名的富贵人家，周围的庄稼人对杜大伯的家境羡慕得很。他家那一幢三进三出、带天井院子的青砖瓦房，孕育了七个优秀儿女。杜大伯的三个儿子全部吃上了国家的商品粮，娶的都是城里的大家闺

秀。他的四个女儿个个如花似玉，嫁的都是城里的高干子弟。杜大伯过上了幸福安康的日子。

到了杜大伯家，开运斜靠在杜大伯家那宽阔的大门框子旁，生怕冒犯了杜大伯，小声小气地喊着杜大伯。

"干什么？你来干什么？"杜大伯在屋子里一本正经地问道。

"杜大伯，你们要甲鱼吗？我刚才逮到的，还是活的！"黄开运连忙解释。

"要！拿来我瞧一瞧。"黄开运递了过去。

杜大伯看罢之后，拿来自家的一杆盘子秤，把甲鱼放到秤盘子上。

"五斤二两，就算五斤，给你一块五毛钱行吗？"杜大伯过完秤之后，用商量的口气说。

李开运听罢，生怕杜大伯不要了，赶紧接过话茬儿："大伯，我听您的！"

杜大伯把甲鱼放到水桶里，然后走进那间深黑的房屋，再走出来，从一层又一层的布包裹里拿出一块五毛钱，递给李开运。此时，开运感恩戴德般地连连向杜大伯道谢，心里暗自庆幸自己能够为母亲分担家庭生计，解决之后一些天的生活问题。

开运恨不得马上飞回家去。那兴奋的细胞和成功的喜悦，顿时活跃了他全身的每一根神经，快速跳动的心像富有节奏的动感音符，飘进了那间简陋的草屋，飘进了母亲的怀抱。

那只甲鱼，是李开运用自己的力量为母亲创造的第一笔财富。正是有了这笔财富所带来的生命的曙光，才有了开运之后的奋发图强的拼搏精神。

就是那只甲鱼，为母亲赚了一笔买油盐的钱，让开运高兴了很长时间。打那以后，他认为自己在一天一天地长大，就应该一天一天地为母亲分忧。

开运的记性，不同于他的那些童年伙伴。一些刻骨铭心的过往，是他今

生难以忘怀的。

记得那天上午，开运走在去山上挖药材的路上。他一直想不通，李家湾怎么会在今年遇到一个令人忧虑的夏天，动物们怪异的反应使李家湾的人们心头沉甸甸的：一些穷苦人家喂养的看家狗，成群结队地在夜间发出一阵阵凄惨的嚎叫；天亮之后，它们又成群结队地跑到菜地里，疯狂地啃着即将成熟的苞谷棒子。

开运家里喂的那条黑白相间的看家狗，也不例外地掺和在里面，母亲的心里为此蒙上了一层浓厚的阴影。在这个极度贫困的家庭里，欢乐与他们无缘，幸福离他们太远，炎凉的世态和饥饿的折磨，使他们在水深火热的艰难岁月中苦苦挣扎。如果再有一些不祥之事降临，开运的母亲带着他和弟弟妹妹们，真的失去在两间茅草房里活下去的希望了。

早晨醒来的时候，开运问母亲为什么这段时间看家狗鬼哭狼嚎的。母亲说，人畜一般啊，人饿了要跑，狗饿了要嚎。湾子中间的李二妮子就是饿得没有饭吃了，才背着她的爹妈跟人跑到外地去的。

开运的妈说，李二妮子跑的那天，谁也不知道，直到第十天的晚上，她的姐姐李大妮子在床草里无意翻出那张字条之后，才知道自己的妹妹并没有失踪，也没有寻短见，而是跟着那个在粮站里做砌活的砌匠私奔了。

这个消息让人们在种种的猜测中终于弄清了真相。无论是哪种猜测，李家湾的大多数人都没有去过多地怪罪。乡邻们都清楚李二妮子屋里穷得臭虫满屋，她的爹妈和一个姐姐两个弟弟，一家六口人住在两间草房里过着跟李开运他们家一样的穷苦日子。用土垒起来的墙，不仅被柴火熏得黑漆漆的，而且不管是哪个站在那里，都会感到一种随时就会倒塌的危险。里面支起的用野竹子当作床板的两张床，一张是她和姐姐李大妮子、她妈三个人睡的，另一张则是她爹和两个未成年的弟弟睡的。这间屋子其实一隔两半，分成了两间。还有一间是堂屋兼做厨屋用的，一家人吃饭、洗衣、待客都在这间屋里。抬头看了，这两间草屋里面的顶子上都长满了蜘蛛网与杂草之类的脏东西。屋面上的草，是用生产队里的麦秸草铺盖的，每年得更换一次。如果遇上梅雨季节，错过了打场之后麦秸草筹措的时机，屋面上的陈年麦秸草就会更加腐烂，会出现下雨时"外面大下，屋里小下"，导致一家人昼夜不得安生。吃饭和穿衣就更不用细说了，一条裤子穿五年，一件上衣轮流穿，大的穿了小的穿。喝的南瓜汤，吃的萝卜饭。一家六口人，一个月只分得100斤稻谷或50斤小麦。再加上她那个谁都瞧不起的老实巴交的爹和娘，一年到头在众人面前，一抬不起头来，二不敢说一句大话和出一口长气。正当十七八岁的李二妮子确实忍受不了了，不止一次地想寻短见。

那天，生产队长安排她跟几个劳力去粮站给生产队里缴公粮，她无意间认识了在粮站做砌活的一个外地口音的砌匠师傅。一来二往，之后就在一个晚上，趁她的爹妈和姐姐不注意的时候，跑到那个男人的老家去了。

这一家子，平时不声不响，一有动静就搞出了一个丢人现眼的大事儿。李二妮子的私奔像是在李家湾的天上放了一个大炮，一下子传遍了四面八方。有的说李二妮子不守妇道，还没有到嫁人的年龄，就干出了偷人的丑行；有的说李二妮子的爹妈不会教儿育女，跟喂的牲口一样，不知道羞耻；还有的准备告到大队民兵连长那里，要大队书记派人把李二妮子抓回来，开她的批斗会。这使本来就低人三等的李二妮子的爹妈更加矮人一等，也使这个穷得巴牙的家庭雪上加霜，恨不得问天老爷，他们的日子该怎么过！

老实得不能再老实的李二妮子的爹妈，封闭着他们那张平时就没什么话说的嘴，苦水泪水一齐往肚里咽，既不怪天，也不怪地，怪只怪自己当爹妈的没本事让儿女过上像人的日子。

他们越想越觉得自己无能无用，越想越觉得自己枉为父母和枉来到这个世界。要不是看着大女儿本分厚道和两个儿子还完全不懂事，他们老两口真想拿起屋檐下的农药自尽，去见阎王爷算了。

说完了这些，李开运的母亲又回过头来说他们家的看门狗。

她说她这么大年纪了，从没有听到过看家狗这样子的嚎叫。

开运没有再问什么，他看着门口那个空着的狗窝，不知道家里那条叫"守门"的看家狗到哪里去觅食了，也不知道它晚上会不会回来。他想着想着，顿时有些害怕起来。

母亲知道开运在想什么，平静地告诉他："儿不嫌母丑，狗不嫌家贫。'守门'在外面吃饱了，肯定会回来的。"

开运一个劲儿地点着头，然后提起装着小锄头的篾篓，径直向可以挖到药材的山上走去。在那些茂密的荆棘丛中，生长着一些名贵的药材，开运在那里时常会有意外的收获。

开运刚走了没多远，一阵凶狠的痛骂声灌入他的耳中。回头张望，只见一个妇女拍屁股捶胸地在他家门口吵闹着，引来不少人围观。

开运从那个泼妇般的凶狠声音里，听不出家里究竟发生了什么事情，便急忙往家里跑去。一路上，他猜想，该不是妹妹在外面偷吃了别人的东西，还是弟弟在外面跟别人打了架？也可能惹了一个让人家不能饶恕的祸端，别人才会大吵大骂，不然母亲是不会站在那里，任凭那女人数落的。

回到了自家门前，开运从围观的人群中钻了进去，只见母亲说着好话，不停地向那女人赔着不是。

开运看了看那个撒野的女人，认出她是住在村子中间一户殷实人家的女主人。他以前听大人们说过，这女人十九岁那年嫁到李家湾，嫁给了在县城工作、比她大十几岁的李老鼠子。这一家子从不把任何人放在眼里，盛气凌人的气势几乎到了不可一世的地步。他们平时趾高气扬的样子，脖子像比身子还要长，眼睛傲气十足目视一切，从没有低头看过李家湾那些比他们活得差的任何一个大人娃子。

开运站在角落里，问隔壁的陈二姐是咋回事。陈二姐耳语："你们家

喂的'守门'今天上午啃了李老鼠子菜地里的苞谷棒子，她是来找你妈算账的。"

"说你妈的个啥子？老娘今天打死你！"那女人顿时疯狗似的向陈二姐扑去。

开运的母亲见状，生怕因为自家的事情连累陈二姐，赶紧跪在那女人的面前，抱着她的双腿，苦苦地哀求。躲在人群里头的陈二姐这才没有被那女人殴打。

看上去，在那女人的心里，开运家的看家狗啃了她菜地里的苞谷棒子，是她有生以来受到的一次奇耻大辱。她那乌黑发紫和上下不断开合的嘴唇，在万丈怒火中，激烈地喷射出唾沫星子，大有一种置人于死地的张狂，像乌云一般，把李家湾的上空遮盖得不见天日。

开运不忍心母亲这样久久地跪着，他甩掉少年的尊严，也毫不迟疑地跪在那女人面前。他现在对眼前的一切没有丝毫的招架之力，唯一能够做的，就是在自家门口，用这种特殊的方式，安抚和保护母亲受伤的心灵，让母亲在李家湾这片狭小的土地上，感受到来自儿子的一丝温暖。

那女人的心肝最终没有完全被狗吃掉，还残留着一点点人性。她从咬得贼紧贼紧的牙齿缝里挤出一句话：

"你们两个给老娘起来。今天不把那只疯狗打死，你们说出大天老娘也不得饶过你们这家子！"

那女人丢下这句狠话，甩着厚实的屁股扬长而去。

开运慢慢地挽扶起自己的母亲，肚子里装满了辛酸的苦水。

母亲说："娃子，人家说了，你去把'守门'打死吧。"

虽然母亲这样说，开运却无法割舍他对"守门"的这份特殊情感。其实自父亲去世之后，开运喂养的这只狗，并不是用来看守这个贫困潦倒的家庭的看家狗，而是保护他不被人欺负的"保护神"。

自从从别人家里带回来喂养的那天起，这只看门狗长年守候在李开运和母亲的身边，对开运他们家表现出无限的忠诚和热爱。李开运打心眼儿里喜欢它，希望"守门"在之后的岁月里一直陪伴着他。凭着这种人与狗之间的真挚感情，叫开运去活生生地打死它，那是万万不可能的。

母亲说："去吧，去把它打死，免得我们孤儿寡母再受人家欺负。"

开运说："我把它卖给别人行吗？"

母亲答应道："好吧，娃子，你就给它换个主人家吧，不管多少钱，能卖就卖，如果卖不出去就送给人家。"

开运点点头，拿着母亲蒸熟的几个红薯，一边丢薯块，一边唤着"守门"，把它唤到一片广东人群居的地方。

"守门"跟在开运后头，全然不知李开运现在的使命，一路上不断地留下自己的尿痕，这样回去的时候不会把路记错。

后来，开运以5角钱的价格，把"守门"卖给了一个爱吃狗肉的广东人。

开运转身离开不到半里路的地方，便听到"守门"的惨叫。他迟疑了一下，向前走了。

打那以后，开运意识到如果自家不穷就不会受别人的欺负。所以他一直想展开翅膀，自由自在地飞翔在李家湾的上空。

那天，他亲口告诉他的母亲，说他一定要飞一次。

开运的家虽然叫李家湾，但是他们并没有住在湾子里，而是单家独户的在见山不走山的那个山岗的尾巴上，一些小山丘像伴侣一样恒久地依偎着东去的河流。一直以来，彝水河冲积的淤泥，生成了这里的万亩良田。小麦、稻子，还有百亩洲的萝卜，都有一种独特的可口的味道，成为方圆百里家喻户晓的上等主食和蔬菜。河里的鱼虾时不时地在水中欢快嬉游，在微风的吹拂下，波光粼粼，构成了一幅水天一色的画面。李开运一家仅有的两间草屋

的大门正对着这条河流，草屋倒映在水面，尽管与这道风景极不协调，但是鸡犬相闻、草长莺飞，哗哗流水声犹如天籁之音，抹去了他们的许多忧愁。

城里来这里"驻队"的人对这方水土极尽欣赏。有的说这里是人间仙境，有的说这里是鱼米之乡，还有的说这里乡风淳朴，山好水好人更好……硬是把这里夸得水都点得燃灯。开运那时候才十二三岁，不懂得这些深奥而浪漫的语言，只晓得这里除了有山有水，剩下的就是穷得叮当响的一家两家三五家。在开运的记忆里，从他懂事之日起，就没有吃过一顿饱饭。每当他路过大户人家门口，蒸肉煎鱼的香味扑鼻而来，他就在想自家过的穷酸日子不知何时才是尽头。当时的开运虽然还不知道什么是理想的幸福生活，但是他的心中已然生出了对幸福生活的无限向往和追求。从那个时候开始，开运就准备按照父亲的遗愿和母亲的希望，发奋图强，用自己的力量，改变贫困落后的家庭面貌。

那天，开运做出了一个大胆的决定：到山上砍一些柴火回来，然后挑到离家20多里的一个镇子上去卖。

晚上，母亲得知开运的这个决定，简直不敢相信自己的耳朵。

"儿子，你才十二三岁呀，挑这么远，妈不放心。"母亲含着辛酸的泪水说。

"妈，不要紧，我少挑一点儿。明天早晨你过秤，我最多只挑50斤。"

"50斤啊？你才好大一点儿个头啊，不行啊，儿子。"

"妈，你放心好了，我挑一段，歇一段，保证在天黑之前回来，不让你为我担心。"

"好儿子，妈就让你试一回，万一挑到半路挑不动了，你就把柴甩到路边回来算了，妈不会怪你的。"

母亲最终还是选择尊重儿子的决定。她知道儿子将像一只刚干毛的燕子，初次外出衔泥觅食，期盼他最好不要遭受暴风雨的袭击，平安无事地回

到这个破旧的爱巢。

次日凌晨，开运挑着柴火，一步一步地摇晃着向镇子走去。

母亲跟在开运的后面，一直把他送到一个叫杨家寨的地方，掉着眼泪，久久不愿离去。

开运知道母亲的牵挂与不安，回过头说："妈，你不回去，我咋去卖柴呀？"

他劝回母亲，渐渐地走向黎明。

途中，开运感到自己的每一个关节几乎都感到有生以来从未有过的辛劳。他不得不放下肩上的担子，坐下来歇息一会儿，摸着带血的双肩和磨起了泡的脚板。当看着一对父子模样的人从他面前路过之后，他顿时在那里哭了起来。他恨不得问苍天为什么要情义尽弃，使他的父亲在中年壮志未酬之时离他而去，让他过早地承受生活的磨难。他也恨不得扔下这几十斤破柴，干脆转身回去算了……

开运越想，越发放声大哭，宣泄着幼小心灵的积怨和对生活的不满。

哭过之后，开运并没有回去。前一天晚上是他说服母亲的，他在母亲面前做出过掷地有声的承诺，因此必须完成这项繁重而艰巨的任务。

这时候，他感到有些饿，便打开母亲为他准备的装着红薯的干粮袋，大口大口地吃了起来。然后，他又在路边的小沟里喝了几捧水，忘掉已有的疼痛，挑起担子，不回头地向前走去。

一路上，开运不仅看到了飞驰而去的卡车和黄包车，还看到了一些骑着自行车的青年男女，他心里真是羡慕极了。开运切身感受到幸福的真谛和人生的美好，一盏生活的希望之灯照亮了他卖柴的路。

开运往前走着，没多远就到那个镇子了。

开运越走越近，希望越来越近。

到了镇子上的西关柴行，开运站在卖柴的队列中，规矩地排着队。

"叔叔，请问那个称秤的老人家咋称呼哇？"开运向站在自己前面的一个卖柴的长者打听。

那人扭头告诉开运："叫陈九爷。"

"哦！"

说着，只听陈九爷喊道："二分三，126。"

开运心想：二分三，可能是陈九爷报的价钱；126，可能是那个人卖的柴的重量。

"来，这个小娃子的。"陈九爷拿着一杆大秤，来到李开运面前，打量着李开运的柴火，然后上秤。开运连忙帮陈九爷抬秤。

"二分五，48。"

等陈九爷报过账，开运赶紧把柴挑到柴场里结账。

"一块二，数好，听到了吧，小娃子！"

开运接过钱，一角一角数了一遍，望着付款人说："是一块二。"

"是一块二，你个小娃子还站到这里干什么？"

开运听罢此话，扛起那根父亲曾经用过的扁担，转身走在回家的路上。此时，他的心一会儿随着彝水河的河水荡漾，一会儿随着小鸟的翅膀在万亩良田的上空飞翔。他要告诉天上的云儿和路边的小草，他用自己勤劳的汗水，完成了一件令母亲骄傲的事情。就在快到家的时候，开运想了一个鬼点子，准备用开玩笑的方式给母亲一个意外的惊喜。

回到家，他假装大声地哭着叫着："妈，那柴我实在挑不动了，我把它甩了。呜——呜——"

"算了，娃子，妈昨晚说了，你能回来就好。"

"妈，我没得用，我对不起你！"

"莫说这些，你肯定饿了，快去吃刚才煮好的苞谷糊粥。"

母亲话音刚落，开运伸手从荷包里掏出卖柴的钱，蓦地一声："哈哈，

妈，这是今天卖柴的一块二角钱！"

母亲顿时大吃一惊，随后恍然大悟，然后轻轻地揪了一下开运的耳朵，笑道："你个小东西，你不是说把柴甩了吗？"

自此以后，开运每年至少要挑1000多斤柴，到那个镇子上去卖。砍柴、卖柴和漫长的20多里路，不仅改善了他和母亲的艰辛生活，而且磨炼了他的意志。自己的命运靠自己来改变的道理，渐渐地，渐渐地，给予开运无穷的信心和力量。

九

时间过得既难熬又飞快。

31岁那年，开运从东边10里开外的李家湾"倒插门"到西头的黄家湾，那一户姓黄，有个哑巴姑娘。按照这一带的老规矩，他的名字从此改成了"黄开运"，时间一晃就是27年。

他淡淡地回忆着婚后的这27年。

哑巴姑娘这一家人平时走出去，需要走一条通往黄家湾的必经之路。过去这条不宽又不长的泥巴路，人和牛羊都在上面走，坑坑洼洼，凹凸不平，尘土飞扬。一些不懂事的小娃子在这条路上吃了太多的亏。他们往往只顾打打闹闹，在你追我赶中，脚指头便被突起的石头尖儿碰得皮开肉绽。来来往往的大人们，遇到雨天，溅得满腿的泥巴。好不容易等到天晴了，稍不注意便是一个跟跄。

黄开运在这条路上，见到的不是长辈就是平辈，不是平辈就是晚辈，一不留神，就可能搞出差错。

在黄氏家族这个900多号人的大家庭当中，辈分是不能依年龄来定的，岁数大的不一定是长辈，岁数小的也不一定是晚辈。一些岁数大的常常是大房的后代，岁数小的又多数可能是么房的后代。黄开运跟着他爱人的辈分，排在了中间。

在这个湾子里，大包干的时候，一年到头都在地里摸爬滚打。粮食收起来了首先得缴够公粮，剩下来的，由各家各户凭劳动力挣的工分按劳分配。黄开运的岳父岳母身体不好，两个人只能折算成一个劳动力。哑巴妻子虽然好模好样，一家人的吃喝拉撒离不开她来料理，生产队里满打满算也只给她算了半个劳动力。工分挣得少，粮食就分得少，一人一张嘴，贫困得连饭都吃不饱。所以从黄开运结婚到这里以来，在黄家湾就没有他说话的份儿，更没有参与黄氏家族内部事务商议的权利，只能一个劲儿地听从那些长辈们的使唤。即使在那些晚辈面前，也不能有丝毫的慢待。

这些年来，他一直靠边站。不管哪家的红白喜事，从来没有人告诉过他，即便知道后赶过去了，也没有他的一席之地。湾子里的黄家人与黄开运的家相隔不到一里路，他一年四季都在黄家人的眼皮子底下晃，都晓得他一穷二白和做不起芝麻大一点的"人见识"。如果在黄氏家族过喜事的场合，黄开运和他的家人衣衫褴褛地出现在人面前，看上去不顺眼和收不到一分钱的人情不说，两个肩膀抬张嘴，只会是饭菜烟酒样样贴皮。正是如此，黄氏家族干脆没把黄开运一家人放在眼里。那些人，在他面前说起话来，每次都是从鼻腔里连同鼻涕一起甩出来的。

黄开运是一个把啥事儿都看在眼里，记在心里，闷在肚子里不表露的人。黄家湾的那些人对他的"另眼相看"，他再也清楚不过了。现如今，连他自己也没有想到，会迎来春风得意的这一天。

如今房子建起来了，孙子也有了，黄家湾的人也未必愿意跟他欢聚一堂。他知道，过去的黄家湾人谁也没有把他当回事儿，谁也不欠他的人情。

今天两个孙子满月，他一再告诫自己，那时候要怪只能怪自己。现在，改天换地了，千万不要走黄家湾那些人走过的"见人都接，见礼都收"的老路。两个孙子来到了这个世上，自家的喜事自家乐，不去接人家就等于不去掏遣人家，你我两不欠，心里永远不会愧疚。

黄开运仍然陷在回忆里。

在李家湾和周围的那些湾子，一些姿色貌美的独生姑娘，本来可以到城里或者别的地方找到一个称心如意的婆家。如果由于父母膝下无子，养老送终没有依靠，只好降低自己的成婚条件和择偶标准，被迫留在家里吃老米，结果招进门的女婿不是好吃懒做就是不懂人情世故，他们将就续着自己的香火，过着无可奈何的日子。

挨着李家湾东边的黄家湾有个叫王家秀的姑娘。

别看她跟着爹妈住在两间就要倒塌的草屋，但是千百年来流传下来的那句"破窑烧好砖"的老话，用到王家秀面前再也恰当不过了。因为在这个湾子里，凭王家秀爹妈的那副长相，竟然生出了貌若天仙的女儿来，这是绝对不会有人相信的。

那张白里透红的从来没有搽脂抹粉的脸上匀称地分布着她的五官。与她擦肩而过的时候，一股迷人的芳香扑鼻而来。太阳斜照下闪闪发光的青丝，稍有微风吹拂，自然地在她肩上飘逸。窈窕的身材，柳叶眉，会说话的眼睛和似动非动的樱桃小嘴，简直就是活脱脱的仙女下凡。

她无论穿什么衣裳都特别好看，红的使她鲜艳，白的使她白皙，花的使她招展，黑的使她矜持；还有，宽松的衣裳使她风光无限，紧小的衣裳让她突显身材。

就是这个美到极致、人见人爱的王家秀，把方圆几十里小伙子们的神经搅得不得安生。

然而，王家秀没有兄弟姐妹，她只能一辈子守着父母，靠找一个上门丈

夫，来一起承担赡养父母的义务。

黄家湾的那些未婚男人没有一个够意思的，只喜欢她的人而看不惯她那丑陋的爹妈，都不愿意去她家里当"倒插门"的上门女婿。后来好心人提起李开运，姑娘的父母嫌贫爱富，脑壳摆得像个拨浪鼓，恨不得把李开运抛到九霄云外。最后贪慕虚荣，把女儿嫁给了县城蔬菜队的一个浪荡公子。

还有一些成分不好的家庭，父母宁愿将女儿嫁给大队干部的傻儿子，也不会考虑黄开运。

知根知底的人都在为他穷得娶不起老婆抱之以说不清的惋惜和怜悯。

如果翻开李开运"生命之书"的页码，好多同龄人都晓得他从阳光少年到热血青年，骨子里始终没有缺少过对美好生活的向往和追求，在甜美的睡梦中，他无数次地和心仪之人展开飞翔的翅膀；也无数次地在花前月下，他幻想用自己的手抚摸姑娘的秀发。无奈，贫穷像一层永不融化的坚冰，厚厚地冷冻着他的情感，使爱情的花蕾无法在春天绽放；更像一个用天大的法力也驱不走的魔鬼，缠着他一家人过着极度困苦的生活。27岁那年的夏天，李开运鼓足勇气向张家湾的一位叫香秀的姑娘大胆表白：

"妹妹，我真的从内心里喜欢你，晚上一闭上眼睛，尽是你在我面前晃来晃去的影子。"

姑娘听了这句虔诚的话，无不感激和动情，但是稍后，她又很快地清醒了过来，直言不讳地说：

"其实我们一家人觉得你什么都好，就是穷得不像个样子，我爹说真的弄不清你们猴年马月才有出头之日。"

李开运听完姑娘的话，觉得人家说的是大实话，如果她嫁给一个根本不能养家糊口的男人，那就等于自己跳进了一个爬不出来的泥坑。所以他自惭形秽，忍痛割爱，放弃了对香秀姑娘的苦苦追求。

他知道，自己今后只能选择默默抗争与听天由命，任由与爱无缘的荆棘

肆虐自己的心灵。

浩瀚的天空和广袤的大地在凛然生成电闪雷鸣与暴风骤雨天象的同时，也在以博大的胸怀收纳人间的泪水与歌声。因为，这泪水雨泣云愁，淌出了芸芸众生的呐喊与呻吟；因为，这歌声洋洋盈耳，满载着大千世界的相聚和欢庆。

这一年，李开运没有料到自己命中的桃花会盛开，徘徊于云霓之上的希望，毫无防备地敲打了自己情感的神圣之门。

就是这一次，李开运怯懦地尝起亦酸亦甜的爱情滋味。

秋高气爽的夜晚，一位姑娘突如其来地站在他的面前。她叫郭英子，是李家湾隔壁的郭家沟的回乡知识青年。背着爹妈找到李开运，说她什么都不图，图的就是他这个人。李开运在上次受到情感上的挫折之后，失去了爱情的希望和寻找人生伴侣的念头。他任凭阴郁的浓雾锁着自己的希望，不再去想何时才能昂首挺胸地活在世上。现在这位姑娘主动来找他，他不敢相信这是真的，也不敢设想这位姑娘在自己身上能够得到真正的幸福。所以他反过来劝姑娘：

"好妹妹呀，你看我现在寒碜得只能跟虮子、虱子在一起了，哪里也配不上你呀！"

"你的家境我知道，你和我都有一双会劳动的手，今后一定会好起来的。"

"不行啊妹妹，这样会拖累你的，而且这不是三年五年的事，恐怕八年十年也望不到尽头啊。"

"我有思想准备，我不怕！"姑娘坚定地说。

"但是我不忍心自私地折腾妹妹呀。如果答应了你，连天老爷也会有意见的！"

"你呀你呀，真是个老实透顶的哥哥，你越是这样说，我越要跟你在

一起！"

姑娘就是不听，执着得没有一点回头的意思。

李开运按捺不住自己的心动，接受了姑娘伸来的橄榄枝。

后来的3个多月的既接触，姑娘的父母从别人嘴里和暗自观察中发现了他们的秘密。

一天晚上，姑娘的父母既心疼又恼火地劝到了半夜。

"我和你爹只有你这一个女儿，尽管你一没有哥哥，二没有弟弟，但是我们从来没有想过把你留在屋里吃老米，只想把我的女儿交给一个让我们放心的人家。"姑娘的母亲语重心长地说。

"我们不说给你找个城里当官的，也不说给你找个银子堆起来的，叫你去享一辈子的荣华富贵，但起码是个吃不愁、穿不愁、在人面前抬得起头的吧？你看那个叫开运的小伙子，名字改得好，长得也人模人样，但是他们家衣无衣、食无食、梯子坎一样的七个兄弟姐妹，跟着他妈和他的继父佬挤在两间茅草土坯房里没住几天，继父又死了。你如果不听话，真的嫁到他们家里了，非把你妈和我的心肺把子疼掉不可！"

姑娘的爹实在憋不住了，压低嗓门儿马着脸，一点儿也不遮掩地把话说了出来。

"你们的意思就是坚决不同意，是吧？"

"乖乖，你是我们的女儿，是我们的心肝宝贝，我们不疼你疼谁你呀？听爹妈的话，不要再跟他来往了，就算我们欠了这家子一笔债，我们以后用别的还他们，好不好？"

姑娘的妈用商量的口吻说道。

这时，姑娘的爹又见机插话：

"娃子，爹现在求求你，给你老爹一点面子，如果你不答应，你爹我只有给你下跪了！"

姑娘的爹说完这句话，立马摆出了下跪的姿势。

姑娘见状，扑通一声跪在他爹的面前，大声哭着：

"爹，我听你的好吧，你千万不能这样！"

姑娘说罢，双手捧着脸，无所顾忌地哭了起来。

"女儿呀，你爹跟我成亲这么多年来，不光是在别人面前，连在我面前也没叠过扁，现在在你面前这样低声下气，你爹算是开天辟地第一回把人丢到你面前了！"姑娘的妈无可奈何地说。

"妈，我现在什么也不说了，一切听你们的。我保证不让你们再为这个事受气了。"

听到女儿的这句话，姑娘的爹妈那两颗悬着的心一下子落在了地上。

迫于父母和现实的压力，姑娘只好与开运分手，赌气嫁给了县砖瓦厂的一名工人，从此一去再也没有回过家。

郭英子嫁的丈夫是城关蔬菜队出生长大的。20岁那年，他家里用火不慎，发生了火灾，爹妈被当场烧死。不久，县里决定征用蔬菜队的菜地，上马兴建砖瓦厂，把无依无靠的郭英子的丈夫作为"地搭工"招进厂里，轮换地干着运送砖坯进窑和红砖出窑的工作。一年365天，出的汗比喝的水还多，铁盒子车的把手和滚烫烫的红砖把他的手板由血泡变成了茧子，又由茧子变成了血泡。

结婚后的这些年，郭英子的爹妈根本不知道她的下落。她不想去面对过去的一切，在砖瓦厂里谋了一份临时工作，用忙碌和劳累打发时光，生怕自己又拾起无法治愈的已经远去的心灵上的伤痛。

她告诉丈夫，自己是一个弃婴，靠要饭长大的，根本不知道自己父母的名字，更不知道他们住在哪里，她要她的丈夫永远不要提起，不然的话，她会伤心得死去活来的。

丈夫是个老实人，把郭英子的话当成了砖瓦厂里的高压线，生怕伤到了

自己的爱人，一直没敢碰过。

说来也是，认得开运的人都对他了如指掌，知道他家里有四个弟弟加两个妹妹，父亲去世了，母亲为了养活他们，没想过弃子另嫁，去顾及自己的幸福。后来为了摆脱生产队长那个魔鬼的折磨，不得已与在李家湾烧窑的一个外地窑匠将就结成了夫妻。半个月的日子还没出头，那座没有任何迹象的砖瓦窑却鬼使神差地把他的继父塌在了里头。开运在家里排行老大，从小时候的机智勇敢到现在的诚实本分，吃苦耐劳，跟着母亲一起挑着一副沉重的担子，拖着不堪重负的双腿，在往前走的路上留下了数不清的带血的脚印。有人毫不掩饰地说，他如果出生在国家干部之类的好家庭里，再好好读上几年书，不仅是一个当官的好坯子，还会娶回一个漂亮的大家闺秀。

可惜造化弄人，开运没有这样的机会。

31岁那年，村里别人家的儿子陆陆续续地娶回了媳妇，穷得叮当响的开运没人提起。母亲心急如焚，昼夜难眠，生怕他当一辈子的光棍汉，厚着老脸，求爷爷告奶奶，四处托人说媒，把提亲的希望寄托在每一个她认为可以帮忙的好心人身上。

开运的母亲逢人就说，不管人家相貌好看不好看，也不管人家穷成了什么样子，只要懂得规矩，晓得羞耻，不是丫糊半吊子，她都愿意砸锅卖铁地成全自己的儿子。

不久，开运的母亲没顾得别人捣他们的脊梁骨，把"倒插门"的笑柄毫不掩饰地交给了那些说长道短的人。

眼见这一年就要过去，一个媒婆主动找上门来。

她是李家湾周围方圆百里最吃香的媒婆，一张"死的能嚼成活的，水都能点燃灯"的嘴，成全了这一带好多人的婚姻大事。

她从20多岁就没有参加生产队里的劳动了，每年上交生产队里180块钱，一家人吃的穿的用的，全是靠她这张嘴挣来的。

她说她有十成十的把握，给开运找一个十成十满意的爱人。

开运的母亲二话不说，踮起脚来弄了几个荤菜，把媒婆留在家里吃了一顿交底的饭。

媒婆拍着胸脯，掷地有声地告诉她：

"事成之后，你敢保证谢我100块钱，我就敢在十天半个月之内把你的儿子引到女方家里让人家看。"

"我们保证，我们保证！现在我们家里只有两只鸡子和几十个鸡蛋，先谢谢您老人家，等到跟人家姑娘拿结婚证了，我们一定好好地来谢你！"

媒婆走的时候，拎着鸡子和鸡蛋，丢下了一串串让开运的母亲彻底放心的话。

母亲把正在田里干活的开运叫回来。她清楚倒插门这个事说出去了不好听，如果儿子觉得丢人不愿意，媒婆请了也白请。她想早点儿做通儿子的思想工作，避免最后搞得骑虎难下。

开运以为母亲有别的急事，说回来就回来了。

他刚走到门口，母亲便指着事先端好的一把凳子叫他坐下。

开运意识到母亲有事要说。

"妈，你说我听！"

"开运啊，刚才来了一个媒婆，是专门给你提亲的。我听她说得还好，就替你先答应了。"

"媒婆说得再好，关键是人家女方答应不答应。"

"答应，答应。她说事情成了，只要我们好好地谢她，她就能把这门亲事说成。"

"这个姑娘是哪里的呀？"

"姑娘住在我们李家湾上头的黄家湾。爹妈只生了她一个独姑娘，长得好看人又勤快。"

"那我配不上人家。再说，人家一个独姑娘，来我们家了，人家的爹妈谁来养活呀？"

"儿子你听我说，不要见你妈的怪。"

"不会的，不会的。你为我的婚事，操劳出了满脑壳的白头发，一想起这事儿，我心里就难受。"

"儿子你也不要这样说。妈还不是为了你早点成家，我早点抱上孙子吗？现在我把媒婆和我的想法告诉你，你如果能够按照我们的想法去做，这个事就差不多了。"

开运点着头，等着母亲往下说。

"姑娘这一家子是黄家湾的好人。媒婆说了，他们的家庭条件虽然比不上他们那里有些人，但比起我们来要好得多。说到底，这一家子啥子都好，就只有一个事儿不好说。"

"啥事儿呀？"

母亲停顿了一会儿。

"刚才我想说又不好跟你说。这个独姑娘是个哑巴。媒婆说想让你招到他们家里去当上门女婿。"

母亲说完，双眼观察着开运的神情。

开运低着头，一时半会儿没有吭声。

母亲问："开运，你告诉妈，这样子行吗？"

开运萎靡不振地说："我的妈生得了我的身，也生得了我的心。"

"这姑娘虽然是个哑巴，媒婆说她看上去跟个正常人一样。长得好看得很，是他爹妈的宝贝女儿。黄家湾以外的好多小伙子没有不喜欢她的，这个追了那个追。追到最后，晓得她是个哑巴了，又嫌弃人家了。"

"那我走了，你们咋办呢？"

"这个倒没什么。反正你脚下还有这么多弟弟妹妹，如果你同意到

人家家里当女婿，他们要不了几年就会长大的，你还担心你妈过不到好日子呀？"

"我到了人家家里，又不能经常回来。刚开始的几年，虽然您把我的心操好了，但是您身边少了一个帮手，一定会很累的。"

"不要紧，不要紧。路是慢慢走出来的。人多有人多的好处，看起来现在家大口阔，等你弟弟妹妹们一天一天地长大了，我肯定是一天比一天轻松。"

"妈您说得好听。关键是头几年不好撑过去呀！"

"儿子你不要想这么多。不管是招上门女婿，还是把姑娘接到家里，说穿了，都是为了生儿育女。你过细想想看，人家祖祖辈辈攒了比我们多得多的家当，又生养了这么好一个姑娘，现在人家准备全部送给你，让你去跟人家一起过舒服的日子，这该是多好的事啊！"

母亲安抚着开运，想卸下他的思想包袱。

"虽说姑娘是个哑巴，我看没有啥子不好的。人家不吭声不吭气地给你当一辈子的爱人，不吭声不吭气地给你生儿子生姑娘。你不信到最后看，那些羡慕你的人一定是后悔都来不及的。"

母亲把开运说得心花怒放，脸上的笑渐渐地多了起来。

"开运你细想想看，招婿上门无非就是换了一个结婚的地方，给你妈省的是一个大心。假如把姑娘接进我们家里，咱连支个床的地方也没有，人家住三天不跑才是怪。现在好多人都说给别人当上门女婿是个没出息的事。其实是他们把账算错了。你看，一个男的到女方那儿结婚，无非就是改成人家女方的姓，等到孙辈出生了，又可以改回你原来的姓上来。这是我们这一带的风俗习惯，你原来可能没有听说过。如果到了那个时候，就算是不改回来，也不会坏你的麦子坏你的酱。我们李家湾不是有个你叫爷爷的李明生吗？他到这里成家之前，是方家湾的方明生。他跟你那个应该叫姑奶奶的结

婚的那天，就改成了李明生。你看人家现在儿子孙子一大群，有当国家干部的，也有当教书先生的，个个都有出息。逢年过节一回来，排排场场的一大家子。一看到人家逢年过节欢天喜地，我心里就痒痒的，巴不得早点看到我们家的这一天。

"还有我们背后山梁子上的那个张家湾，有个本身叫杨财丰的老人，过去住在杨家岭，屋里穷得跟我们现在一模一样。当时好多人都断定他们兄弟六个这一辈子的单身汉算是当定了。哪晓得人家招到张家湾改成张财丰了，生的三个儿子全部在部队当了军官，有两个儿子娶的媳妇也是军官，一个儿子娶的是城里的老师。现在两个孙子读大学，一个孙子读高中。那些嘴尖毛长的人那时候准备瞪着眼睛看人家的笑话，结果，他们混得一家不如一家。当初他们说的那些能把人气死的话，现在如果当成石头，把它甩到水里面，水花也不会溅一个。

"所以啊，你妈我有时候一想起他们，就希望我的开运变成第二个"李明生""张财丰"，让你妈也好生吃几天香的，喝几天辣的，再穿上几天好衣裳。"

开运越听思想越通。

母亲感觉自己的话好像还没有说透彻，她看着儿子一身轻的样子，又接着说道：

"孩子随妈姓，还是随爹姓，其实都是大人定的。最多只有三四代的人知道是咋回事。时间长了，上百年过去了，谁也弄不清了。比如你爹你妈的姓，在前几辈子究竟是咋来的，哪个也说不清楚。说不定是姓张，也说不定是姓王，总归都在百家姓里面转，转来转去就转到了现在。从古到今，因为家里穷，没能力把姑娘娶进自家门的人，就可以到条件好的女方家里去当女婿，互相帮助，互相爱护，把两家子的香火都续起来，这是老祖宗流传下来的法子。从古到今，女婿招上门，姑娘娶进门，都是你情我愿的，让爹妈少

操心几年，也多活几年。你说是吧，儿呀？"

母亲跟开运一说就是半天，一直说到母子二人都有些饿了，才想起来去做饭。

之后，开运的母亲生怕节外生枝，出现新问题，连夜请人给媒婆带信，除了向她表示感谢之外，一切都听从她的安排。并且说，他们在女方面前不讲条件，女方要求怎么做他们就怎么做，绝不会打任何的折扣。

开运的母亲说，他家里什么彩礼都没有，只要女方不嫌弃，她只能把自己的儿子当作最大的礼物给人家。她很感激愿意接受他儿子的女方，迫不及待地想让儿子早些走进黄家湾那位姑娘的家。

哑巴姑娘确实是一个好姑娘。她聪明伶俐，性情温和，身材匀称，脸颊红润，那双水灵灵的眼睛分明就是两颗晶莹剔透的葡萄。如果说她是人间尤物，还不如说是秀色可餐更为确切。

见过她的人都说她长得太好看了。乡下人不懂得这成语那词汇的，对好看的女人只会用"好看"二字来形容。

除了这些，人们都对一件事觉得惋惜：这个姑娘天生不会说话……

哑巴姑娘的爹妈一直在无尽地忏悔自己，也在想方设法弥补他们给姑娘造成的终生遗憾。

哑巴姑娘8岁那年的夏天，好心的大队书记专门过来告诉她的爹妈，县里面有一所供聋哑人上学的特殊学校，他建议把哑巴姑娘送到那里接受教育。

黄家的经济条件在黄家湾这一带比上不足，比下有余，供养女儿去特殊学校上学倒也没有大的问题。没几天，大队书记亲自引路，和哑巴姑娘的爹妈一起把她送了过去。

一年下来，哑巴姑娘完成了全部的教育课程。学校的老师说，姑娘接受

能力强，肢体语言理解很快，以后与人交流不会有那么多的障碍了。

姑娘的爹妈听到老师的肯定，精神上的慰藉不言而喻。但女儿不会说话，仍是他们一块治不愈的心病。

一天，一位白胡子老头打哑巴姑娘家门前路过，惋惜地摇着头说，这个姑娘天生一副富贵相，如果没有这个缺陷，必然嫁入名门望族。一阵感叹之后，白胡子老头又神神秘秘地拉着哑巴姑娘的爹妈小声说：

"别看你们姑娘现在是这个样子，她以后要么被人当作神仙供着，要么被她的丈夫宠爱得恨不得含在嘴里。你们享福的日子在后头。"

听了白胡子老头的话，哑巴姑娘的爹妈没有高兴几天，心里的忧愁又驱不散地回转了过来。

哑巴姑娘平时无论穿戴得多普通，总是让人眼前亮堂堂的，咋看咋舒服。把她比作众香国里的牡丹，梧桐树上的凤凰，传说中的美人鱼，都是没有一点儿水分的大实话。姑娘内敛矜持，浅笑安然，举手投足间，时时刻刻都彰显出温柔妩媚的气质。她以有别于烂漫山花的清雅表象和完美成熟的灵秀内质，散发着挥之不去的迷人芳香，让那些不认识她的陌生小伙子，无不神魂颠倒。

于是，小伙子们挖空心思地打着她的主意。后来一听说她是个哑巴，这些人又狠心地离她而去。姑娘人格受到的侮辱，就像无情的钢针深深扎在她父母的心上。

最典型的是杜家沟那个油腔滑调的叫杜改常的年轻娃子。

那天，他从镇上卖柴回来，路过哑巴姑娘家门前，看见花儿一样的姑娘坐在门口做着针线活儿，顿时两个眼珠子停止了转动，觉得自己从来没有见过这样如花似玉、美丽动人的姑娘，庆幸上天给他送来了一轮照亮心房的"太阳"。

他望了又望，扔掉肩上的扁担，拿着用卖柴的钱买的两包准备带回家的

金果条和五香沾，小心翼翼地递到姑娘面前，紧张兮兮地跟姑娘套着近乎。

姑娘不认识他，更不知其意，用手把他拿着糕点的手推了回去。

杜改常以为姑娘不好意思，又一次往她里手里塞。

这时，姑娘有些生气，"哦哦哦"地打了他一巴掌。

杜改常听到姑娘的声音，感觉不对劲儿。

恍然间，他意识到这姑娘原来是个哑巴，一颗火热的心一下子从天上掉到了地下，一溜烟地跑了。

哑巴姑娘知道是怎么回事，只当作一阵吹过的风。

哑巴姑娘的妈站在堂屋里，亲眼看见了这让人极其愤怒的一幕。

愤怒归愤怒，心疼归心疼。母亲没有去骂那个欺人太甚的杜改常，而是泪流满面地把女儿拉进屋里。母女俩相对无言，半晌都没说话。

打那以后，黄氏家族的当家人黄家舅舅说，以后要接触就跟那些忠厚老实、靠得住的人接触，先见真人后论嫁，不要再让一些不了解情况的陌生人直冲冲地找到家里，泼了冷水又欺人。如果做不到这一点，宁愿让哑巴娘娘当一辈子的老姑娘，也不能和那些"狗眼看人低"的不仁不义的家伙打交道。

十

开运知道自己有几斤几两重。

他在媒人的引导下，经过几次的你来我往，得到了哑巴姑娘的认同。他也通过无声的交流，与姑娘纯洁的心灵碰撞出了火花。

他在心里想，这可能就是自己前世的造化，把哑巴姑娘父母的所有安排当作呵护与关爱，深信不疑地遵从媒婆和母亲的决定。

那天，一直把哑巴姑娘当作黄氏家族包袱及累赘的当家人黄家舅舅，得知媒婆把哑巴姑娘介绍给李家湾一个叫李开运的消息后，踏进了哑巴姑娘的家门，这是当家人第二次走进哑巴姑娘的家。

第一次，还是哑巴姑娘满一周岁的时候。

那天，一家人在饭桌上摆放了一支铅笔，一块惊堂木，画了一顶状元帽、一匹马、一驾马车，以及一些象征着达官贵人使用的物品，高高兴兴地抱着哑巴姑娘让她"抓周"，意思是抓住了什么，就意味着姑娘长大后有什么样的出息。

哪晓得，小女孩在这个过程中发出的声音，使他们目瞪口呆。经过几遍的重复，他们都极不情愿地承认了一个现实：这个孩子是个哑巴……

随后，姑娘的爹妈按照黄氏家族的规矩，向黄家舅舅如实禀报了这个情况。

黄家舅舅听了，怨气满腹。

"你们还有脸跟我说这个？"

从此，当家人黄家舅舅与哑巴姑娘他们家断绝了往来。

这一次，刚刚订婚的李开运，正在哑巴姑娘家里帮忙干活。黄家舅舅背着双手，主动找上门来。板着一张冰冷的脸，来势汹汹地从外面走进了屋里。

他不容任何人说话，一手叉腰，一手指着李开运的鼻梁："你现在给老子写保证！"

开运顿时不知所措。

"站在这里愣个啥子？"黄家舅舅扭头指着哑巴姑娘的妈，"还不赶快去找笔和纸！"

哑巴姑娘端来一个凳子，恭恭敬敬地放在黄家舅舅的屁股后面，要他

坐下。

当家人一脚把凳子踢翻在地，一家人怒而不言，只能当作什么也没有看见。

哑巴姑娘的妈拉着她爹走进另一间屋里。

他们没念过书更不会写字，自从来到这个人世就没有拿过笔和纸。

老两口转身出来，求着当家人。

"当家的哥哥呀，你看我们这家人老的老，哑的哑，都是不识字的睁眼瞎，连自己的名字都不晓得倒和顺，哪来的这个东西呀？！"哑巴姑娘的妈干脆把话说得一点不留。

黄家舅舅没有再催下去，突然一巴掌打在李开运的胳膊上：

"现在老子说，你给老子听，就说：从今天开始，保证老老实实，绝不乱说乱动。就是这句话，连背三遍！"

黄家舅舅盛气凌人地命令道。

这时，李开运满头雾水地醒悟过来。

他没有怪黄家舅舅，晓得黄家舅舅这是为了哑巴姑娘好。他准备一字不漏地背出来。

"不许坐在凳子上，跪下来背，一字一句地背清楚！"

黄家舅舅又强硬地下达了第二个命令。

李开运没有吭声，接下来，镇定地将左腿跪在地上，再弯曲起自己的右腿，双手支撑在前面，低着头，规规矩矩地按着当家人黄家舅舅刚才说的那句话背着。

"娃子，你莫急，慢慢地背。"哑巴姑娘的妈心疼地安慰着李开运。

李开运点了一下头，一遍一遍地背着。

背完后，他并没有站起来，而是继续以跪着的姿势，缓缓抬起头来：

"老人家，你看行了吧？"

"算你娃子识时务。你听好，从现在起，你要说到做到，不放空炮。"

当家人丢下这句话，扬长而去。

"娃子，快起来。刚才这个老人家呀，比茅缸里的石头还要臭还要硬。几十年了，黄家湾里哪个都拿他没办法。你千万不要见怪呀，以后你进我们家门了，我们过我们的日子，他黄家舅舅过他的日子。我们不巴结他，也巴结不上他。"哑巴姑娘的妈边说边把李开运拉了起来。

说实话，虽然黄家舅舅说的那些话和让他做的那些事，比打开运的耳光还狠，但开运完全理解，所以才一直心平气和地顺着他的意思在做。他还觉得借这个机会，当着哑巴姑娘父母的面，向哑巴姑娘郑重其事地立下自己的誓言，也算是自己的一个表白。

从黄家湾回李家湾的路上，开运的脑海里一直翻腾着当家人的那些话和他跪在那里的那个场景。他没有悲观和失意，而是横下心来，把自己交给哑巴姑娘。他一再嘱咐自己，今后一定要走出像样的路来，把风里来雨里去的田埂变成他们的阳光大道，让李家湾和黄家湾的人都能看到，他与哑巴姑娘能过上一天比一天好的日子。

外人明显看得出来，开运是以决不后悔的勇气，坚定地去无声世界里和哑巴姑娘生儿育女，也准备好了在一辈子可能被人瞧不起的岁月里，度过与别人截然不同的一生。

1978年腊月初七那天，开运和他的母亲来到媒婆家里。

媒婆以为开运和他的母亲是来谢媒送礼金的，眉飞色舞，好不欢喜：

"红包呢？让我看看我的红包！"

"我的大姐呀，您为我的儿子操了这么大的一个心，莫说只要100块钱，就是三五百块也说不上多呀！"

"只要100块钱，只要100块钱。说话算话，多一分钱我也不会要。"

"大姐呀，我真的不好意思向您开口。"

"开什么口啊？话已经说在了前头。你们是不是想少啊？不能少，不能少，一分钱也不能少。"

"我不是这个意思。咱根本没敢想过少一分钱。"

"那你是什么意思？"

"我们的意思是……"开运的母亲欲言又止。

"究竟是啥意思，你快说呀？"

"我们的意思是，现在我们拿不出现金来，想用开运他继父佬留下来的1000口青砖和2000口布瓦来谢您。"开运的母亲像个犯了错的孩子，低三下四地说着。

"那咋行啊？"媒婆生气地一口挡了回去。

"我们算了一下，按照开运他继父佬活的时候卖砖卖瓦的价钱，这1000口青砖和2000口布瓦大体上值560块钱。如果大姐不嫌弃的话，我们全部抵给您。"

"我这辈子咋遇到了你们这号人家呀？用瓦用砖来谢我，外人听到了，非笑掉大牙不可。还有，以后别人都这样做，我这个媒婆还咋当下去？"

"姐姐呀，咋办呢？只怪你这个妹妹命苦，像个叫花子。嫁一个男人死一个男人，养了这一群不知啥时候才能长大的猴子。"李开运的母亲说到这里呜呜地哭了起来。

人心都是肉长的，媒婆没再计较下去。

"好了好了，快过年了，不要在我家里哭哭啼啼的。图个吉利，就依你们的吧。你们闷在心里，在外头哪个也不要说，如果说出去了，该你们再补我100块钱！"

媒婆说的这番话，让母子二人感动得痛哭流涕。

下午，开运悄无声息地用父亲生前用过的那辆板车，一趟一趟地把继父

佬留下的1000口青砖和2000口布瓦送到了媒婆家里。

腊月初八，是开运和哑巴姑娘结为百年之好的大喜日子。

前一天晚上，把青砖和布瓦送到媒婆家里后，开运的母亲整整一夜没有合眼。

她把前年过年给开运做的那套衣裳，一件一件地叠起来，压在开运的枕头下面，让他明天上门的时候，穿起来挺括一些。

天亮了，她又舀了一瓢生水，含在嘴里，把水雾一口一口地喷在儿子即将穿的外套上。

待儿子穿好衣服，她走过来，踮着脚整理儿子的衣领和袖头，接着又蹲下身来，把儿子的裤边扯展，然后站起来把儿子的身上身下、身前身后瞧了个够，才依依不舍地对开运说：

"儿子，我们现在走吧。"

开运没有回答。回头把屋里的每个房间张望了一遍。

走出大门的那一刻，又转过身来，对着堂屋里的神像深深地鞠了3个躬，退着步子往外走。

"开运，你莫太牵挂了，放心地走吧。"

开运还是沉默不语，像一叶漂在河沟里经不起风吹的纸船，随着母亲身后的风生出的那股牵引的力量，一步一步地走向黄家湾。

他知道，这一程肯定会遇到恶言泼语；也知道，他迟早会到达向往的彼岸。

1978年腊月，开运被招婿上门的路上。

这天，太阳还没有升起来，开运和他的母亲为了躲避李家湾的人对他们的取笑，趁着晨雾朦胧还不能完全看清人的面孔的时候，把那条平时很少有

人行走的田埂当作自己的神圣之路，伴着露珠，踏着草浪，把一生当中最动听悦耳的音符，无声无息地隐匿在沉甸甸的使命上。

一路走着，母亲一直掉着眼泪，不断地向儿子倾诉自己内心的愧疚。

"开运啊，妈对不起你，我的命苦连累了你的命苦，你31年没有吃过一顿饱饭，31年没有穿过一件像样的衣裳，31年没有受过别人的正眼相看。我枉在人世上活了一场，活来活去，到如今，竟然把我儿子盘成了抬不起头的样子。"

说着说着，母亲哭出声来。跟在后头的开运，心里乱得犹如一团乱麻，一时不知道怎样劝慰母亲。

"儿子，你当了上门女婿之后，一定要把姑娘的爹妈当作你的亲爹亲妈来侍候，一定要把姑娘当作妹妹来照顾，好好地支撑着那个家，千万不能人在曹营心在汉，一心挂两头啊。"

"妈，从我懂事的那天起，就真的觉得您活得太不容易了。自从我爹走了以后，您为了我和6个弟弟妹妹，在田埂上挖野菜，找别人要旧衣裳，天天盼着我们长大，根本没有过一天舒心的日子。我这个当大儿子的，没有为您分到忧、解到愁，没有给您争口气、争个光，只会干一些苦力气活儿，让别人看了您几十年的笑话。如果我现在跪在地上，磕一千个响头一万个响头，下辈子为你当牛做马，也报答不了这几十年您像母鸡用热乎的翅膀护着小鸡一样的养育之恩，如果我这辈子忘了您老人家，雷公老爷会用五雷劈我的！"

"儿子啊，不要再往下说了。今里是你的大喜日子，我们应该快活高兴一些，不让这些霉大麦烂杂草的事儿把我们的心情扰乱了。"

"妈说得对。俗话说得好，'有朝一日时运转，朝朝每每像过年'，我相信天老爷长得有眼睛，不会让我们一辈又一辈地穷下去，我们总有一天会翻身的！"开运挺起胸膛，坚定地说着。

"天老爷肯定会照应我们的。我记得在生你那天，上午还在刮大风下大雨，等到中午你快出生时，天上突然出了太阳，房前屋后一大阵鸦雀子叫个不停，山上山下到处都被雨水淋得青翠翠绿油油的，我们门前头的那口井一阵接一阵地冒着白花花的雾气，围着房子一圈一圈地转着，然后又慢慢地升到屋脊上绕来绕去。更稀奇的是，我跟你爹结婚以后，从来没有给你太爷坟上培过土，坟上的青草长得密密麻麻的不说，我怀着你的那年在那里砍柴的时候，陡然发现它自个儿在长，并且越长越大，越长越圆。那年春上，那个坟顶上起码飘了两个多月的烟子。当时我跟你爹都认为这是一个好兆头。你的爷爷奶奶说，'古井起白雾，祖坟冒青烟，说明仙人们的荫福来了。这个孙子以后一定会给我们李家带来好运'。后来经过他们的合计，就给你取了一个'开运'的名字。前几天我也跟你专门说过，你现在虽然是倒插门，去黄家当上门女婿，说丢人也不算丢人，说不定从今天起，我们真的开始走好运了！"

开运认真地听着母亲的这些话，知道母亲把装在心里而平时又无处倾诉的苦恼和忧愁说干净了。他看到了一位母亲在一眼望不到头的困苦时光里，以宽心诱导的方式，在儿子离开她怀抱的今天，给她身上掉下来的这块肉赔送了一份不能估价的彩礼。

1978年腊月初八，哑巴姑娘的家。

同样是这天，哑巴姑娘的父母并没有嫌弃没有甩掉穷根子的上门女婿。

当时，他们向黄家舅舅一五一十地禀报了自己家里的这个大事之后，再也没有提起怎样待客的后话。他们心里清楚得很，在这个村里生了一个哑巴姑娘的家庭，在里子和面子上都打了折扣减了分，黄家人没有一个不觉得丢人和窝火的。女儿的婚事，是大事，但他们谁也接不起，谁也请不动。眼下给女儿招夫上门，只能用最简单的方式来操办。

他们最大的心愿就是，女儿生下来的孩子不再是哑巴，他们当爹妈的就不愁今后没有希望。

哑巴姑娘特殊的表达方式，使她的父母在看惯了的那些肢体动作中，完全想象得到女儿心灵深处对未来幸福的渴望，也从女儿笑容可掬里感受到她对自己丈夫的信赖。

开运和他的母亲从天刚拂晓走到红日当头，那条弯弯曲曲的羊肠小道见证了他们一路的泪水与话语。

母亲交代开运：

"记住啊儿子，见到丈人丈母娘，见到那些叫不上名儿的亲戚朋友，一定要放礼貌一些。有话想着说，不要抢着说。说一句要像一句，那些虚情假意的话挨都不能挨。让人家听到你说的是真心话，大实话，不是虚头巴脑的空话。对人家屋里来的一些客人，要讲究高低上下，讲究老少大小，该怎么称呼人家，听你丈人丈母娘的。第一回见面，千万不要慌里慌张的，要让人家看到你是个稳当的人。如果从一开始给人家留下了一个好印象，今后人家对你就放心了。"

渐渐走近黄家，开运的母亲为了给自己壮胆，长出了一口气。

半晌时分，开运和他的母亲来到了黄家。

主婚人是黄氏家族的当家人黄家舅舅。

黄家湾的人每逢红白喜事都是按照"先姑爹，再舅舅，姨爹排在最后头"的顺序来确定大总管的。

开运的岳父没有姐妹，自然就没有姑爹。开运岳母的娘家哥哥，便成了开运和哑巴姑娘的主婚人。

哑巴姑娘的大门前头，有两个人渐走渐近。

几个人见状，赶快传话给了黄家舅舅。

黄家舅舅料定是哑巴姑娘的新郎和婆母。

于是大声张罗：

"亲人到！晒茶——放鞭炮——"

话音一落，负责跑堂的连跑带应。拿起喝茶的小碗儿，从那个土茶壶里倒上泡得泛红了的"三匹权"茶水，放在茶盘上，递给了开运和他的母亲。

一群小孩听见鞭炮声，围了上去又连忙闪开，捂着耳朵，一个个偏头斜眼，欣喜若狂地看着热闹。

黄家舅舅又是一阵吆喝，有意拖着长音：

"恭——迎！看——座！"

说时迟那时快。黄家的四个人争前恐后地迎了上去，毕恭毕敬地挽起开运和他母亲的胳膊，一声接一声地称呼着亲家母和上门女婿。

开运和母亲走到场子中央，黄家舅舅一手握着一个人的手。

"我的亲家母，我的女婿呀，今儿你们两个是天老爷派过来的贵客呀。快进屋，快进屋，快到里面坐，到里面坐！"

哑巴姑娘的爹妈跟在黄家舅舅的后面，也无比亲热地欢迎着。

"亲家们哪，是天老爷让你们的女婿打着灯笼找到了一个福窝，从今儿起就开始享你们福了啊！"

开运的母亲笑容满面，说着自己的肺腑之言。

走进喜气洋洋的堂屋，开运和他的母亲一左一右地坐在只能是最尊贵的客人坐的地方。背靠神柜，中间是一张八仙桌，八仙桌上一边放了一杯茶水。

不到半支烟的工夫，他们象征性地把茶水喝了一口，伴娘和伴郎一起走到开运的面前，在他的胸前佩戴上了一朵大大的红花，红花下面坠着一根几寸长的飘带，上面印着"新郎"二字。

完成这个动作，伴娘扭头笑眯眯地贴近开运母亲的耳朵，用别人听不见的声音柔柔地打过一个招呼，接着和伴郎一起把开运请进了洞房，搭起红盖

头，让开运和穿了一身新娘红装的哑巴姑娘一起坐在床舷上。

这个过程，是开运有生以来接受的最高礼遇，不知所措的样子显得很是呆板和木讷。

伴郎和伴娘俏皮地让两个人的手揽着对方的头，搭在一侧的胸前。接着轻轻地关上门，给新郎新娘腾出了独处的时间……

黄家舅舅和哑巴姑娘的爹妈礼貌地交谈着。过了一阵子，伴娘来到开运母亲的面前，又是一阵耳语。

开运的母亲听了，起身跟着伴娘走进洞房。

新人听见敲门声，规矩地平坐在床舷上。

开运的母亲怕他们不知道来的人是谁，首先说了一句祝贺儿子儿媳的话。两位新人知道母亲进来，连忙站起来。母亲坐在床上的中间位置，捏着姑娘和儿子的手，让他们坐在自己的两边。顿时，一股热流传递着母亲的温暖。姑娘侧身拥抱起自己的婆婆，表达着自己的开心和快乐。

坐过三五分钟，母亲心里自然清楚今天不是拉家常的时候，舒心而自觉地走出了儿子儿媳的新房。

又是一杯茶水递了过来。

开运的母亲回到堂屋里，姑娘的舅舅以娘家长辈和主婚人的身份，坐在她的旁边。他张望了一下四周，收回目光，对开运的母亲直言不讳地说：

"亲家母呀，我们的家丑你是知道的，我外甥女是个又聋又哑的人，平时跟她说什么，叫她干什么，只能支支吾吾地用手比画，既费时间又费神。所以我想跟你商量，今天两个娃子的婚礼，就不讲'拜天拜地拜父母'这个礼节了。等我们坐一会儿了，就开始上菜入席，多放一些鞭炮，把今天的热闹放在开席的那个时候。对不起，我的亲家母和我的外甥女婿，希望你同意我的想法。"

开运的母亲听了，通情达理地点了点头。

黄家舅舅见做通了开运母亲的工作，接着转过身去跟哑巴姑娘的爹妈分别耳语。

谈妥后，他把手中还没抽完的烟扔在了地上，大声喊起："上——菜——"

听起来只有两个字，拖的时间比一大句话还要长。洪亮的声音，显示出了掌管全局的威风。

几个专事跑堂的人，手中端着盘子，乐呵呵地踮着小碎步，把几张酒桌上摆满了七个碟子八个碗。

片刻，哑巴姑娘的舅妈手里拿着一段红绫子，笑逐颜开地走进洞房。出来的时候，红绫子一头系着开运，一头系着哑巴姑娘。两人脸上泛着喜气的红晕。

黄家舅舅兴高采烈地张罗大家在已经上好菜的桌子上依次落座，叫那个专门出租收录机的人，打开今天租来的那台双卡收录机，把事先就选定好了的一盘唢呐吹奏的《抬花轿》磁带插进去，渐渐地把音量拧到了最大。

今年是农村实行联产承包责任制的第一年，从开年到如今的10个多月，农民在分给自己的土地上自种自收。他们按照"交足国家的，留够集体的，剩下都是自己的"的政策，过起了自在的日子。大队干部和小队的生产队长从此没有了催种催收的份儿。他们只管各家各户按种植面积交上来的粮食，再按人头分配一些义务工之类的活儿，农民在农闲季节怎么干，由农民自己做主。

狗熊是黄家湾出了名的会做会玩会快活的一个人。还没有分田到户的那些年，他到哪里，就把"哟儿呀"带到哪里。他的老婆说他睡觉的时候都在唱歌，蹲在茅厕里还哼着歌儿打节奏。现在分了田，他的脑袋瓜子转得比哪个都快，收猪崽，卖狗子，种果树，贩木料，啥子赚钱就搞啥，家里生活过

得一天比一天好。

前半个月，家里喂的母猪下了12个猪崽，卖了分田到户之前全家人一年到头也挣不到手的300多块钱。狗熊发现，今年下半年以来，家家户户比着办喜事：上学的、当兵的、结婚的、过生日的，还有下葬的、树碑的。他突发奇想，花了180多块钱买了一台长江牌的双卡收录机，然后把出租收录机的广告，跟供销社收蜈蚣、收鸡蛋的广告一起贴在村里村外。几天下来，消息很快传了出去，没想到出租收录机的事儿一下子成了热门生意。

哑巴姑娘的爹妈是后来才想起租用狗熊的收录机的，等他们找到狗熊，已经有5户人家排在了他们的前头。狗熊说，腊月初八这天确实排不过来，如果真的想租的话，只有等上几天。哑巴姑娘的爹妈求着狗熊，说他们家里几十年没有办过喜事，哑巴姑娘结婚不能没有收录机。又找来黄家舅舅跟狗熊说好话。说到最后，狗熊松了口，说他推掉别人，等于自己不讲信用，不给人家赔一点损失，无法向人家交代。黄家舅舅问他需要怎么赔，狗熊说，正常租用一天是5块钱的租金，哑巴姑娘家里多加2块钱，他好去给别家一点儿补偿。姑娘的爹妈认为合情合理，当场把7块钱付给了狗熊。

今天早上，狗熊提着收录机和几盘磁带，来到了哑巴姑娘家里。

现在，当家人黄家舅舅发了话，一直守着收录机的狗熊，盼来了他的用武之地。他知道什么样的喜事放什么样的磁带，所以当黄家舅舅话音一落，激扬高亢的唢呐声便响彻全场。

黄家舅舅一边分发喜糖，一边说着开场白，一下子掀起了婚庆宴席的高潮。

席上，哑巴姑娘的父母脸上洒满了阳光，眉开眼笑地坐在开运母亲的身旁。

开运的母亲忍不住地站了起来。

"亲家们呀，我今天就把你们在李家湾生的这个儿子交给你们了。从今往后，他就是黄家的儿子。这个娃子算是一个听话的娃子。手脚子不懒，力气也够使，干起农活都还内行。他长的那张嘴巴，从小也没说长道短的习惯。他生下来就老实，还懂得孝道，晓得轻重，弄得清楚艰难辛苦，过日子的时候不会大手大脚的。我们现在两家人变成一家人了，说了他不怕亲家们见笑，我们穷得清汤寡水，儿子今天上门，我这个当妈的，做不起个'人见识'，连一口水也没给姑娘带。亲家母呀，我从一开始，就欠了儿媳一大笔债，不晓得什么时候才有本事还得上，还得清。看样子，别的办法没有，只有请你们的女婿来替他这个无能为力的母亲用感情来还了。不过呀，请亲家们一千个相信一万个相信，今后这个儿子假如不听话，不孝顺，冒犯二老，亏待姑娘，好吃懒做，你们就拿起棍子使劲地打，一直打到不再翻翘为止，我保证没有半个'不'字！"开运的母亲心里揪着，脸上笑着，说了一大堆掏心窝子的话。

"你瞧亲家母说的，我女婿一看就是个安分守己、实实在在的娃子，哪能会是你担心的那样啊？"哑巴姑娘的爹劝着开运的母亲。

哑巴姑娘的妈接过话，一本正经地说："亲家母啊，从现在起，你的儿子就是我们的儿子，我的哑巴女儿就是你和我女婿的一个包袱了。我会跟心疼我的哑巴姑娘一样来心疼我的女婿，一个手指头也不往外撇，一心一意向着我的女婿。让整个黄家湾的人都实实在在地看到，我把我的女婿当成我名副其实的儿子。我跟你亲家公现在已经老了，快没有什么用了，以后只有吃靠饭的份儿。早在十天半个月前，我们商量去商量来，总觉得应该把女婿进门当家的事儿，铁板钉钉地定下来。说句掏心窝子的话，从今天开始，我们就把这个家完完全全地交给你的儿子、我们的女婿来当了。往后的里里外外，都由他说了算，比如春上种什么，秋下收什么，去哪里走人家，接谁个到家里喝酒吃饭之类的心全部让女婿来操，他说一就是一，说二就是二，我们两个老的，一不打忍，二不反对，全部依我们女婿的。"

听完亲家母有血有肉的话，开运的母亲泪流满面。

这顿饭吃了好长的时间，客人们都下了席，只有这个饭桌上还留着他们亲家三个，加上始终坐在旁边的黄开运和哑巴姑娘。

席上，他们只顾得你来我往地说着话，心思根本没有用在吃饭吃菜上，直到太阳快要下山了，五个人才礼貌来礼貌去地劝着对方，半碗饭下肚，客气地放下了筷子。

好在两家子住的只有10多里的距离，开运的母亲从黄家湾回到李家湾，摸不了多大一截儿的夜路。哑巴姑娘的爹妈和黄家舅舅深情相送，送走了这位把"儿子当作女儿嫁"的亲家母。

送走了亲家母，其他的客人也先后散去。

老两口回到了屋里，心静不下来。

"你说女儿和女婿今后的日子会过得红红火火的吗？"

哑巴姑娘的母亲有些担心地问着自己的老头。

"这个事情你不要瞎忧愁，我心里有个谱气儿，福人自有福人的份儿。这来来往往的大半年时间，我看出来了我们的女婿是一个'碓窝子里搁鸡蛋——稳稳当当'的人，说话站得住脚，做事靠得了谱，不是油嘴滑舌的人，也不是那种说起话来高一句低一句、没得天高地厚的人。我们两口子没有必要放心不下，今后也不要去听那些'歪嘴子吹火'的人的话。我相信他不会做出我们硌硬的那种事来。人心都是肉长的，只要我们不防人家，不低眼相看人家，不把人家当外人，我们这个从小就造孽受罪的女婿，肯定不会把良心甩到脑壳后头，翻脸不认人的。"

哑巴姑娘的父亲心中有数地说着。

哑巴姑娘的母亲听了，脸上的愁云顿时消散：

"你说的这些跟我想的是一模一样的。我不指望女婿以后给我们带来多大的福气、多大的财富，只想他对我们的姑娘是你对我的这个样法儿，一心

一意地过着自己的日子。等阎王爷把我们收了，我们在地底下能够看到他们过着安稳的日子。"她听了自己老头的话，在心里祝自己如愿以偿。

十一

黄家湾。

1980年正月。一个叫"黄会说"的婴儿呱呱坠地。这个名字是在哑巴姑娘有了身孕后的10个月时间里，黄开运和哑巴姑娘的一家人经过商量又商量，最后由黄家舅舅一锤定音的。他们之所以事先就给肚子里的孩子取了这个名字，是因为心里最担心害怕的就是生出来的孩子也是个哑巴。

对于这个事儿，包括哑巴姑娘在内的一家人的心紧紧地揪在一起。他们都深切地体味过有一个哑巴的家庭的卑微程度。有的人欺负他们的时候，恨不得让这一家子永世不得翻身。如果生下一个哑巴，他们不离开这个世上也会离开这个地方。一些可以预料的情形，真的越想越不是滋味儿。他们带着朴素的愿望，私下里找过专家教授，拜过送子观音。专家教授们都说哑巴并不一定会遗传。在寺庙里，他们听说虔诚拜菩萨，就是一要抢敬头香，二要点亮灯火。所以他们每敬一炷高香，就会点亮一盏油灯。和尚告诉他们，精诚所至，金石为开，如此诚心诚意，观音菩萨肯定会保佑他们心想事成的。但当回到家里得了闲，他们又回到了忐忑不安的原点，提心吊胆地等待着小生命的降临。

黄氏家族里那个长得像个瘦猴的黄二狗子是哑巴姑娘三代以内的直系堂哥。这些年来，哑巴姑娘一家人弄不明白是不是农村说的"脸上无肉，做事寡毒"的原因，黄二狗子把哑巴姑娘的生理缺陷当成这一家人的软肋

抓住不放，平时借钱赖账，借东西不还，家里过什么喜事，前面收了人情，后面忘得一干二净。借一回两回不还，还能够勉勉强强马虎过去。一年四季剜窟窿眼打洞地收人情，连自家喂的母猪下猪崽、母牛生小牛也要请客祝贺。当然也不是别人家里不请客收礼，问题是，他长期这个样子，稍微提醒一下，黄二狗子的脸立刻就会拉下来，不是横挑鼻子竖挑眼，就是喊着洋歌把人骂。有一次，哑巴姑娘的母亲非常婉转地问他借的200块钱什么时候还，一句话还没有说完，黄二狗子一蹦三尺高，对着周围的人大喊：

"大家都来看啦，这个上辈子做尽了坏事的老女人又在欺负人哪！如果再不做好事，这辈子生了一个哑巴，下一辈子还要生一个哑巴呀！"气得哑巴姑娘的母亲再也不敢找他讨钱了。更为恶毒的是，他还编造谎言，说哑巴姑娘肚子里的孩子是他小舅子的种。黄二狗子的种种言行，使得哑巴姑娘一家人只得把他当瘟神，见到他都躲得远远的。

十月怀胎，一朝分娩。

哑巴姑娘被送往县妇幼保健所的那天，黄开运和他的岳母一再跟接生的妇产科医生说，在孩子生下来的时候，一定要多打孩子几巴掌，让孩子多哭几声。

医生很是不解地问为什么，黄开运把医生请到一边，对着他的耳朵悄悄地说：

"我爱人天生是个哑巴，我们想多听几遍孩子的哭声。说了不怕你笑话啊，我们现在最担心生出来的孩子也是个哑巴。"

医生听了，觉得他们太无聊了，狠狠地翻了个白眼儿，转身走进产房。

片刻过后，只见医护人员跑进跑出，黄开运和他的岳母意识到孩子快要出生了。

接下来，听见了婴儿哇哇的哭声。他们侧耳倾听，一阵六神无主的对

视，喜上心头。

黄开运的岳母凭自己的直觉，安心定神对女婿说：

"你放心吧，谢天谢地，我的孙子不是个哑巴！"

一直坐在那里低头不语的黄开运笑逐颜开，冲进产房，把医护人员吓了一跳。

"你进来干什么呀？快出去，快出去！"没等黄开运站稳，一位护士把他推向了门外。

黄开运站在外面热泪盈眶。他在想，自己的孩子用哭声堵住了黄二狗子的嘴，今后再也不怕欺人太甚的黄二狗子胡言乱语、颠倒黑白了。

黄会说满月的那天，黄开运和他的岳母心里又生出了一层阴影。

虽说他们现在没有了"哑巴生哑巴"的负担，但又担心孩子长大上学的时候，有人会说他是哑巴的孩子。

"黄二狗子这样的人想怎么说就怎么说。你不要把这个事儿放在心里，今天还没有好好地过完，又想着明天会遇到什么坏人坏事！"黄开运的岳父劝了老伴，又对黄开运说，"照你们这个说法，我们喂的那些耕田的牛，干脆也不要下什么小牛了，因为长大以后要耕一辈子的田，还要挨耕田人的鞭子。你跟你妈这个前也怕后也怕、担心熬愁明天过不好的样子，我看对过好今天没有一点帮助，你们说是这回事吧？"

老伴承认自己想多了。黄开运也豁然开朗，一下子去掉了这块心病。

1987年9月。

7岁的黄会说，到了上小学的年纪。

报名那天，黄开运遇见了同样引着孩子去报名的黄二狗子。

黄会说抱着老师发的书出来了。

黄开运压根儿没想到，黄二狗子的儿子黄大棍与黄会说竟然分在了同一

个班、同一个组，而且还是同桌。

黄开运一家人心里很是纠结。

他们想象得到，黄二狗子和他老婆的行为，无时无刻不在影响着黄大棍。在黄二狗子这样恶劣的家庭环境里成长起来的黄大棍，是不可能有什么好的教养的。

只要一想起黄二狗子他们两口子，黄开运就恶心得吃不下饭。

黄开运亲眼见过黄二狗子的老婆玩的一个大把戏。

从龙凤山过来的那个山里人，错就错在用他从山里背来的鸡子到黄二狗子屋里跟她换什么旧衣裳。一是黄二狗子住的一间草屋和半间瓦屋，引着五六个儿女，一件衣裳能穿几年，哪有衣裳拿出来换鸡子的。二是黄二狗子的老婆不好缠，黄家湾的人都惹不起她。他一个山里人跟她打交道，是绝对要栽跟头的。三是黄二狗子的老婆是因为好吃懒做才从县城嫁到黄家湾的，她娘家在民国时期是开作坊的，若不是黄家湾过去是一个靠种植熬制鸦片赚大钱的地方，黄二狗子的老婆是根本不会嫁到这里来的。新中国成立后，开展了禁烟运动，过去百十年来靠种植和熬制鸦片赚钱的黄家湾，失去畸形经济的支撑，就一天比一天穷了起来。黄二狗子的老婆若不是看在几个娃子的分上，早就跑得无影无踪了。那个用鸡子换旧衣裳的山里人不晓得黄二狗子这家人的底细，直到他吃了黄二狗子的老婆的那个黑亏之后，才妈呀连天地后悔自己这一辈子就算是讨米要饭，也不会再沾这个比鬼还要狠的女人的边了。

那天上午，黄开运站在那里，亲眼看见了黄二狗子的老婆耍弄这个山里人的全过程。最后的结局是黄二狗子的老婆把山里人的鸡子白白地弄到了手，而山里人则是连破旧不堪的烂裤衩子也没有换到一件。

当时那个山里人用背篓背着好几只鸡子走在黄二狗子屋后头的沟渠埂子上。黄二狗子的老婆在自家屋里听着吱喝之声，便连喊带叫地把他引到自家

的后门口坐了下来。正在沟边打猪草的黄开运，悄悄地在不远处看着。

黄二狗子的老婆问，鸡子换旧衣裳，应该怎么个换法。

那人答，2只鸡子换一套大人的半新不旧的薄衣裳，3只鸡子换一套大人穿旧了的棉袄棉裤。

黄二狗子的老婆说，3只鸡子换大人穿过的1件半新不旧的褂子和1条半新不旧的棉裤行不行？

山里人说，要换就只能用3只鸡子换1套半新不旧的棉袄棉裤，少了就不换了。

就在扯来扯去、讨价还价的过程中，黄二狗子的老婆顺手拎起山里人事先就捆在一起的3只鸡子，走进屋里，说是给山里人找一套大半新的棉衣出来，于是，山里人耐心地坐在外面等着。大约半小时之后，黄二狗子的老婆一手拎着1只鸡子，一手拿着1件破开花了的棉裤，直截了当地对山里人说：

"哎呀，刚才找了半天只找到了1条棉裤，干脆这样，1条棉裤换1只鸡子算了，剩下的这只鸡子我现在就还给你。"

山里人说："大姐呀，你刚才提进去的是3只鸡子啊，1条棉裤换1只鸡子，你现在应该还给我2只鸡子才是对的啊！"

"什么？我拎进屋里的明明是2只，怎么变成3只了？"黄二狗子的老婆装着极震惊的样子说。

"哎呀，我的妈呀，怎么捆在一起的3只鸡子一下会变成2只呢？大姐呀，你莫套我好吧？现在马上就要过年了，我屋里的大人娃子们还在等我把衣服换回去让他们过年哪！"

"你个狗日的是从哪里来的？竟敢混账混到我面前来了？"黄二狗子的老婆义愤填膺地说。

"求求你呀姐姐，你拎进屋里的真的是3只鸡子啊，我一个山里人，怎么敢到你的家门口来骗你啊！"

"你不是在骗老娘是在骗谁呀？不信你个狗日的进我屋里找去，你如果找到第三只了，今天这条棉裤白白地送给你，连一根鸡毛也不要你的。"

听黄二狗子的老婆这么一说，山里人便毫不迟疑地跑进屋去。令山里人万万想不到的是，黄二狗子的老婆在把那3只鸡子拎进屋里的半小时时间里，狠狠地用力把其中的两只拧死了藏在床母草里。山里人在一片漆黑的屋子里，手里拿着一根3尺多长的棍子，怎么敲也敲不出鸡子叫唤的声音。他漫无目的地找着找着，一找又是半个多小时，因为他坚信，这3只鸡子是他亲手捆在一起的，也是他清清楚楚看见黄二狗子的老婆拎进屋里的。殊不知，在这个过程中，黄二狗子的老婆快速地走到门口，将山里人的背篓里的另外3只鸡子以麻利得不能再麻利的动作，拎起就向沟边的那片茂密的树林子钻去。她知道，她家里除了那条破烂的棉裤和床上躺着的生病的丈夫之外，其余什么东西也没有。

等山里人两手空空地走出门来，只见背篓里的另外那3只鸡子也不见了。他一下子像丢了魂似的一屁股坐在冰冻寒冷的地上号啕大哭起来。黄开运像是在梦中看了一场电影，目睹了眼前发生的这一幕，虽然他没有去制止黄二狗子的老婆这种罪恶的举动，也没有去安慰那个山里人，但是也就在这一天，他看透了恶人的可恨与可耻，穷人的憨实与可怜……

现在，黄会说已经上学了，他们不得不担心黄大棍影响黄会说的学习。

后来果然不出所料。

黄大棍在课堂上不是背着老师做小动作，就是离开座位东窜西窜。不听课不守纪律不说，还一会儿揪一会儿打地捣乱黄会说学习。黄会说实在受不了了，找到老师要换座位。老师问是咋回事，黄会说把黄大棍的表现如实告诉了老师，并把被黄大棍撕烂的课本和在他作业本上泼的墨汁让老师看。老师觉得太不像话了，气得罚站黄大棍一节课。事后老师生怕起不到作用，当天晚上又去黄二狗子家里，要他们好好管教自己的儿子。这一找不打紧，黄

二狗子两口子张开臭嘴把老师骂了个透，若不是老师息事宁人地离开，说不定还会挨上他们的一顿揍。

老师走了，黄二狗子认为哑巴姑娘和黄开运的儿子黄会说让他们丢了人。第二天一大清早，跑到商店里买了一支毛笔、一瓶墨汁和一张大白纸，在自己家里歪歪叉叉地写着：

"黄开运接了一个哑巴老婆子，是前世作恶多端的报应。今后天老爷还要收拾他们，让他们全家早死早超生。"

黄二狗子写完，叫他的老婆弄了麦子面，在开水锅里调成糨糊，等黄开运下地干活了，跑到黄开运家的大门口，一把推开黄开运的岳父岳母和哑巴姑娘，气急败坏地贴在了黄开运家的大门上。然后恶霸一般坐在那里守着，一直等到糨糊干了，用手撕不掉了，才扬长而去。

黄开运的岳父岳母是生在旧社会的人，连一个字也不认得，弄不清黄二狗子干的这个龌龊事是什么意思。等黄开运回来吃中午饭的时候看了，又描述了那些足以把他们的脑壳气炸的内容，他们简直比在狂风暴雨中被五雷轰顶还难受。

时间如流水，黄会说读完了小学读初中，读完了初中读高中。

1998年6月的那场大雨裹挟着响彻苍穹的雷声，给黄开运送了一个不敢相信的好消息：儿子黄会说不声不响地考上了南方大学。

2003年6月，黄会说又以优异的成绩顺利完成"本硕连读"的全部学业，接着被南方大学的一位博士生导师直接招收为他的学生。又过了5年，赴新加坡担任了1年的访问学者。2009年春节刚过，深圳华巍公司和南方大学共同举办的人才洽谈招聘会，黄会说以笔试面试双第一名的成绩脱颖而出，被华巍公司深圳工厂高薪聘为科研所的技术带头人。

那天，村里和镇里的领导来了一大帮。

镇党委书记送来了一块"魁星点斗"的牌匾，向他们表示祝贺。还把他

们列为全镇"教子有方"和"传承优良家风"的示范户。

老两口不懂这些。他们只知道自己的孙子为他们争了一口天大的气。

村里决定，以后不管哪家的孩子不听话，或者不好好读书，一律由自家的大人引到这里受教育，看看人家是怎样教育孩子，孩子又是怎样听大人话的。

村支书还特别指出，有些人一遇到孩子不好好读书，就把理由归咎于什么孩子"叛逆期"上。人家黄会说从小到大，从不懂事到懂事，从小学到大学，就没有出现过一天的叛逆。难道那些人的孩子是孩子，黄开运的孩子就不是孩子吗？所以要从根子上找原因，父母生得了身，但生不了心。三岁看七岁，七岁看终生。莫看黄会说的妈是个哑巴，人家黄会说从小就有教养。他的爷爷奶奶和他的爹通情达理，即便是有人欺负他们的时候，他们也做到了得饶人处且饶人，从来不跟别人争输赢，一门心思地做自己的事，正儿八经地教育自己的孩子。这些都是大家公认的。所以说，再穷的家庭，只要有良好的家风，一定能够教育出像样的娃子。

村支书的这席话，让大家听得直点头。

黄开运一家人从此声名远扬，在方圆左近"红"了起来。

这么大的一个世界，咋就这么巧。黄会说与一个姑娘的爱情印证了缘分的奇妙。

凡是认识他们的人都说这是天方夜谭，都不敢相信这是真的。

这位姑娘不是别人，说出来她的名字，没有人不认为这是上苍的安排：

她是当年执意追求黄开运却遭到家人强烈反对的郭家沟的那个英子的亲生女儿！

自从英子失去对爱情的希望，赌气跟一名砖瓦厂的"地搭工"结了婚，之后再也没有踏进郭家沟半步，娘家人也因此没有了她的音信。

　　英子的女儿硕士毕业那年，在大学毕业季的招聘活动中，成了华巍公司的抢手人才，没几天就到华巍公司的深圳工厂。到了第四年，英子的女儿就当上了工厂的科研部主任。

　　先一步在华巍公司深圳工厂科研所工作的黄会说无意中遇见了素不相识的英子的女儿。他们都不知道对方的籍贯和身世，整天8小时的来来往往，都不曾有过工作之外的沟通与交流。

　　2015年年底，他们两个人被科研所推荐到华巍总部接受表彰。两人同时登台领奖。之前他们虽在一个科研所里工作，彼此之间相识而不相知，这一次，他们同时受到表彰，自然促进了他们事业上的共同进步，并使他们在之后形影不离和互帮互助的日月里产生了好感。两个人都说，华巍公司是他们的家，他们哪里也不去，让华巍成为他们爱情的见证，在华巍度过他们奋斗的一生。

　　两个孩子的天缘奇遇，使他们的家人知道了彼此的出生地和父母的名字。一时间，不同的人心海翻腾着不同的心绪。矛盾，抵触，难耐，纠结，把黄开运和英子的精神世界搅得一塌糊涂。

　　哑巴妻子在黄开运的脸上看出了他正在独自承受的隐隐的忧虑，这是结婚多年来没有过的现象。她弄不清是什么给自己的丈夫造成了一种无形的压力，致使一种不快感缠绕在丈夫的心底。这种缠绕，若不注意观察，是看不出来的。要想解开丈夫紧锁的眉头，弄清事情的来龙去脉，唯有精神世界里的体贴与关爱，才能实现心与心的接近。于是，哑巴妻子轻松地打起询问的手势，给开运送去或许她能帮他解脱的希望。

　　黄开运见妻人询问，不知道从哪里开口说起。

　　不过，他的良心告诫自己，他必须一五一十地告诉妻子。这不仅是一种尊重，更重要的，是一种道德上的责任。如果稍有隐瞒的话，他认为这将是对妻子的无视和欺骗。更何况，李家湾那些人的记忆还不曾远去，当年英子

把开运追得死去活来的情形，还留在他们这一代人的记忆里。现在两个人的儿女正准备共同揭开生活的新篇章，外人早晚都会知道的，到时候真相大白了，一定会有人制造出新的麻烦。

黄开运把那段爱情经历，毫无保留地说了出来。

哑巴妻子终于明白了。

她笑逐颜开地比画着，告诉黄开运这叫"人不随意天随意"，天上突然掉下了一个自己躲不过、别人抢不走的馅儿饼，简直比栽树长金子、喝水捧银子还要神奇。她急促地打着手势，要黄开运赶紧向儿子亮明他们的态度，要儿子用心对待英子的女儿月儿，希望月儿早点儿成为他们的儿媳妇。

黄开运有些傻了，看着眼前这位光明磊落的哑巴妻子，用坦然无私的心深深地把他感动了。

县砖瓦厂职工宿舍。

这个时候的英子，欣喜若狂的心情完全处在一种无法言说的顶峰。一辈子未圆的好梦竟然天造地设般地被两个孩子实现。她相信这一切都是命运，这一切都是天意。因为有缘，才会出现，因为无缘，才会一别。她当年遇见了黄开运，那是她遇见了有缘无分的人。现在孩子们相互遇见了，是他们命中注定要遇见的。上一辈的纠缠瓜葛，晚一辈的连理渐成，这些都是命运使然，都是美妙的风景。

那天晚上，英子的老公在家里一边喝酒，一边好奇地听着这个故事。英子万万没有想到，丈夫没有一点儿醋意，一会儿竖起大拇指称好，一会儿说年轻的时候真有趣。说着说着，端起酒杯一饮而尽。不知不觉中喝了个大半醉。

以酒解乏，是砖瓦厂的工人们的生活习惯。他们没有农村人的农闲农忙，也没有其他工厂的轻松浪漫。除了高温下的汗水淋漓，就是下班后的

劳累和睡觉时的哀叹。几个小菜几杯酒，既是自我安慰，寄托了对明天的希望。

英子和丈夫结婚以来，一个正式工，一个临时工，一直在砖瓦厂里搬着砖头瓦块。砖瓦厂是个按劳取酬凭体力吃饭的地方，美其名曰是拿工资的国家工人，上班的强度其实比乡下的农活还要繁重。特别是夏天，他们工作在五六十多度高温的窑洞里面，汗水哗哗地流。下班回家了，要做的第一件事就是抱着自来水管一个劲儿地喝水，然后用盆子接着自来水，一盆一盆地从头淋到脚。有的时候水淋多了，就会感冒。他们一不吃药二不打针，在上班的窑洞里硬撑硬扛，让高温烤上半天一天，等出上几身大汗了，回到家里再大口大口地喝下自己熬的姜茶，生病的痛苦就这样挺过去。分田到户的农民，虽然有播种与秋收的忙碌和劳累，但农村四季分明，农忙和农闲截然不是一码子事儿。

在砖瓦厂里，大家都是出苦力气的人，同病相怜，相互之间没有高低之分，也就没有你瞧不起我瞧不起你的情况。他们最怕城里人的冷眼相看，所以平时下班了，只有待在家里不出门。有人不待见他们，他们也不想和瞧不起他们的人打交道。

英子的独生女月儿就是在这种卑微低下、天天听着父母唉声叹气的环境里长大的。父母的辛劳和外人对他们的眉高眼低，在她幼小的心灵里刻下了抹不去的印痕。从幼儿园到学前班，再从学前班到高中，姑娘乖巧得没有淘过一天的气。英子和她的丈夫都是小学没有读完的半文盲，一页纸上起码一多半的字不认识，他们没有时间辅导也不会辅导女儿的学习。英子上班了，丈夫抽下班时间去大街上蹬三轮车，丈夫上班了，英子又去馆子里帮别人洗盘子。从女儿上小学的时候起，夫妻二人很少排在同一时间段上班，洗衣做饭全靠女儿自理。女儿谁也没有怪过，有的时候忘了带钥匙，进不了家门，借着楼梯间里的灯光做作业，实在困了，只好靠在自家的门口打瞌睡。一年

两个学期，不知冬天被冻醒了多少次，也不知夏天被蚊子咬醒了多少次。

有一天，老师在课堂上要求同学们围绕怎样心疼父母、好好学习，立志长大后成为祖国的栋梁之材这个中心思想，结合自己的亲身体会，自拟题目，在45分钟内写一篇作文。月儿根据自己的感悟，写了一首《山里月儿亮堂堂》的诗歌。离截止时间还有十几分钟，她就交了上去。没想到，这首诗把老师看得满目泪水：

　　我的爹啊我的娘

　　大山里头种青黄

　　竖起来的路啊挂起来的田

　　身上的汗水照月亮

　　我的爹啊我的娘

　　月儿我一心上学堂

　　翻过一座座山啊越过一道道梁

　　穿过了刺藤子好风光

　　我的爹啊我的娘

　　喊着号子找希望

　　我记得爹的累啊记得娘的苦

　　长大了让你们把福享

老师说，这首诗抒发了真情实感，既倾诉了父母劳作中的艰难辛苦，又表达了自己不枉时光、报答父母的远大志向。全诗字数不多，但字字生情，有感而发，如泣如诉，动人心弦。后来，通过老师极力推荐，《初中生作

文》《中国教育报》等七八种报刊都对其进行了发表和转载。

高考结束后，月儿还没有来得及填报志愿，那所闻名全国的"985""211"大学以自主招生的形式，直接把她录进了理工学院的晶体管专业。

英子曾经感叹地对整天累得死去活来的丈夫说："看着女儿听话的样子，我估计我们今后有享不完的清福。"

"你现在才看出来呀？俗话说，三岁看小，七岁看老。你看我们的女儿从3岁到7岁的那几年，说起话来跟大人一样，有板有眼的。她平时做的那些事，你没有说过，我也没有教过，那个懂得艰难辛苦和心疼大人的样子啊，完全超过了同龄的孩子。我们的孩子今后还要成长，但可以肯定的是：不管怎么长，我相信她的性格和个性是不会发生太大变化的。"

丈夫越说越来劲儿。一幅幅场景从英子的脑海里涌现了出来。

自打女儿读高中的那年开始，英子每隔半个月都会腾出一天的时间，去给女儿送点好吃的菜，顺便把换洗衣服拿回来。

女儿读高中二年级的一个星期天的下午，英子的发小让英子坐他们的便车一同前往。她们是一个湾子长大的，又先后嫁到了县城。这个发小家里是吃商品粮的"半边户"，爹是拿工资的人。读完初中，就"顶职"到县城当上了国家干部，没过两年，单位的领导做媒，把她介绍给了一个局长的儿子。不到40岁那年，局长当上了县长，幸福的生活过得比蜜还要甜。英子和发小相比，两家的条件虽然一个天上，一个地下，但两个人的关系却没有受到任何影响。她们平时常来常往，家长里短的话儿也说不完，她算得上英子在县城唯一的朋友。

到了学校，发小说时间还早，不如到商场里逛一逛。

英子正好想去。她这次出来的时候，带上了前几天挖药材卖的300多块钱，打算给女儿买一件像样的衣服。两个人坐在车子上，一会儿就到了让她找不到东南西北的那家好大好大的商场。

英子觉得这是有钱人的天堂。她不敢看那些东西的价格，动不动就是成千上万的。

发小命好得多，完全是英子看得见摸不着的天上的星星，当然带的钱就多一些。在商场里，她花了4000多块钱给自己的女儿买了两件高级的衣服。

英子自知囊中羞涩，不能像发小那样随心所欲。于是问商场里面有没有便宜点的东西，说女儿对穿着不讲究，喜欢把钱攒着，等长大了，好好地装扮自己。

发小是个单纯的人，信以为真。接着把英子引到了商场的顶层。

这个地方是专门减价甩卖的地方。英子看了，觉得价廉物美，正中下怀，就用自己身上的钱给女儿买了一件折扣减价的羽绒服。

下晚自习的时间到了，好多家长站在学校大门口等着自家的孩子。

月儿是最后一个来到学校大门口的。英子在以往见面的那个位置等来了女儿。

英子高兴地对女儿说："现在过一天冷一些，妈给你买了一件羽绒服，先试试看，如果不合适，还可以拿去换。"

月儿没有接母亲买的羽绒服，充满疑惑地问："我的衣服够穿，怎么想起来给我买件新衣服？"

英子说："今天坐那个阿姨的小车子过来，一起逛商场的时候，她在给孩子买衣服，我看到这件好，就给你买了。"

月儿不高兴地说："你以后不要跟人家逛什么商场了。我们跟人家不是一路人。人家要什么有什么，不流汗水不操心，来得容易又简单。你跟着人家后面跑，像只猴子跟在马的后头，使再大的劲，甚至把你累死，你也追不上人家。"

"月儿你说的这些我都听得进去。但是你妈有这个心买了，你就拿去穿

上吧。"

"我不要。这不是学生穿的。你明天拿去退了!"

英子一再解释,女儿就是听不进去,硬是把自己的意见坚持到底。

"你从哪里弄来的钱?"女儿问。

"这几个月是挖药材的时间。我在砖瓦厂后面的那几座山上,挖了不少的桔梗、柴胡。今年的价钱还好。"

"我不跟你说了。你不退掉,我也不要!"

"如果要退的话,明天我还得耽误半天时间。你阿姨他们也不可能等着我。还得自己打车回去。"

"半天就半天。打车就打车。"

"那我想想看。"英子迟疑地说。

"明天你必须去退掉。你自己心里是清楚的,我爹蹬三轮车,揽一个人不到两块钱。你算算看,这一件衣服,需要我老爹蹬多少趟三轮车。还有,这300多块钱,你要花多少休息时间,在多少个山坳里挖多少药材,晒干了,拿去卖了,才能换来这一件衣服!"

女儿越说越生气,英子的心却辛酸得不是个滋味。

次日,英子找了一个由头,说自己还要跑另外一个事,让发小先回去。

她又来到那个商场的甩卖店,把真实情况告诉了营业员。营业员很是同情,同意英子退了衣服。

英子又想起来,女儿读小学五年级的那年,英子下岗了,也找不到其他的零活。实在没有门路了,英子就带上身上仅有的几块钱跟着别人去打牌,赢一块钱是一块钱。女儿放学了,家里锁着门,知道父亲去蹬三轮车了,但不知道母亲干什么去了。后来女儿知道了母亲的去向,她一回也没有埋怨过。英子有些不好意思,说对不起女儿。女儿安慰着母亲说:"你们都是为了这个家,家里没有钱,我又帮不了你们,你们不去干这些,那应该干什

么呀？"

那天晚上，英子在心里把女儿的话斟酌了一番又一番，由衷佩服女儿的通情达理。如果把农村说的那句"成材的树不用磕，磕磕砍砍疙瘩多"的话用到女儿身上，真的是太恰当不过了。

现在听了丈夫说的一些话，英子心里顿时又感激起丈夫来。这些年来，自己的丈夫一直汗流浃背地支撑着这个家庭。现在又以感人且体贴的情愫，把她跟黄开运的那段情感交集当作一阵风一样，义无反顾地支持和赞成两个孩子走一起。

黄会说和月儿在相处的过程中，无意中知道了各自父母这段隐藏在内心深处的爱情故事。他们或是当着四位大人的面，或是在电话及视频中，把无巧不成书当作双方父母之间的生命奇缘，为他们的爱情之旅洒下了一路芳香。

就这样，两个青春灵魂的真情碰撞，闪耀出了绚烂的火花，在互相全然没有料想到的情况之下，双双守护对方心中那盏明亮醒目的灯塔，在爱河长河里尽情地徜徉，享受着人间独一无二的恩赐。

十 二

2021年英子的女儿月儿结婚前夕。县砖瓦厂。

那几天，英子夫妻不间断地商议着一件大事，毅然决然地把人间的深情厚谊展示并献给自己的亲骨肉。

"我百分之百地支持你的想法。人活在世上，活的是个脸面。女儿和女婿都是高学历，又在一个单位工作。我们双方都是劳动人民的家庭，一样的

门户，平时有什么事，好说好商量。前两年，望着姑娘一天一天地长大，我最怕她找一个我们高攀不起的大户人家。一旦那样，人家的门槛高，我们的门槛低，一定会有怄不完的气。到了那个地步，天天别别扭扭的，你说哪过得上舒心日子啊。"丈夫说。

"我平时忧啊愁啊，就是你说的这些。俗话说，儿大背母，女大背父。你别看我天天乐呵呵的，其实我私下经常跟女儿说这个事，叫她多长几个心眼儿，放稳当一些，对自己看得上的人多观察他的里里外外，多分析他的前言后语，不管他家庭条件好不好，也不管他人当官不当官，关键是看他对爹妈孝顺不孝顺，对穷人同情不同情、对生人礼貌不礼貌、在领导和同事面前是不是一个样子。千万不要被那些油腔滑调的花花公子哄软了心。"

"现在我们当爹当妈的都如愿以偿了。女儿女婿一辈子的大事，干脆就由你出面张罗，不热闹便罢，要热闹就要热闹出个名堂来！"

英子的丈夫越说越来劲儿。

"我想这样跟你商量，也还要跟亲家公亲家母他们商量，两个孩子成亲，我们在砖瓦厂，他们在黄家湾，半桌酒席也不摆。要摆就摆到深圳的海边上去，两边的父母都风风光光地到那里为两个孩子站台，让大城市的人亲眼看到，我们这些在乡下劳动或是给他们打工的人，也能排排场场地站在他们的面前。"

英子的丈夫说："英子啊，你真的是我的能干老婆呀。就算我做一百个梦一千个梦，也想不出你这样的主意。我觉得，你脑子灵光，说话在点儿上。这方面的事我不会搞，你干脆和女儿女婿他们商量，说到海边就到海边，该怎么搞就怎么搞！"

两口子推心置腹，很快把这件事定了下来。

月儿和黄会说听到父母的这个安排，诧异地互问："这不会是真的吧？"

"可怜天下父母心哪。真可谓世上只有瓜连籽，没有见过籽连瓜呀。他们这对在小县城里的平民夫妻，竟然生出了如此的胆识和念想，了不起呀！"黄会说感慨万端。

"哈哈哈哈。我们不是常说高手在民间吗？我们今天见识的高手就是我爹我妈。你说对不对？"月儿倍感骄傲地说。

"肯定肯定。不是我夸奖你，什么样的父母生什么样的儿女。你身上继承的是岳父岳母的基因。这种基因，是一脉相承的不卑不亢，薪火相传的昂扬奋发秉性，印证了生生不息的传统美德和向上向好的民族精神。"

"哎哟哟，哎哟哟。你简直不得了哇，把你岳父岳母的这个安排上升到了这般高度。是不是因为他们为我们花费一大笔钱而高兴啊？"

"钱不是万能的，也不是唯一的。我岳父岳母的赤诚举动，是无法用金钱来衡量的。"

"你看，越说越有劲儿。你是在给我灌迷魂汤呢，还是在与我分享心灵鸡汤呢？"月儿笑嘻嘻地说道，看上去很是古灵精怪。

"感动归感动，事情归事情。你说说下一步我们应该怎么办？"

"我知道你为了结婚前把手头上的任务完成好，一直在忙。我的时间相对充裕一些。明天我把几个同学发动起来，让他们分头联系几家大酒店。然后我们两个人比较一下，看最后定到哪家酒店最好。"

未婚的小两口情投意合，手牵着手往前走。

2021年。深圳。

婚期临近，英子和她的丈夫邀约黄开运和哑巴姑娘一同赶往深圳，毫不吝啬地拿出凝聚几十年心血和汗水的积蓄，亲自为女儿女婿举办了一场婚宴。

英子真心真意地对着亲家公和亲家母说：

"哑巴姐姐是我心中的好大姐。为自己生了一个能干的儿子，为我们养

了一个排场的女婿。今天我要把我的大姐供到主席台上，让大城市的人亲眼见识见识你这个了不起的母亲。"

黄开运和哑巴姑娘本来只想着去参加儿子儿媳的婚礼，想都没有想过英子会平地响起一声雷，做出这样石破天惊的安排。

那天晚上，英子在电话里把自己的另外一个想法告诉了女儿。女儿一时蒙得不知道怎么办。

黄会说对丈母娘的安排佩服得五体投地。

"我的爱人妹妹呀，你干脆一个人情做到头。赶紧到网上查找深圳市残联的电话，尽快跟他们取得联系，设法找到精通手语的老师，不管需要多少钱，到时候让手语老师跟着我妈妈的手势进行同步翻译。"

结果这件事落实得非常顺利。残联选了一位美丽大方的手语老师，并且告诉月儿，不需派车接送，不收分文费用。

这一切，按部就班地进行着。

现在，英子突如其来地揭开了沸腾的锅盖，这让黄开运像盲人走路似的找不到东南西北。

听了英子说的这些。黄开运执意地推辞着。

哑巴姑娘的双手也僵硬得打不出任何手势。

英子的丈夫连忙相劝：

"两位亲家呀，现在都到这个份儿上了，还分什么你呀我呀。我们如此安排，是天经地义、理所当然的呀！"英子的丈夫说这番话的时候，眼眶里有些湿润。

最后还是英子说了算，照之前的安排进行。

婚礼当天，亚海国际酒店彩旗招展，车水马龙。

主宾台上，鲜花簇簇。

主宾台下，三脚架上的照相机和伸着长臂的摄像机均已就位。

上午11点18分，仪式正式开始。

"尊敬的各位领导，各位来宾，尊敬的女士们，先生们，朋友们。"如花似玉的主持人亮起了清脆的嗓音，"在这个大喜的日子里，我们在中国对外开放的前沿阵地，在深圳特区的亚海国际酒店，迎来了华巍公司的两位新人。下面我们以热烈的掌声欢迎国家的栋梁，新时代的帅哥美女，我们的新郎新娘上台！"主持人的开场白，引来了无数的掌声。

"与此同时，我还要非常荣幸地告诉大家，新人后面的四位老人，是对他们恩重如山的父母。四位老人家的前半生受尽世上苦中苦，只盼儿女人上人。眼下，他们的儿女不仅长大成人，而且成为国家的青年才俊。我们深信，现在的老人家们，跳动的心是热的，流动的血是热的，淌着的泪更是热的！所以我要真诚地提议，把最热烈的掌声送给站在台上的两对父母！"

这位美女主持人太会煽情了，句句深情的主持词，扣人心弦地展现了父母子女之间血浓于水的骨肉之情。

"下面请新郎的母亲致辞。同时，我还要特别声明，新娘今天专门为我们请来了一位特别的客人。来自深圳市残疾人联合会的手语老师，为全体来宾进行同步翻译！"

600多人的就餐大厅雷动欢呼，掌声与泪水交织在一起，键盘手在音响师的示意下，为了引导和烘托气氛，临时改变节目安排，弹奏起由小号和二胡合奏的《赛马》音乐，无比欢快的节奏在爵士鼓和打击乐的伴奏下把全场人的情绪调整到了极度亢奋的程度。

哑巴婆婆矜持地走上前去。

她没有来到过这么大的城市，更没有见过这么大的场面，生怕会给儿子儿媳丢人。极其矛盾的心理加上让人心动的音乐，使她的心神恰似在天上飞舞，飘来飘去，找不到方向。

一不留神，一处红地毯的皱褶把她绊了个跟跄。

主持人被这紧张的一幕吓掉了手中的话筒。

她顾不得地上的话筒发出的刺耳声，赶紧上前扶起哑巴婆婆。

台下一片嗡嗡的声音，场面顿时乱作一团。

还好，哑巴婆婆较快地恢复了平静，跟刚才什么事也没有发生一样，神色自若地走到了讲话桌前。

在这之前，月儿跟着妈妈做婆婆工作的时候，曾经叫她大胆地"说"，想"说"什么就"说"什么，手语老师会根据她的手势进行八九不离十的翻译的。

从第一眼见到儿媳妇开始，她就咋看咋顺眼。当时她叫黄开运转告儿子，说一看这个斯文秀气的姑娘，就知道她是一个贤惠有教养的孩子。跟这样的姑娘成婚，一定会旺夫旺子旺家庭。今天，在这位让自己称心如意的姑娘和儿子结为百年之好的日子里，儿媳要她在主席台上和客人们说说心里话，她心里简直是一千个激动、一万个激动。

这时候，手语老师紧跟了上来，站在适当位置，双眼看着哑巴婆婆的手势，开始了翻译。

"尊敬的亲家哥哥和亲家姐姐，兄弟姐妹们，侄儿侄女们，我是乡下黄家湾的一个哑巴。"哑巴婆婆停顿了一会儿，指着她的儿子说，"今天的新郎是我的儿子，一个哑巴的儿子娶了我身边的这位哥哥姐姐的女儿当媳妇，是我们八辈子的造化，是天老爷给我们黄家的福分！"

说到这里，台下笑声一片，掌声响起。

"说了不怕你们笑话，不能张开嘴跟你们一样说话是我的命，站在你们面前，感觉自己低人一等。但是，今天我把头抬起来了，我把腰也直起来了。我现在流出来的眼泪，是攒了几十年的又热又甜的高兴的泪水。今天我用自己的方式放声大笑，虽然大家可能理解不了我的比比划划和啊啊啊是什么意思，但是，你们可以从表情上，能够感受到我心中无比高兴。等到明

年，我的孙子来到人世了，我还要流出更高兴的泪，露出更舒心的笑！"

哑巴婆婆笑着擦着脸上的泪水，场下一双双直勾勾的眼睛和一只只竖起来的耳朵静静地期待哑巴婆婆继续讲下去。她亲眼看见了场下的每一个人都在兴致盎然地等她继续讲述她那异乎寻常的传奇故事和毫无保留地和盘托出鲜为人知的肺腑之言。

她说，是她的丈夫给了她活得像个人的信心，给了她活得像个正常人的尊严。如果不是她的丈夫，她就不晓得她现在是什么样子，她不敢去想会有优秀的儿子娶来这么好看又乖巧的媳妇；她还说，打心底里感谢亲家瞧得起他们家，特别是不嫌弃她不会说话，成全了两个孩子的奇遇天缘。

哑巴婆婆说着说着，泣不成声，场上场下一片沉寂，几乎可以听见针掉在地上的声音。

站在一旁的黄开运，赶快接过话茬：

"我的爱人虽然不会说话，但是她通情达理，和我的岳父岳母一起，给了我一个遮风挡雨、生儿育女的家。如果不是他们当初的接纳，我在李家湾可能永远是个无依无靠的单身汉，也可能一辈子也不晓得深圳在中国的哪里……"

宴会散去，消息却不胫而走。

人们在茶余饭后的闲聊中，将这场特殊的婚宴传为佳话。

十三

2022年春节。黄家湾。

黄会说和他的爱人带着刚刚满月的两个宝贝，是乘坐飞机然后又转乘

高铁到达彝水县的。他们在网上预订的那辆轿车，准时在彝水高铁站等待接应。从深圳回到黄家湾，也只不过8个多小时。

客人们翘首以待的主角，终于回来了。

轿车停在了黄开运家的门前。

大家一窝蜂地拥了上去。简单地相互问候，抱孩子的抱孩子，拿行李的拿行李，非常麻利地把他们引进了屋里。

黄会说和妻子、孩子的房间，是一个宽敞的套间。一直开着的中央空调把整个屋子吹得暖烘烘的。房间里摆放的全部是浙江东阳的红木家具。床上用品和洗漱用具，是他们事先用快递邮寄回来的。之前，室内专门进行过消除甲醛的处理，这次他们回来可以直接入住。

黄会说的母亲和岳母一人抱着一个孙子，几位同辈的嫂子和兄弟媳妇欣喜地围在她们身边。两个小家伙的面孔一模一样，毫无二致，她们甚至分不清哪个是老大哪个是老二。

哑巴奶奶一个劲儿地望着自己孙子笑，亲了一遍又一遍，把孙子的嫩脸往自己的脸上贴了又贴。

英子逗了一阵孙子，又夸赞起孙子的眼睛，对着孙子说："你瞧你个小东西娃，你瞧你个小东西娃，你看你的两只眼睛，你看你的两只眼睛，长得跟两颗大梅豆米子一样，硬是黑油油、黑油油的！"

听着英子跟孙子的对话，大家捂着嘴，笑个不停，都好像听到了小时候自己的爹妈哄自己的那些话语。

见两个母亲在屋子里抱着两个孙子，黄会说小两口走出房门，与爷爷奶奶和舅爷爷一阵亲热寒暄之后，和客人们一个一个地问候和致谢。

黄家舅舅直截了当地问黄会说：

"你在深圳究竟是搞啥子的呀？"

"舅爷爷，我跟你的孙媳妇都是搞晶体管研究的。"

"什么竞技馆研究呀，老子听不懂！"黄家舅舅说。

"就是跟无线电一样。好比您过去听的收音机那里面的一些零件。"

"搞这个活儿没啥意思。现在早就没得人听收音机了，我的孙啊！"黄家舅舅说了一句不以为然的话。

"舅爷爷，这可是个了不起的大活儿、重活儿呀，比您年轻的时候挑的200多斤的担子还要重。"黄会说通俗易懂地解释道。

这时，一辆摩托车奔驰而来，一个急刹车停在了门前的场子里。

黄家舅舅见来的是村支书，赶紧迎上前去。

"稀客呀！快到屋里坐，快到屋里坐！"

书记没有进屋里去，看见了黄会说，高兴地跟他打招呼。

"侄儿你们回来了呀？"

"刚到一会儿，我们三句话还没说完，这不，书记叔叔您就过来了。"

"我侄儿长得好帅气呀！把你爹妈的长处全部取上了。高高朗朗，魁魁梧梧，一副干大事的相。快给我们说说，侄儿现在当多大官了？"

"叔叔，我不是当官的。我在深圳的一家世界级的知名企业搞科研。"

"工程师对吧？"

"是的是的。您的侄儿媳妇也是工程师。"

"不得了哇，真的不得了哇！你们是造原子弹的，还是造航空母舰的？"

"叔叔您说的这些都不是。我们是搞芯片研究开发的。"

"芯片？什么芯片？就是医院的那个检查心脏的机器对吧？"

"不对不对。这完全是两码子事。我们的芯片属于空间物理专业的，比方说汽车芯片、飞机芯片、电脑芯片，很多很多。还包括您手上的这个手机芯片。"

"侄儿的话，我越听越糊涂，今儿你干脆给我们好好上一课，把你们的道道说给我们好好听听。"

"这个事说起来复杂也复杂，简单也简单。现在我说出来，你们只听莫问。因为越问越深，会把你们绕到里面走不出来。"

"好好好。侄儿，你说。"

"这样说吧，芯片技术，体现的是纳米技术，也称毫微技术。简单地说，就是在一个很小很小的东西上铺上几十条线路，好比在还没一根头发丝粗的东西上修几十条高速公路，让它们畅通无阻，各人忙着各人的事情，你不影响我，我不打扰你。让过去需要十天半个月才能送到的物资，现在只用一眨眼的工夫就搞到位了。

"当前纳米技术的研究和应用主要在材料和制备、微电子和计算机技术、医学与健康、航天和航空、环境和能源、生物技术和农产品等方面。用纳米材料制作的器材重量更轻、硬度更强、寿命更长、维修费更低、设计更方便。利用纳米材料还可以制作出特定性质的材料或自然界不存在的材料，制作出生物材料和仿生材料。"

听着听着，站在那里的所有客人几乎都睁大着眼睛。

"哎呀，我的个侄儿呀！你完全是在叫我们听天书。听来听去，一概弄不清。你说的这些，就好比外国人说话，叽里呱啦的，几辈人加起来也知不道是什么物件！"村支书感叹道。

"好了好了，别的我不说了。我只说一句：以后你们的手机、电视机要想更加先进，我们就要更加拼命地研究开发。凡是天上飞的、地下跑的、家里用的、手里玩的，要想越来越好，像我们这样的人就要不断地搞出新名堂来。"黄会说尽量用他们听得懂的话，把自己的工作又解释了一番。

"侄儿呀，看来我们这老一代的人已经没有用了哦，只会种田吃饭，别的啥子也干不了，是国家的包袱啊！"

"叔叔不能这样说。我们都是国家的一分子，在不同的岗位上做着不同的事情。过去我的爷爷奶奶，我的爹妈，还有我的老师凡是在鼓励我们的时

候，都说三百六十行，行行出状元。天下的农民是了不起的，你们是中国农业的开垦者和守望者。没有你们在大地上的辛勤劳动，就没有满盈盈的中国粮仓。我们年轻人是一只只在风雨中搏击的海燕，最期待的是阳光灿烂，但离不开的是大地的丰收。"

黄家舅舅刚才以为自己在做梦，现在迷迷糊糊地清醒了过来，站在那里打了个战。

黄会说感到好笑，又不敢笑。跟父亲黄开运耳语：

"老爹，现在可以上菜了。"

黄开运转过身来，对黄家舅舅说：

"舅舅，您可以安排上菜了。"

舅舅听了，快步走进厨房。

一阵察看，几声吆喝，几个端茶递水的人进进出出，不一会儿，几张餐桌摆上了七个碟子八个碗和一些白酒红酒。

大家依次围席而坐，一张张灿烂笑脸绽放着幸福美好。欢声笑语以穿透苍穹之力，在黄家湾这个不起眼的地方舞动着蓝天白云。客人们在无限宽广的心灵之海里，荡漾起喜气洋洋的生活之舟。

看上去，今天的菜肴很是丰盛，那些荤菜和一些时令蔬菜在桌子上摆了一层又一层，黄家的姑父姑母、舅舅舅母和李家湾过来的30多位客人，分别坐在宽宽敞敞的四个席面上。他们都没有去动筷子，期待地望着黄家舅舅。

规矩是明摆着的，黄家舅舅如果没有开口说话，他们不能轻举妄动。

黄家舅舅已是90多岁的人了，手脚虽然不太方便，脑子却一点儿也不糊涂。

他小时候读过好几年的私塾，后来成了黄家湾这一带有名的秀才，四书五经，倒背如流。吟诗作赋，张口就来。凡遇到一些人家的喜庆之事，总是少不了他。还有，他写的一手人们赞不绝口的毛笔字，在每年离过年还有个

把月的时候，他就被湾子里的人请到家里，挨家挨户地写对联，从头到尾，从早到晚，一直写到腊月二十九的晚上。一个月下来，虽然累得他头低不下去腰直不起来的，但是他一看见别人送给他的那些鸡鸭鱼肉和红纸包的那些"封子"，他的疲倦都烟消云散了。

这老头还有一个与生俱来的好习惯。喜欢爬树、洗澡、挑担子，喝酒、唱歌、讲笑话。现在90多岁了，腰不弓背不驼，身体硬朗得很。平时只要没人倒他的毛，见了面一声爷爷一声爹地把他捧得高高的，他就会笑得合不拢嘴。

这阵子，他又是掰指头又是查字典，经过优中选优，给两个孙子分别取了个"元昌""亨昌"的名字。

他有意识地干咳了几声，让大家把注意力集中到他的身上，把深深吸入的那口烟在肚子里一阵循环之后，才从鼻腔里如释重负地呼出来，神采飞扬的神态彰显着无比的骄傲。

他像一块吸铁石，站在门前场子的中心位置，四周全是盯着他的眼睛。

从左到右，缓缓扫过一大圈的人群，打开嗓门，声如洪钟：

"元，跟'一'是同一个意思，代表的是'开始'和'最大'。世间万物，都是'一'生出来的。正如老子所说的道生一，一生二，二生三，三生万物'。

"亨，是万事亨通，左右逢源，八面玲珑的意思。在元和亨的后面各加一个'昌'字，代表昌盛繁荣。一个'元昌'，一个'亨昌'，把它们作为黄家湾里这对双胞胎的名字，简直天衣无缝！"

话音落地，黄家舅舅的威望又一次得到了彰显。一阵欢腾的赞美与一片掌声使整个场面显得更加热闹非凡。

黄家舅舅见状，甚是兴奋。

黄家舅舅示意大家安静下来，一本正经地宣布："现在我要决定一个大事！"

他故意停顿下来，点燃手里的那支香烟，大大地吸了一口：

"从今天开始，把两个娃子的姓氏改回到黄开运之前的李家户的姓上去。一个叫李元昌，一个叫李亨昌！"

大家呆的呆，愣的愣，惊讶无比。

这个时候，英子和她的丈夫赶过来了。黄家舅舅见状，赶紧收回刚才挂在嘴边上的话，走上前去热情地打着招呼。

黄家舅舅生怕自己的讲话半途而废，把之前讲的那些话原原本本地又向英子他们叙述了一遍。两个人不断点头，情真意切地表示自己同意。

黄开运和他的哑巴妻子与英子他们贴身而坐。

待安顿好英子他们，黄家舅舅示意全场安静。

他不怕多余，就怕思想不好统一，把之前说的那番话又从头到尾地重复了一遍。

黄开运听了，顿感这完全是一件多此一举、大可不必的事情。他走上前去，恭恭敬敬地跟黄家舅舅解释道：

"舅舅呀，姓黄比姓李好。我打生下来就李姓，这是事实，但我是在来到黄家以后，沾了黄家的福分，才有了家，有了儿子和两个孙子！"

黄开运似乎有些动情，抬起手来揉了一下自己湿润的眼睛，情真意切地说："现在冷不丁地把两个孙子改为姓李，听起来特别别扭不说，把"黄"字撇到一边，也是对不起天地良心的，还是不改为好啊。"

黄家舅舅听后显得很不高兴，用力拍着自己的胸脯，毫无商量余地地说：

"今天这事就以我定的为准！"

满场的人无言以对，纷纷低着头，静静地听着彼此呼气的声音。

黄开运的岳父在沉默中情不自禁地站了起来：

"娃子，如果不改过来，我们也对不起你呀，今后还要靠他们为李家撑门户的。这是个天大的事情，我们不能太自私了！"

又是一阵沉默。

黄开运心里十分矛盾，简直就像在拉锯。

他左顾右盼地望着黄家舅舅、岳父岳母和所有客人，忐忑不安地寻找说服他们的理由。

哑巴妻子这时从黄开运身后走到了前头。

她直接站在黄开运的面前，大家傻了眼，都不知道她要干什么。

哑巴妻子捏过黄开运的左手，又捏黄开运的右手，无声地表达着自己的真实想法。

黄开运顿时恍然大悟，难怪呀难怪，妻子帮他出了一个两全其美的主意。

黄开运喜上眉梢，顺手拿起一包香烟，一边给客人们发着一边说：

"舅舅和各位长辈都是为了我们好，既然把话说到了这个份儿上，刚才大家也看到了孙子的奶奶告诉我的意思。现在我想，干脆让两个孙子一个姓黄，一个姓李。这样，在外面说得过去，在家里也合乎情理。"

黄开运说完，看着大家的反应。

哑巴妻子始终目不转睛地看着黄开运的口型和手势，知道黄开运说了些什么。她迅速地转过身去，一把拉起坐在那里的亲家母，要求英子站在他们的立场上支持这个主意。

英子二话没说，拥抱起这位了不起的哑巴妹妹，她被黄开运他们的大度和体谅感动得潸然泪下。

客人们议论纷纷，点头称道。

哑巴妻子见了，高兴地把双手的大拇指举起过自己的额头，用连连的

"哦"来表示感谢。

这时，黄开运的儿子和儿媳也趁着众人欢腾的间隙来到了场子中间。

他们每人抱着一个孩子，带着满面的笑容，分别把孩子的小手捏在自己手里，向所有人作揖，向自己的父母表示由衷的敬意。

一直坐在那里没有吭声的黄开运的母亲站了起来。

"我总觉得吧，我们开运是自从到黄家当了上门女婿改为黄开运之后才开始转运的。把我的两个重孙改作黄家的姓，是横竖都说得过去的理儿。我压根儿没有想过把孙子的姓改回李家去。现在孙子的舅太爷把话说到了这个份儿上，看来不听也不行，听了也没有什么错。虽然舅太爷说了好多祖上定下来的规矩，这不能违，但开运也有自己的想法，亲家也同意，那就一个姓黄，一个姓李吧。"

老态龙钟的黄家舅舅见状大喜，昂首挺胸又叉腰，威风凛凛地站在那里，满脸都是骄傲的神情。

这个时候，谁也没有想到，黄二狗子和他的老婆突然出现。

黄家舅舅一看，以为他们是来搅场子的，大声说：

"快把这两个王八蛋轰出去！"

两个人首先冲向黄二狗子，架着胳膊摁住头，让他不得动弹。

黄二狗子的老婆赶紧扑了上去，跪在黄家舅舅的面前，一把鼻涕一把泪地诉说他们今天的来意。

原来，黄二狗子和他老婆的良心还没有被狗完全吃光，两口子经过这几天的一骂二闹三打架，把自己搞得都没劲了。

那天清晨，两口子像吃了灵丹妙药，把他们过去干的那些见不得人的鬼事儿翻了个遍。他们一个一个地找原因，找来找去，找在了自己的头上。

黄二狗子惭愧地说："我哪里像个男人啊，种不好田，又理不好家，成天游手好闲，哪里热闹往哪里钻，到处捕风捉影说是非，没有干过一件正经事儿。养的两个儿子，书没有好好读，事儿没有好好干，现在一个三十五六了，一个30出头了，混成了黄家湾的两个光棍。十几年前，别人的孩子去外地打工，我们的儿子也跟风跑。十几年过去了，钱没有挣回来，人也不知道跑哪里去了。还有我的老婆你，结婚之前，你长得像朵花一样。谈恋爱的时候，我甜言蜜语地把你哄得团团转。结婚成家了，在我面前百依百顺。一个别人见了就流口水的姑娘，我好多年没有给你买过一件像样的衣裳，也没有给你买过一次化妆品，连你的头发再也没有好好地弄过一次。今天早晨我仔细地瞧了你，脸上皱巴巴的、黑漆漆的，跟个70多岁的老太婆差不多。这几十年来，你跟我没有过到一天的安宁日子。"说到这里，黄二狗子自己打了自己两嘴巴，呜呜地放声大哭起来。

这一说不打紧，黄二狗子老婆那颗委屈的心，像是深埋在地下几十年，现在被挖了出来重见天日。

"二狗子啊二狗子，你好对不起我呀。从现在起，你给我当八辈子的奴才，也赶不上你这几十年给我的欺负。"说完这些，她伤心地对黄二狗子揪着打着。

黄二狗子没有还手，有些心疼也有些悔恨。他愧疚地抚摸着老婆的头发，在心里想着今后怎样好好地做人，怎样好好地善待自己的老婆。看着黄二狗子的泪水一滴一滴地掉在老婆身上的场面，谁看见了都会心酸，都会悲叹。

"我现在已经彻底地认识到自己的混账了，老婆你也别伤心了，原谅我吧，我保证重新做人。"黄二狗子给老婆陪着不是。

"我不想听你的泼天大话，也不想你天天让我吃香的喝辣的。只求你以后一是一、二是二地做人做事，我就心满意足了。"

黄二狗子嘴里不断地说着"做得到做得到"，他的老婆才抬起头来，再抬起一条胳膊，擦干眼睛里的泪水，双手把蓬乱的头发从前往后理了理，站

起来大声对黄二狗子说：

"前个把月，你不是要拿我娘家砸锅卖铁给你凑的20万块钱盖房子的吗？现在我们就到黄开运家里去。今儿他们为两个孙子摆喜酒，我们两个又不是外人，也算是爷爷奶奶，实实在在地给人家上点礼，再当着亲戚们的面，诚心诚意地说几句像样的人话，让人家把几十年的怨气一笔勾销。另外，等饭吃好了，客人走了，我们再跟人家慢慢商量，出点钱，看他们愿不愿把建房子的图纸借给我们用用。"

黄二狗子确实像脱胎换骨了。这时候的态度来了一个180度的大转弯。他听着老婆的话，急不可待地问老婆什么时候出发。

"只晓得急，钱都没有拿，两手空空地去呀？"

"我手机上还有3000块钱。你看够吧？"

"你几十年没有跟人家来往，大事儿小事儿没有上过一分钱的人情。这次人家又没有接我们，我们突然去了一上就是3000块钱，人家除了不接受，搞不好，还会认为我们是黄鼠狼给鸡拜年——没安好心。干脆上2000块钱，另外的1000块钱，等我们借人家图纸的时候，再把这1000块钱给人家。"

准备就绪，黄二狗子先让老婆在摩托车上坐好了，自己才坐了上去，叮嘱老婆把他抱紧，便向黄开运家里开去。

黄开运和满场的客人见是黄二狗子两口子，大家心里凉了半截。

刚把两个孙子的名字定下来，高兴得合不拢嘴的黄家舅舅顿时惊恐万状。

姜还是老的辣。黄家舅舅的眼珠子一转，拉下当家人的架子，改变口气，大声呼喊：

"客——人——到——筛茶——"

跑堂的生怕刚才那阵杀猪一般摁住黄二狗子的举动得罪了他们两口子，便在水杯里多加了一勺红糖，笑嘻嘻地递了过去。

黄二狗子的老婆把红糖水在嘴上抿了一下，谦卑又实在地问黄家舅舅：

"老爹爹呀，您看我们的一点儿心意在哪里表示啊？"

"心领了，心领了。人来了是最大的人情，快坐快坐，马上吃饭。"

"不行啊，老爹爹，如果不收下我们这点儿心意，我们就没脸站在这里了。"黄二狗子的老婆说得特别真诚。

黄家舅舅不便再推辞下去，转身面向大家。

"哎哟，大家都看看啊，我的侄儿和侄儿媳妇，今天专门来喝他们的两个孙子的喜酒的。看看，看看。这两个当爷爷奶奶的对孙子们好哇，给每个孙子各上了1000块的大人情。"他扬起手里的红包给大家展示，接着又低头细看红包上写的字，逐字逐句地念，"祝我们的孙子早点长大，早点上大学！真是不得了，不得了哇，当爷爷奶奶的觉悟高得很哪！"

看到礼金被收下了，黄二狗子和他的老婆激动得不得了。

黄二狗子正准备说话，他老婆一把把他拽到了自己的后面。

"在场的老人家们、兄弟姐妹们，还有我们的侄儿侄女们，我们两口子今天，用我们从娘肚子生下以来没有过的心意来为我们的孙子送祝福。两个孙子是开运兄弟和哑巴妹妹的孙子，也当然是我和二狗子的孙子。二狗子和我从今天开始，发誓再也不干以往那些天打五雷轰的事了。往常对不起你们的地方，就当作狗子吠了几声，用风把我们拉的那些臭狗屎吹干，不再臭你们了，好吧！"

黄二狗子的老婆话说到了这个份儿上，大家听进去了，也有所动容。

黄家舅舅见好就收，接过黄二狗子老婆的话头：

"长草短草，一把挽到。我们在场的人都有做错事的时候，过去了就过去了，哪个也不要记在心里。"

黄二狗子听到这里，扑通一声跪在地上，一个头磕下去，把额头磕出了血。

有人赶紧上前拉起，用手紧紧地蒙着他的额头。

"开运呢？开运呢？你看见了吧？"黄家舅舅的两只眼睛像两个探照灯，四处寻找黄开运，把嗓门提得高高的，"二狗今儿个用自己带血的脑壳，给你们家带来了大红大红的运气。你们全家又要走红运了，我们也要跟着走红运了！"

黄家舅舅这么一说，把刚才紧张兮兮的气氛一下子扭转了过来。

黄开运和他的哑巴老婆站在旁边看得清清楚楚。他们感受到黄二狗子和他的老婆没有一点点的虚情假意。

黄开运拉着哑巴老婆来到黄二狗子两口子的跟前，上了一支烟，拉起黄二狗子的手说：

"我的哥哥和嫂子啊，今儿中午你们一定要跟我们坐在一起，好好地抿上几口家门兄弟酒！"

黄二狗子说："我听妹夫的。妹夫说怎么搞，我就怎么搞。我还要跟你说个事，请把你们建这个四合院的图纸借给我用一道，我给你1000块钱的借用费。另外，施工队伍也需要妹夫帮我找一个。我想早点开工，比着你们房子的样子做我们的房子，按照你们做人的样子来做我们的人，争取今年八月十五接你们到我家里吃月饼。"

黄会说站在那里听着父亲和二狗舅舅说得差不多了，接着补了几句：

"现在舅舅发话了，只要用得上的，我保证听舅舅的。"

黄二狗子听得非常认真。

黄开运接着儿子的话说：

"都这个时候了，还什么钱不钱的呀？图纸我用过了，反正闲着也是闲着，你什么时候要，就什么时候拿。我给你们还是联系那个给我们建房子的施工队，到了开工的那一天，我就开始帮你当监工，我不要你付一分钱的工钱，一直到把房子建好。"

"二狗舅舅，任何一个建筑，在评估过程中，设计师总是认为完美无缺的。但到了竣工之后，特别是在使用的时候，却总会出现一些不足。我回深圳了，再跟设计师沟通一下，把我们这栋房子存在的不足，尽快地进行修改，打印以后，用顺丰快递给您寄回来。舅舅你看这样行吧？"

黄二狗子听了妹夫黄开运和外甥黄会说的这些话，泪水挂在脸上往下流。

哑巴妻子也主动走上前去，紧紧地抱住自家的嫂子，热泪浸湿了黄二狗子老婆的脸。

黄开运的儿子儿媳一人抱着一个孩子走了过来，靠近黄二狗子他们，替自己的孩子叫着二爷爷二奶奶。

黄家舅舅站在一旁，忍不住迸出一句话：

"莫说起，这几个娃子，说的跟做的倒还是那回事！"

这时候，村支书在人群中大声号召：

"我们一起唱首歌！"

黄家舅舅脱口而出：

"没有任何准备，唱什么呀？"

"唱一首我们都会唱的老歌，《我们走在大路上》！"

"好好好！"黄家舅舅的耳朵跟着热了起来，高兴地对大家说，"我们的村支书，出了一个好主意！"

黄会说站了出来，告诉黄家舅舅：

"我现在就下载这首歌曲，把它连接到客厅里的大屏电视上。"

只见他在折叠屏手机上点了几下屏幕，很快准备就绪。

"下面请书记站在前面领唱。我来负责打拍子，请各位长辈都站起来。预备——齐！"

于是，一人起唱，众人合唱：

我们走在大路上，

意气风发斗志昂扬，

共产党领导革命队伍，

披荆斩棘奔向前方。

向前进！向前进！

革命气势不可阻挡，

向前进！向前进！

朝着胜利的方向。

革命红旗迎风飘扬，

中华儿女奋发图强，

勤恳建设锦绣河山，

誓把祖国变成天堂。

向前进！向前进！

革命气势不可阻挡，

向前进！向前进！

朝着胜利的方向。

我们的道路洒满阳光，

我们的歌声传四方，

我们的朋友遍及全球，

五洲架起友谊桥梁。

向前进！向前进！

革命气势不可阻挡，

向前进！向前进！

朝着胜利的方向。

我们的道路多么宽广，

我们的前程无比辉煌，

我们献身这壮丽的事业，

无限幸福无上荣光。

向前进！向前进！

革命气势不可阻挡，

向前进！向前进！

朝着胜利的方向。

在这首歌刚刚起头的那阵子，月儿就跑出人群，在高亢激昂的歌声中，绰约多姿地跳着富有青春气息的现代舞蹈。大家越唱越有劲，越唱越嘹亮，把临时搭起的乡村舞台变成了欢乐的人间天堂。

这个插曲，把乡下人对美好生活的向往与追求转换成了一场精彩绝伦的人间大戏，饱含了他们对党的农村政策的感激之情；体现了在淳朴的民风影响下，彼此间的磕磕绊绊，却总能化解的亲密之情；表达了"社会主义大道越走越宽广"的豪迈气势与心声。

让大家欢欣鼓舞地回到了黄家舅舅之前拉开的"喜酒宴"的那个序幕。

黄家舅舅绝对是太高兴了。随着一声仰天大笑，挥起的大手带着呼风唤雨的气势：

"哈哈哈哈，今天两个孙子满月，不光是取一个好名字，喝几杯满月酒，还有兄弟握手言和，重归旧好，还有载歌载舞，千里同风。这简直比电影还要感人，真是太平盛世！我们要感谢共产党，感谢黄家湾，感谢所有的亲戚朋友，还要感谢我的外甥孙和外甥孙媳妇让我们大家见了世面。现在我宣布：第一个孙子叫李元昌，第二个孙子叫黄亨昌。就这样定了。现在请大家鼓掌，欢迎我们的书记讲话！"

村支书本来没有打算讲话，没料到黄家舅舅邀请，来了一个突然袭击。

他没有推辞，即兴讲了起来：

"老乡们，家人们，今天，黄家两个孙子的满月宴，看起来是黄家的喜事，实际上是我们村的喜事，是整个黄家湾的喜事。所以，我代表村里送来了两束鲜花，想告诉全村的全体干部群众，这桩喜事，是我们村的光荣和骄傲。我们平常都在说，人生在世，最大的幸福有三：一是有好父母，二是有好老师，三是有好儿女。这些，在黄开运这家人面前都实现了。但是，我从昨天晚上看到的一篇关于人生的文章里，联想起黄开运家里的老小四代，他们的幸福不是天上掉下来的，也不是大风吹过来的，是共同努力、顽强奋斗的结果。我专门抄下来了两句话，想在这里念给大家听。"

村支书掏出身上的那张纸，照着念了起来：

"第一句话：一个男人最大的成功是有一个好妻子，一个女人最大的成功是有好儿女，儿女最大的成功是有一个好前程。这句话在这个家里，全部对上了。为此，我在自己家里专门开了一个家庭会，老婆孩子和我都说要好好向这家人学习和看齐，我相信，大家都意识到了这一点。下一步，就看我们的实际行动了。

"第二句话：世间万物，有幸成为人，这已足够幸运了，人生最大的不幸也比沦为其他物种的不幸强。人生是跋涉，也是旅行；是等待，也是重逢；是探险，也是寻宝；是眼泪，更是歌声。

"黄开运他们这些年来真的过得不容易。一个不会说话的哑巴妻子，不知道被那些嘴尖毛长的人败脏过多少次。一个人不管什么时候结婚，也不管在哪里结婚，都是结婚。检验婚姻美满的方法，就是看夫妻双方滋润的程度，快活的程度。所以我希望，我们湾子里，一些为了过上好日子正在拼命努力的人，一定要记住刚才念的那两句话，真正做到把跋涉当成旅行，把探险当成寻宝，把泪水当成歌声。相信有一天，会应验那句话：有朝一日时运转，天天每每赛过年！"

大家听了这番慷慨激昂的讲话，响起了半分多钟的掌声。

村支书示意大家安静下来。

"现在我宣布：鸣放鞭炮，宴席开始！"

几个跑堂的人，赶紧拿起打火机，风风火火地跑到了门前的场子边上。

于是，噼里啪啦的鞭炮声震耳欲聋，响彻云霄，万树摇曳，山河呼应。

举头望去，多彩的烟雾似天女挽起的绸缎，缓缓地飘向蓝天，与朵朵白云相拥成亮丽的彩虹。满地的红纸屑犹如一层厚厚的红地毯，伴随着柔嫩的春风，把红红火火的生活铺在他们的面前，铺向了他们美好的明天……

酒席上，男的频频举杯，女的有说有笑，眉飞色舞，好一派热闹非凡的场景。

这时，悠扬的歌声突然从电视机里传了出来。

客厅里一直开着的那台80英寸的电视机，是黄开运的儿子儿媳选定的品牌，这次派上了大用场。

真是巧得很。

播放着的文艺节目里传来了动人的歌声，这使全场的人精神一振。

大家前前后后地伸头望去，一位美丽的歌手把一首名字叫《多情的彝水河》的歌曲唱在了他们的心坎上。歌词当中的那些内容，没人不觉得是从他们黄家湾搬过去的：

多情的彝水河哟

妖艳的浪花一朵朵

岸那边的小姑娘哟

对着手机唱情歌

迷人的连衣裙秀丽的披肩发

一双大眼睛一对酒窝窝

唱呀唱呀

唱出了妹妹想哥哥

唱呀唱呀

唱来了风儿告诉我

多情的彝水河哟

妩媚的人儿送秋波

衣袂飘飘美如玉哟

搅乱了我的心窝窝

花喜鹊喳喳叫知了唱着歌

蝴蝶信天游鱼儿笑呵呵

笑呀笑呀

笑我抱着妹妹亲妹妹哟

笑呀笑呀

笑妹妹喊呀喊呀喊哥哥

听完这首歌曲，所有人如痴如醉。

这时，黄开运的儿媳妇也兴致勃勃地凑起热闹。

"各位亲朋好友，我也有一个建议。大家欢迎不欢迎？"

村支书和黄家舅舅带头鼓掌。所有客人翘首以待。

"我想请大家再合唱一首歌，歌名叫《在希望的田野上》。你们唱的时候，我跟会说为大家伴舞！"月儿提议。

在一阵热烈的掌声中，掀起了满月宴的高潮。

我们的家乡

在希望的田野上

炊烟在新建的住房上飘荡

小河在美丽的村庄旁流淌

一片冬麦（那个）一片高粱

十里哟荷塘，十里果香

哎嗨哟嗬呀儿咿儿哟

嗨！我们世世代代在这田野上生活

为她富裕　为她兴旺

我们的理想在希望的田野上

禾苗在农民的汗水里抽穗

牛羊在牧人的笛声中成长

西村纺花（那个）东港撒网

北疆哟播种　南国打场

哎嗨哟嗬呀儿咿儿哟

咳！我们世世代代在这田野上劳动

为她打扮　为她梳妆

我们的未来在希望的田野上

人们在明媚的阳光下生活

生活在人们的劳动中变样

老人们举杯（那个）孩子们欢笑

小伙儿哟弹琴　姑娘歌唱

哎嗨哟嗬呀儿咿儿哟

嗨！我们世世代代在这田野上奋斗

为她幸福为　她增光

为她幸福为　她增光

20世纪80年代初，改革开放的春风刚刚吹拂神州大地的时候，著名作词家陈晓光、著名作曲家施光南准确把握时代脉搏，用无可替代的艺术之声，歌唱祖国繁荣富强，给豪情万丈的8亿农民送来了《在希望的田野上》这首激荡人心的时代赞歌。如今40年过去了，这首歌在大江南北成为四代人挥之不去的深刻记忆，也成为在中国人的幸福海岸上升起的任何风霜雨雪都无法退去的艺术彩虹。

这首歌的歌词向上向善向好，曲调优美流畅上口，通过对家乡田野的赞美，表现了对富裕兴旺的生活与对未来幸福生活的憧憬与向往。不管是城里人还是乡下人，也不管是老年人还是年轻人，每当听见或是哼起它，总像乘坐在一列时代的快车奔驰在社会主义宽广大道上，感觉自己的明天会更加美好。

这首时代赞歌，伴随了黄开运、哑巴姑娘和英子他们这一代人的成长；而小两口的优美舞姿，像两只春燕在空中翱翔。一下子把大家带进了不曾远去的青春时代，那些无法忘怀的旧日时光，像夏日的甘泉浸润着所有人的心田。

这份飘然而至的精神大餐，跟他们刚刚喝下的土鸡汤一样，唇齿留香的美滋美味，滋养着整个黄家湾……

唱完这首歌曲。英子就站出来提议道：

"今天我们全体人员一起合个影，让我们黄家湾的老顽童、我们最尊重的当家人黄家舅舅亲自为我们照相。大家说行不行？"

一阵连声赞同，全场的人赶紧聚拢了起来。

月儿递上自己的手机，打开照相功能，交给黄家舅舅。

黄会说生怕老人家操作不好，小步跑到他的面前，手把手地教他怎样使用。

黄家舅舅感到这是一个比当满月宴的"支客"还要荣耀的任务，顿时像

三岁小孩似的嘿嘿嘿地笑了起来。

"准备好了吧？我开始照——预备——齐，开始！"

"错了错了。"月儿走出照相的人群，跑到老人家的面前，对着他的耳根说：

"爷爷，您说错了。不是喊预备——齐。"

"那应该咋说？"

"是您用相机把我们这些人全部装进去，准备按这个地方的时候，指挥大家喊一声：茄——子。"老人家听了，连连点头。

"好，大家站好，我准备照了！"

老人家由于紧张，两只手有些颤抖。一不留神，手机掉在了地上。

英子见状，抢在女儿的前头跑上前去，从地上捡了起来。压低嗓门对黄家舅舅说：

"你这个老爷子，怎么搞的呀？"

黄家舅舅不敢作声，乖乖地站在那里。

"我跟您说，镇静些，端稳当，周周正正地对着前面站的这些人。"接着指着拍摄键，"然后您用手指头，把这个地方一按，就完事了。"

黄家舅舅没有了以往的傲慢，老老实实地点头。

英子回到人群。

黄家舅舅昂首向天，来了一个长长的深呼吸，平复了自己紧张的情绪，用八字步支撑着身体。双手端着手机，感到十拿九稳之后：

"大家注意，我准备照了。一！二！茄子！"

随着一阵连拍，手机里的10多张照片定格了黄家人最难忘的美好时光。

大家正准备散去，黄家舅舅突然一声大喊：

"都给我站在那里，一个也不要动！"

大家一阵惊慌，一个个丈二和尚摸不着头脑。

"刚才照了你们没照我。我也要学电影电视上的规矩站中间！"

原来如此。

英子站在人群中，叫月儿上去接手。

又是一阵连拍，把中间摆着神气的八字腿的老爷子和几十张笑脸叠在了一起。

十四

客人陆续散去，村支书站在门前场子里没有走。黄开运感觉他有什么事要说，便把他请进了屋里。

村支书坐在那里皱着眉，显然还没到开口说事的时候。

这时，在外面通了一会儿电话的黄会说走了进来。

"会说，你没有其他的事了吧？到这里陪你书记叔叔坐一会儿。"黄开运对儿子说。

听了父亲的话，黄会说把手机递给月儿，和村支书挨着坐了下来。

其实他这次回来，心里还有一个打算，就是想深入了解一下黄家湾在新农村建设这方面的愿望和思路。现在客人们已经走得差不多，是时候提出这个问题了。他起身提来开水瓶，一边给村支书的茶杯加水，一边谨慎地打开话匣子：

"叔叔，我想问一个事儿。就是咱们村里对我们这建设美丽乡村有安排吗？"

"会说呀，客人们都走了，我之所以一个人留在这里，就是想请你帮咱们村出出主意。"村支书毫不掩饰地说。

　　"就我知道的情况，好像上面每年都会下达一批美丽乡村建设的指标，我不清楚是怎么下达的。这可能跟村里的积极性和上面的总体布局有较大的关系。

　　"我们这20多个村子当中，那些在路边上的几个村已经开始在搞这个事了。据我的观察，一是这些村子在公路边上，二是这些村子出去的人有在县里工作的领导。而我们黄家湾，离县城太远，又没人帮我们说话。要想搞新农村建设，看目前的样子，只有等到最后一批了。你是我们村里走出去的最有本事的一个人，所以来问问你的主意！"

　　"那怎么办？我跟县领导一点儿也不熟悉，更没有给县里做出过什么贡献。假如我直接去找他们，肯定不会有什么效果的。"

　　"还有别的办法吗？"村支书追问。

　　"唯一的办法，就是自力更生，自己动手，等我们把自己该办的事情办好了，上级领导肯定会鼓励我们的。"

　　"你说的自力更生，自己动手，自己把自己该办的事先办好，指的是哪些方面呀？"

　　"上级对公路建设、水利渠道硬化和环境整治有明确的要求，这些项目实施下来无非是早和晚的事情。而摆在我们面前的、应该由我们自己解决的只有一件事情，那就是把自己的房子修好建好。叔叔你想想看，如果村里家家户户的房子全部焕然一新了，大家仍然走在泥巴路上，你说上级着急不着急？我想肯定是着急的。这里面要解决的关键问题是自己要先行动起来。"

　　"最近的这几个月，大家亲眼看见你们家里拆掉了旧房子，建了新房子，莫看他们说话粗细不一、高低不一的，其实心里面都在打算，都想跟在你们后面学，把自己的房子搞成你们房子的样子。"

　　"只要各家各户有积极性，这个事情就好办了。我最担心遇到掀屁股不动的人了。"

　　"这个倒不要紧，你尽管放心。包括那几个浪荡子、二流子，现在也怕别人说他们混得不如人了。尽管平时他们说的有些话不好听，但是他们心里，都想活出个人样子来，都想走出去了不被别人在背后说他们的闲话。"

　　"按照叔叔说的这些，我们村搞美丽乡村建设的难度就不大了。反正泥巴路走了这么多年，不习惯也习惯了。建议村里把修路这些事放在后面。先从有条件的农户开始，一户一户地把房子建好。"

　　"之前我从来没有像你这样考虑过，一提到新农村建设，我的畏难情绪就来了。像猴子捡了一块姜，既想吃又怕辣。现在经你这么一说，我的思路开阔多了。房子没有看相，村道、渠道修得再好，跟头发乱糟糟的人穿西服打领带没有什么两样。俗话说，一年之计在于春，一日之计在于晨。现在才二月，正是时候，早计划，早安排，早行动，争取到年底，打一个全村房屋建设的翻身仗。"

　　"叔叔你这么大的决心，我也帮不了实实在在的忙。要不这样子，你看行不行？"

　　"你说！"村支书迫不及待地等着他往下说。

　　"我这次的假期还有几天时间，要不这几天我就陪着你们村干部全程搞一次调查走访，负责摸清三个底子。"

　　"哪三个底子？"

　　"一是房子年久失修、现在具备拆旧建新条件的农户有多少；二是近几年才建的房子，完全能够满足居住要求，需要穿衣戴帽的农户有多少；三是在贫困线以下的农户有多少。把这三个底子摸清了再确定建房顺序和建筑风格。"

　　"我想先回答你刚才说的第三个问题。到去年年底这个事儿已经不存在了，全村的贫困户在精准扶贫工作中已经进行了摸底调查，县里和镇里马上就要启动特困人口的安置房了。你说的第一个和第二个底子确实应该好好摸一摸。"

"好哇好哇，等把这两个底子摸清之后，接着就确定建房顺序和建筑风格。在顺序上，成熟一户动工一户，不能把泥鳅鳝鱼搞成一般长。在建筑风格上，我建议我们黄家湾总共安排三种：第一种，跟我们这个四合院一样的徽派四合院；第二种，类似于城里开发的正宗四合院；第三种，近几年才建起来的新房，在总体设计的时候，尽量考虑上面的两种风格，能靠成哪种就靠成哪种。叔叔你看这样行吗？"

"侄子啊，你真是我们村里的人才！这么复杂的事，在你面前变得这么简单。我心里这把烂麻，经过你几下梳理，一下子变得井井有条、抻抻展展的。"

"我说的这些不一定完全正确，特别是不一定符合黄家湾所有人的口味。等我陪你们调查走访结束了，建议村里召开一个村民群众大会，把村里建设的盘子交给大家来讨论，看他们是怎么想怎么说的。在统一思想的基础上再统一行动。"

"我的侄儿啊，你真的帮了我一个大忙。干脆这样，今天晚上我就跟全体村干部商量好，明天早上就行动，挨家挨户地调查走访。也许在你结束休假之前，就能把这个事情搞得板上钉钉的。"

村支书信心满满地走了。

晚上。黄开运家的客厅里。

黄会说把刚才和村支书在一起议的事儿，说给爹妈和妻子听了。

黄开运说："这个事，要么不插手，插了手，只能搞好，千万不能半途而废。黄家湾的人虽然都姓黄，都是自家人，说亲，大家的祖宗只有一个；说疏，骂起人来、做起龌龊事来，比三山五岳以外的人还要狠。这两类人当中，一人一条心，一户有一户的看法，说好的说坏的都有。现在书记请了你，你们夫妻两个应该力所能及地帮他一把。但有些问题我要提醒你。一不能吃任何人家里一顿饭；二不要收村里的一分钱；三不要抽别人的一根烟。

干干净净地帮忙，能帮多少是多少。万一帮不了的，不要头脑发热，乱拍胸脯。"

坐在一旁的哑巴妈妈，不断地点着头。黄开运的那些肢体动作，让她明白了他对儿子说的这些都是应该注意的事情。

黄会说望着月儿，也想听听她的意见。

"我觉得在这件事情上，我们能帮忙使劲的，就是给村里出谋划策，在新农村建设的总体规划方面替村里把关，引导他们始终走在正确的轨道上，避免少走弯路。我的产假到这个月底结束，你还有几天的陪假时间。这几天你就陪着他们走村串户，好好地调查走访。我负责把黄家湾的卫星定位发给你那个搞建筑设计的同学，请他根据卫星图上的有关数据进行总体规划，以此为基础，分中式四合院和欧式四合院两种风格，每种风格分别设计出130平左右、150平左右和170平左右三种户型的图纸，供不同资金条件、不同地块条件和不同人口条件的家庭选择使用。关于规划和设计费用，由我们支付，到时候商量是否可以打折。我粗略地算一下，设计费大概需要20万，这笔钱由我们承担，算是对全体父老乡亲的一份贡献。除了这个，会说你可以问问你的那位同学，是否愿意向黄家湾做贡献。我想，黄家湾的村容村貌建设规划，包括环境治理、条块绿化、文化景观布置等，这些子项或分项规划都交由他来负责。到时候，请村里授予他"荣誉村民"称号，将他的艺术方向和特殊贡献镌刻在石碑上，永远装进黄家湾人的心里。"

二月初二的晚上，村支书家。

吃罢晚饭，村支书给村委会班子成员一个一个地打电话，把他今天下午和黄会说一起商量的情况在电话中做了通报。大家听了都说好。最后商定，明天早上9点钟在村支书家里集合，由村支书和黄会说带领大家从湾子西头的第一户开始，去做调查走访和宣传发动工作。

这一夜，村支书没有一点儿睡意。天还没亮，他就起床一个劲儿地抽烟。这项工作是否能够做下去，最终做成什么样，他都无法预料。天快亮了，他跟老婆说，从今天开始，他有重要的事情要做，大概会忙上四五天的时间。然后，把老婆昨天晚上吃的剩菜剩饭在锅里炒了一大碗花饭，吃了之后，把门前的卫生打扫了一遍，倒了一大杯白开水，坐在家里边喝边等村委会班子成员的到来。

村委会班子成员，除了他将近60岁以外，其他四位都是30多岁的年轻人。这4位班子成员是他说好话一个一个留下来的。现在农村50岁以下的人都去外面打工了，50岁以上的人至少也有一多半。面对村干部青黄不接的情况，在年前换届的时候，他做通了这四位群众基础好、干起事来也还信得过的年轻人的思想工作，经过党员和村民大会选举，让他们陪他一起干5年。当时他是这样表态的：如果这5年村里没有根本性的变化，他就跟他们一起辞职，陪他们一起去外地打工。这4个人在黄家湾都是他的晚辈，之前一直都在外面打工，在外面虽然特别辛苦，但收入很是可观，他们一年挣的钱，比当一年的村干部要翻上好几番。换届前的那一阵子，村支书把他们的门槛磨低了一寸又一寸，在他们的爹妈和老婆孩子面前把好话说了无数遍。黄家湾有句"人怕当面见"的俗话，他抱着说的那些好话，说得他们再也找不到拒绝的理由，就这样心甘情愿地陪着他，在村里天天干着磨嘴皮子的活路。

晚上村支书说的那些越听越有劲的话，让他们几个人听得心潮澎湃，纷纷表示会准时赶到他家里，竭尽全力把这项工作做到实处。

第二天早上，大家按时来到了村支书家里，采取"一个专班，一竿子插到底"的办法，一线穿珠地走村串户。

黄家舅舅抱着一台老掉牙的收音机，躺在那张木头加竹子做的老式靠椅上。靠椅有些年头了，使用得光溜溜的。他身子下面铺了一床刚好适合铺在靠椅上的旧褥子，身子上面又盖了一床刚好能够把他盖住的被子。收音机里面放

的内容好像是京剧《智取威虎山》，只见他闭着眼睛，一前一后地摇晃着靠椅，听得很是入迷。这些人站在面前，闷笑地看着他，他一点儿也不知道。

黄会说跟村支书使了一个眼色，上前轻轻地拍了一下他的肩膀。

"舅爷爷，您看是谁来了？"

黄家舅舅睁开眼睛："哎哟！你们怎么来了？真是稀客呀！"

"舅爷爷，今天我跟村干部专门过来和您聊一会儿的。"

"聊啥子？什么意思？"黄家舅舅有些诧异。

"就是听听你们家准备什么时候建新房？建什么样的新房？根据你们的意见，好给你们家里提供建房的图纸。"

黄家舅舅转着他的眼珠子，搞懂了来意，喜上心头：

"好得很，我正想找你们。昨天晚上一回来，我就跟老伴和儿子儿媳商量建房子的事。全家人掰着指头算了一算，钱有一点点缺口，但没有大的问题。你们都晓得，砌屋造船，昼夜不眠。我们打算一边建一边想办法，走到哪里黑，就到哪里歇。争取用三个月的时间，比着屁股裁裤子，建一栋跟开运家一样的房子。"

"那我们现在就替你们家写一个计划建房保证书，把现在有多少钱，建什么样的风格，准备什么时候开工，什么时候完工，都写清楚。然后你们家里至少要有两个人在上面签上名字，盖上章子或者摁个指头印，便于我们报到镇里审批，也便于我们为你们家确定建房图纸。"村支书说。

"估计什么时候批下来？"

"要不了多长时间，最多十天半个月。现在上面有明确规定，凡是拆旧建新，不突破原来房屋占地面积的，一律现场办公，随报随批。"

"那一套图纸需要多少钱哪？"

"舅爷爷，我们家的图纸送给你当参考，您想怎么改就帮您怎么改，到时候村里还要提供两种风格三种户型的施工和装修图纸，看中哪种用哪种，

不要你们出一分钱。"黄会说乘势而上，畅快地告诉舅爷爷。

"我发现你们现在真的在办实事啊。这都是你们小两口出的主意，对吧？"

"舅爷爷，我们是利用这几天的休假时间，帮村里做一些工作。书记才是大家的顶梁柱，带领班子成员响应党的号召，利用党的惠农惠民政策为大家谋福利！"

"好好好。我现在就在保证书上签字。我们是四世同堂，搞一个面积最大的。"黄家舅舅急切地说。

"老爹爹，光你们家签了字还不行。"村支书认真地说，"您还要搞好传帮带。"

"怎么个带法？带谁呀？"黄家舅舅望着村支书。

"带两个简单的人，带一个复杂的人。简单的就是黄满仓和黄油子，复杂的就是黄二狗子。您平时在这三个人面前说一不二，村里把这三户交给您去说服和带动，我看没有一丁点的问题。"

"你们还嫌我平时操心少了啊？湾子里的1000多号黄家人，今天这家过喜事，明天那家闹别扭，都得我出面。我这把老骨头一年到头没有睡过一半的整觉。"黄家舅舅略显为难地说。

"一把钥匙开一把锁。特别是二狗子，目前虽然改了不少，但是怕他返生，只有您包他这户，不断地敲打他，才能培养出一个好典型来。"

支书说完，黄家舅舅一下子来了劲儿。大腿一拍："你们放心，我坚决给他带出个好样子来！"

"还有黄满仓和黄油子他们两个，也需要您老人家激励他们。他们两个有上进心，为人处世也还好，黄家湾的人很少说他们的不好。如果您出面要他们把爷爷辈建的房子扒了重盖，这两个人绝对听得进去。"村支书说。

"你们安排得对，用两个正经人在前面打头阵，再加上我天天盯住黄二

狗子，我就不相信，这事办不好。等我把这三户包好了，我再接着往下包，跟着你们一起，争取一花引来百花开。"

老头在村干部面前越说越有信心。

"老人家，我们把这三个人的计划建房保证书的样本都给您，等您这几天上门把他们的思想工作做通了，趁热打铁，让他们签字盖章。您看这样行不行？"

"行行行！"黄家舅舅又跟小鸡啄米一样点着头。

"舅爷爷威武，爷爷长命百岁！"黄会说用手轻轻地摸了几下黄家舅舅的胡子。

"长命只活百岁呀？老子150岁的那年才是厄年，你个小东西怎么不提醒我到时候不要骑自行车上街呀？"黄家舅舅俏皮地开了一句玩笑。在场的人先是一愣，恍然大悟之后，个个捧腹大笑起来。

黄会说说话算话，这几天始终跟村干部一起开展入户调查工作，一刻也没有离开。

初七下午，黄会说小两口准备明天带着孩子离开黄家湾。他们已经订好了高铁票，一些生活用品也已收拾好放置在行李箱里。

一家人坐在客厅里拉着家常。

"你们明天就要回去了。现在家里什么都不缺，我跟你妈的身体也还好，家里没什么值得牵挂的，只管一心一意地搞好自己的工作。下一步怎样抚养教育两个孩子，照你们之前的计划去安排就是了。我现在操心的是村里的这个事。"黄开运对儿子儿媳说。

"这个事不要紧。这几天进展得比较顺利，已经走过的那些户有热情，有信心，一个两个准备现在就动手。"黄会说解释道。

"反正不能出现先热后冷的情况，更不能出现猴子搬苞谷，搬了这个丢那个。"

"其实这个问题您不必担心。现在的人都向往美好，都想活出个人样子来。当然也不能排除在实施的过程中，会出现这样或那样的问题。根据我的了解，这个大的方向是不会改变的。今天下午我跟书记说了，等我们回到深圳，就让我那位同学着手规划设计工作。这项工作开展起来也挺快的。中途他会来黄家湾专门补充有关资料，然后由您儿媳跟他进行对接，最多一个月的时间就能完成整个规划设计任务。"黄会说胸有成竹地说。

"那个同学已经把有关资料在网上准备得差不多了。说是等我们回去听了完整的意见之后就开始行动。"儿媳跟着补充道。

父子二人加上儿媳为了这个事谈了很长的时间，夜里11点了才去休息。

当天晚上，黄家湾村委会。

村支书把班子成员召集起来，商量感谢黄会说的事。

"会说他们明天早上就要回深圳去了。这几天，他给我们上了很好的一课，也跟着我们做群众的思想工作。他一个堂堂的高级工程师，把村里的事当作自己的事，真的应该好好感谢一下。"村支书有感而发。

"拿什么感谢人家呀？村里账上没有一分钱，就算是我们大家把份子钱凑起来，也拿不出手啊。"村副书记难为情地说。

其他班子成员听了，也不知道怎样把话接下去。

村支书挠了一下脑袋："人家什么都不缺。钱这个事就不说了。我心里一直在想这个问题，就是用一种什么样的方式才能表达我们的心意。"

"鸡子鸡蛋和村里面的高粱酒倒是不少，高铁上肯定带不成。还有菌子木耳也不算稀奇，超市里多得很。我看什么也不要送，只要我们把工作按照人家的要求做好了，就是最大最好的感谢。"一位村干部说这句话的时候，满脸愁云。

"要不这样。"村支书转换了一个话题，"明天早上全体班子成员，加上黄家舅舅，还有黄满仓、黄油子和黄二狗子，早点起床到高铁站等着，用

我们的诚意为他们送行。"

大家都认为这是个得体的好办法。

村里这个安排，黄会说他们一点儿也不知道。

第二天，天还没亮。

他们乘坐一辆出租车到达高铁站进站口。

二月的晨风冷飕飕的，几位村干部冻得蜷缩着身子。

渐渐走来的黄开运最先看见了他们，猜得出他们是来送行的。待抱着孩子的黄会说小两口发现几张感激的脸，心里泛起了难言的感慨。

"哎呀，我的伯伯，我的叔叔们哪，这么冷的天，你们站在这里，我们当晚辈的脸该往哪里放啊？！"

"我们两手空空的，没有什么可表示的，只是早点过来，祝你们一路平安！"

小两口的感动得眼泪都流出来了。大厅里响起了检票的广播声，小两口不得多说，只好挥手而去。

村支书早上在高铁站里与黄会说握手告别的那一刻，黄会说把一封信递在村支书手里。月儿知道这是怎么回事。他昨天晚上花了一个多小时，就是在写这封信。

十五

黄家湾村委会。

黄会说小两口离开黄家湾的第二天。

上午9点钟，村支部和村委会的全体干部准时在会议室里开会。

黄会说交给村支书的那封信，村支书觉得应该让大家知道。

村支书认为，里面的内容对美丽乡村建设有帮助，大家听了再讨论，把思想进一步统一起来。

他把这个想法告诉了大家，接着就原原本本地念了这封信。

"书记叔叔，我明天早上就要返回深圳了。现在没有瞌睡，想着想着，就想起了给你写封信。关于美丽乡村建设的事，我是一个门外汉，一点儿也不懂。刚才在网上搜索整理了这方面的一些资料，这是一个很大的项目，这个事情让村里做起来，其中的难度是可想而知的。我写这封信，希望可以推动这项工作的扎实开展。

"美丽乡村建设问题，我觉得最关键的就是人的问题。人的思想境界、精神面貌和自身素养，一定要走在美丽乡村物质建设的前头。之前我爹多次告诉我，说您对这方面的问题始终没有放松过，在乡亲们面前从来不藏私，讲得很扎实很到位，这肯定是正确的，不管搞不搞美丽乡村建设，我觉得这个事都应该年年讲，月月讲，天天讲。

"人的整体素养反映一个地方的精神面貌。黄家湾的人都是农民，我们可以不要求农民有多高的文化素养，但是应该要求他们具有与社会进步和经济发展相适应的精神文明程度。这种程度表现在为人处世和言行举止多个方面。比如在说话的时候，做到在什么场合说什么话，老乡们平时在湾子里可以随便说话，但是要分男女，分老少，分内外，分上下，不能粗言秽语，不分对象地信口开河。走出去了，也不能不分场合，高声大嗓，更不能捕风捉影，搬弄是非。从现在开始要学会改变一些不良习惯，有话想着说，不要抢着说，话说口中留半句。别人说话的时候愿意听就听，不愿意听就到一边去，不要乱插话和打断别人的话。要知道山外有山，人外有人，现在越来越多的人变得内敛低调，不愿炫耀自己，要知道我们再'能'也'能'不到哪里去。一些在黄家湾能说会道的，只会说一些脏话臭话大话粗话，把正在读

书的小孩子们也带坏了；在场的姑娘们实在听不下去了，只好转身就走，离得远远的。一旦到了外面，胡吹神侃的那阵势，嘴里的唾沫不是喷在人家的脸上就是喷在吃饭的桌子上。没有一点羞耻，不晓得自己跟别人差得十万八千里。又比如在社会上跟人打交道的时候，一定要注意文明礼貌，不要斜着眼睛看人，说这个他瞧不起，说那个他也看不惯。所以应该要求乡亲们，一言一行，一举一动，都要讲规矩。不要油嘴滑舌，要让人感觉亲切自然，得体大方，切切实实地给人家留下乡风文明、人也本分实在的好印象。我们的父老乡亲还要学会讲究环境卫生。每家每户的里里外外，每个人的上上下下，应该时刻保持干干净净。说直截了当一点，就是房前没有垃圾味、房后没有厕所味、身上没有汗臭味、张口没有口臭味。在这方面，我们黄家湾的好多人要向我的那位狗熊舅舅学习。人家家里没有一天不是打理得一尘不染、棱棱正正的，所有的摆设都摆在应该摆的地方，自己屋里和自己身上一年到头都闻得见一股天然的香气。不管是在外面忙还是在外面玩，那副自自然然、大大气气的派头，别人看了，说干部像干部，说老板像老板，说文化人也像文化人。从来没有听说他们邋里邋遢不讲究的。

"总的来说，精神文明建设是美丽乡村建设的前提条件，它是一切文明的方向盘和助推器。没有精神文明，实现物质文明便是一句空话。有的地方即便是天生的资源让他们碰上了一点好运气，有了那么一点物质文明，那也不会实现长久的积累和发展。所以我建议村里从现在起就要重视这个事，在全村上下广泛开展公序良俗和文明礼貌教育活动，使美丽乡村建设的思想境界和物质硬件同步建立起来，努力实现相互促进的目的。

"关于新农村建设的主要话题，我昨天晚上跟叔叔您交流得还是比较透彻的，我会信守诺言，尽快启动我承担的有关事项。请叔叔放心，我一定说话算话。

"信上说的这些和昨天晚上说的那些，都是一些大体的粗线条的东西，

具体操作起来还需要进一步细化。请你们不要着急，也不要害怕，工作是人做出来的。我这边负责把黄家湾美丽乡村建设规划全方位地做好。你们在家里继续开展群众的思想动员工作。信心和力度都不能减，舅老太爷说的那句话很好，走到哪里黑，就到哪里去歇，一步一步地往前走，我们最终是要实现这个目标的。"

村支书念完了这封信。坐在那里竖着耳朵听的4位村干部，听得清清楚楚的。

"会说写给我们的这封信，读着听着都新鲜，平时都在说搞美丽乡村建设，至于搞什么，应该怎么搞，我们从来没有搞清楚过，也没有听见谁这样说过。估计大家现在都认为这是'叫花子放鞭炮——头一回'。等一会儿了，我到那个商店去复印几份，大家回去了再仔细看看，只有把所有的内容搞通了，才能解决好少数村民想不通的问题，更好地推动我们下一步的工作。只有落后的干部，没有落后的群众。在美丽乡村建设这个问题上，我们的思想一定要解放在村民的前头。"

会议开到这里就结束了。他们仍然要到农户家里去，打算再用5天的时间完成这个最基础的任务。

十六

深圳市南山区。

黄会说夫妻二人把从事建筑规划设计的那位同学，请到了他们小区门口的一家会所里，共同商量黄家湾美丽乡村建设规划设计事宜。

黄会说把那天下午跟村支书交谈的全部情况，给他的同学张墨从头到尾地陈述了一遍。张墨是当代著名书画家张钢先生的公子。月儿也谈了一些自己的看法：

"黄家湾作为美丽乡村建设的一个综合性单元，作为新时代乡村建筑美的艺术载体，在独拥丘陵地区优势地形基础之上，把简约大气的中式建筑与典雅贵气的欧式建筑风格完美融合并淋漓尽致地呈现在荆山彝水的缓冲地带，是规划建筑设计师展示艺术美的大好机会。你毕业于中央美术学院，具备严格的专业技术与对艺术的持续追求，加上缜密的抽象思维与感性的具象思维，这注定了你的艺术理念会在黄家湾这个地方大放光彩。

"昨天，我专门在网上搜索了一下你亲手打造的'岭南花乡'那个文旅项目，好评如潮啊！"

张墨听了，心里自然快慰得很，同时也产生了无形的压力。

"自从你们前两天把黄家湾美丽乡村建设的想法告诉我之后，我就开始了行动。目前我已经把黄家湾的资料准备得差不多了，下一步就是实地调研，我打算用三五天的时间，对规划设计资料再进行一次全面的补充。到时候我会带一个工作小组住在县城里，吃住行我们自理，不给村里增加任何负担。这个活儿不揽便罢，揽了就要搞出个名堂。等我回来把初步设计完成了，首先得过你们这一关，有什么问题咱们再进行进一步的沟通。"张墨的一系列安排，打消了黄会说夫妻二人的顾虑。

十七

县里听说黄家湾出了个"不说不知道，一说吓一跳"的国字号高级工

程师，正在指导自己的家乡搞美丽乡村建设，赶紧派来了一帮人去总结经验典型。

这帮人没有跟村里打招呼，直接来到村委会探听虚实。

村委会办公室没有别人，只有大学毕业后刚刚招进来的网格员在那里值班。

他们感到幸运，没有扑空已经很不错了。

网格员赶紧请他们坐了下来，准备去端茶倒水，被一句接一句的"不需要不需要"挡在了自己的座位上。

他们一个个打开手提包，拿出笔和本子，开门见山地给值班的网格员提了一连串的问题：

"书记和村干部们哪里去了？

这段时间主要在干些什么？

村里在外面混得有名堂的人有哪些？

是不是有一个婆了个漂亮老婆、生了一对双胞胎的姓黄的高级工程师？家里房子怎么样？住在哪个地方？

村民们对美丽乡村建设首先从改变居住条件开始，思想通不通？欢迎不欢迎？

现在有没有带头建房子并且建得很好的农户？"

几个人没有亮明他们的身份，问这问那。

网格员感到有些蹊跷，小小年纪知道祸从口出的严重性，生怕说错了惹出麻烦。

问完了，这帮人又要她引路，到那个工程师家里去看看。

网格员不敢自作主张，告诉他们要给书记汇报。

一个领头的人说没有必要。他们存的有村支书的电话号码，要打电话，他们自己会打。

网格员有些为难，表现出了不想引他们过去的样子。

那个领头的人叫她放心，他们不是坏人，是县里派过来搞美丽乡村建设调查研究和经验推广的。

网格员将信将疑地坐上了他们的车，指引他们开往黄开运的家。

路上，网格员紧张得不得了。那个领头的人叫她放下心来，说只是引路，保证她不会挨领导批评的。

网格员心里直打鼓，忐忑不安的心情始终无法消除。

说着就到了，车子停在黄开运家门前的场子上。

这帮人背手的背手，叉腰的叉腰，时而低头，时而仰望，把黄开运这个四合院的里里外外、上上下下、前前后后看了个够。然后又在池塘边、大树下、篱笆旁和门前的田埂上，一边用手机拍着照片，一边由衷地发着感慨。

网格员觉得有些不可思议，这些来自县城的领导，应该是见多识广的人，眼下怎么像哥伦布发现新大陆一样。

不等网格员把这个问题想明白，那个领头的人当着网格员的面，拨通了村支书的电话。他告诉村支书他是谁，问村支书现在人在哪里，然后叫他和村干部们一起赶往黄开运家。

村支书并不认识这些领导，也弄不清这些领导是来干什么的。电话里听说上级领导来了，紧张得像要掉了魂。

村支书和几位村干部不敢马虎，一人骑着一辆摩托车风风火火地赶了过来。

"听网格员说，你们在下面做群众工作是吧？"那位在电话里称自己是研究室李主任的人，问着六神无主的村支书。

"是的，是的。对不起呀李主任，我们没有在路口迎接领导啊！"村支书毕恭毕敬地回答。

"不需要，不需要。我们专门不打招呼，想私下了解一些情况。我们先到了村委会，找网格员同志简单地问了一下，接着就到这里看看。总的印象还好。听说你们正在下面做群众的思想工作，这个办法扎实有效，我很赞成。请你跟主人家商量一下，我们到他家里坐坐，就这方面的问题好好聊一聊。"

黄开运在远处听见了李主任的话，连忙走进屋里准备茶水。

"李主任，我们现在就进去坐，他们屋里还宽敞。"

"好哇好哇。我们刚才前前后后地看了一遍。去过大城市的人，有眼光，就是不一样。你看人家的建筑风格和房前屋后的布置，说品位有品位，要档次有档次。你们真不得了啊，给国家输送了高端人才，给村里带回了发展理念，满足了国家和村民的双重需要。你这个村支书当得无上荣光啊！"

李主任的话，把村支书紧张的情绪舒缓了。刚才心里还嗵嗵直跳的，现在轻松畅快得比喝了蜂蜜还要甜。

"我们村里出去的这个人才叫黄会说，是这户主人家黄开运的儿子。开运的爱人是个哑巴，他是招上门的女婿。黄家湾的好多人过去都以为这家人能够'竹竿打水平过'就算不错了，哪晓得人家这个儿子成了大器。现在是全国大名鼎鼎的华巍公司的科研带头人。人家娶的老婆也是个了不起的人，据说在华巍公司跟黄会说是不相上下的。华巍公司的创始人和所有的轮值董事长都把他们两个人当宝贝。有一个事我不懂，说是现在的几纳米的什么片片，就是由他们小两口带领的攻关小组在研究突破。这个什么片片究竟有什么了不起，我们乡下人根本弄不清几个螺丝几个弯，但是他们公司的头头恨不得天天把他们扛在自己的肩膀上。"

"他这次回来跟你说了些什么呀？"

"他说美丽乡村建设分两个部分。一部分是国家负责的，另一部分是农民负责的。他叫我们首先做好农民应该负责的这一部分。把住房条件和环境

整治扎扎实实地搞到位。至于国家应该负责的那一部分，等我们搞好了，村级公路建设和水利渠道硬化会自然而然地配套过来的。"

"那整个规划设计怎么搞？"

"黄工程师说，房屋建设分两种风格，一个是中式的四合院建筑，一个是欧式的四合院建筑。这建筑设计的费用需要20多万，他叫村里不用操心，由他们负责解决。另外全村的总体规划和分项的环境规划，也由他们的设计师同学进行规划设计。也就是说，黄家湾美丽乡村建设的总体规划设计和详细规划设计，全部由他们承担，所有涉及费用由他们想办法解决。唯一的要求就是村里要按照规划设计的内容一个一个地抓好落实。昨天晚上他们打了电话，说是这两天那个设计师同学就要带一个工作小组过来进行实地勘测，这期间的吃住行由他们自理，只要求我们全力配合就是了。"

"真有这回事儿？"

"是的是的。不信你看看，这是黄工程师走的前一天晚上给我写的一封信。"说完，村支书把那封信递给了李主任。

李主任如获至宝，打开那封信，两只眼睛直勾勾地看着。

粗略地看完信后，李主任目不转睛地看着村支书说：

"这是你这个当书记的福分啊。在我们彝水县，不说是开天辟地，也能够说独一无二啊！"

"感谢李主任的鼓励。我觉得我的命好，别的不说，只说美丽乡村建设这个事，前面有拉的，后面有推的，天时地利人和，让黄家湾都占上了。"

"黄家湾乡风文明，社会和谐。黄家湾的人爱劳动爱学习，公序良俗在全县排得上号，出人才出孝子是必然的结果。好多村都羡慕你们，说你们好山好水好地方，好人好物好风光。我看这是你的福报，也是黄家湾这个地方文明程度的最有力的体现。"李主任把黄家湾作为一种现象来分析，把他的真实感受说了出来。

　　"这项工作我们刚刚起步，除了我们尽力办好我们自己的事之外，在公益设施建设等好多方面离不开李主任的关心。李主任说话的机会多，他的话说得又有很有分量，好多场合离不开李主任帮我们说话，多给我们提供一些发展的信息和机会。只有这样，我们才有信心有劲头、稳扎稳打地把黄家湾的美丽乡村建设开展起来。"

　　"你放心。我们回去以后，首先会向县领导汇报我们这次的调查情况，根据领导同志的意见，再以内部文件的形式，发一个调查报告，把你们的这些做法推广出去。你们当务之急是要稳扎稳打，把群众思想这个最关键的基础工作做好。"

　　"李主任，你看，这是我们村里的'美丽乡村建设规划设计保证书'，这七八天来，我们村干部挨家挨户地让村民群众都在上面签字盖章，现在只剩下十几户了。到明天下午，这项工作就完成了。"村支书从自己包里抽出一份递给了李主任。

　　"你们全村一共有多少户多少人口？"

　　"全村369户。在册人口1500多人。其中，黄氏家族299户1398人。在1500多人当中，在部队当兵、在外打工上学的有1100人。从村里走出去的像模像样的人才只有一个，就是黄开运的儿子黄会说。前不久他回来了，小两口跟我聊天，说了一些这纳米那片片的，我越听越糊涂，简直跟进了八卦阵一样。"

　　"这两个年轻人成了大器。更难能可贵的是，人家走出去了，乌鸦反哺，回报家乡。参加工作不久的一对年轻人，不管他们的年薪有多高，毕竟处于工作的初始阶段。人家操这么大的心，拿这么多的钱，支持黄家湾的美丽乡村建设，这样的典型在我们彝水县具有特殊的意义。我真的为你这个书记高兴，为黄家湾的父老乡亲骄傲。我一定要跟踪关注这个典型，让黄家湾这个示范村开花结果，最终成为一颗璀璨的明珠，使彝水县的285个村都能

看到耀眼的光芒！"李主任兴奋不已地谈论着自己心中的计划，把黄家湾的美好明天描绘在村支书的面前。

"我今年怎么这么顺当啊？遇到的都是贵人，想什么有什么！李主任能帮我解释一下吗？"村支书也不拘谨了，说起话来大胆了许多。

"你作为村支部书记，现在面临的这些机遇，说明一是党的政策好，二是群众基础好。你看你一上任，就迎来了精准扶贫和美丽乡村建设的好政策。正在思考怎么干的时候，又出现了黄会说夫妻这对乡贤能人倾力相助。这两个外部因素，为你提供了大显身手的用武之地。其实光有这些还不够，它需要一种原发性的内在动力。对你来说，黄家湾的群众好比就是一台发动机，你就是这台发动机的摇柄或启动装置。这也就是你个人在工作中的努力。发动机运转起来了，就等于你的工作打开局面了。你说对不对？"

李主任说的这些老百姓都能听懂的通俗的比喻，让村支书听得心花怒放。

"研究研究，一研二究。怪不得让你当研究室主任呢。研的是老百姓的要求，究的是老百姓的心事。估计你以后会步步高升。我从现在起，一定要把你拽住不放，李主任千万不要嫌弃我这个土八路啊！"村支书的夸赞，让李主任的脸上也笑开了花。

十八

2022年农历二月二十五。

规划设计师张墨按照约定来到了黄家湾。

一辆商务车停在村委会的门口，车上下来了5个人，搬下来了一些勘测仪器和设备。村干部没有见过这些玩意儿，走上前去想帮着他们搬。

"我的哥哥们哪，你们千万别闹。这些都是精密仪器，搞坏了可是不得了哇！"村干部们被来的人及时制止。

"这些东西都是我们的宝贝，你们不知道怎么拿怎么放。我们一会儿自己来卸就好了。"来的人意识到自己刚才把话说得太直，伤害了他们的自尊，于是补了一句安抚他们的话。

张墨不知道哪位是村支书，张望着问了一句。

村支书上前一步说："我是黄家湾的书记。我们村委会里面有一间房子适合放这些宝贝。我想请你先去检查一下，看适不适合放在那里面。"

"谢谢书记。我们不需要房子，也不需要休息，带的有方便面、茶水和矿泉水。什么都不要你们管，稍后我们5个人就分头去开展工作。你们派几个人给我们当向导就可以了。我们计划用两三天的时间，完成全部勘测和调研任务。"张墨把他们的行动计划如实告诉了村支书。

村支书忙不迭地答应。留下一名干部，其余的包括他在内，根据张墨他们要求的路线和地块，前往不同的地方。

县委书记办公室。

听完李主任的详细汇报，县委书记满心欢喜地站了起来。

"黄家湾村这个先进典型，应当作为一种现象来研究推广。你再好好梳理一下，形成一个系统完整的材料，上会讨论研究。县里要把"激励"和"服务"两个措施直接明了地制定出来，让黄家湾作为全县美丽乡村建设的一面镜子和开路先锋，形成枝繁叶茂的黄家湾经验体系，推动全县美丽乡村建设的鲜花盛开！"

黄二狗子家。

黄家舅舅用了一天的时间，前后到黄满仓、黄油子和黄二狗家。

　　黄满仓和黄油子很好说话，黄家舅舅还没有把话说完，他们就明白是怎么回事了。黄家舅舅刚把"美丽乡村建设规划设计保证书"拿出来，这两个人跟商量好的一样，一把从黄家舅舅手里拽了过来，先签字后盖章，这两户加起来没有用到半个小时的时间。

　　最后到了黄二狗子家里，他的老婆热情地打着招呼，一手拉着手，一手扶着肩膀，热情似火地把黄家舅舅引进了门。说的那些掏心窝子的话，听起来非常顺耳。等黄家舅舅坐好，她从冰箱里拿出一袋茶叶，从里面抓了一撮放在茶缸子里，转身又到厨房里拿来红糖放了两勺在里面，倒上开水，用一支筷子搅呀搅呀的，搅得差不多了，端起来在眼前晃了几下，看到红糖融化了，满面春风地端给了舅舅。这些举动，黄家舅舅看在眼里，记在心里，外甥媳妇活生生变成了另外一个人，他预料这家人的工作做起来比他想象的要容易得多。

　　黄二狗子今天的表现也大不一样，从前没有过的稳重、老练和成熟在他身上肉眼可见。

　　黄家舅舅说："二狗子呀，现在是你们争气的时候了。这些年，你们小两口过得也不容易，力气没有少使，亏也没有少吃，就是没有管住自己的嘴，说起话来不晓得天高地厚。还有心窍眼儿想得有点歪，搞了一些气死人又笑死人的鬼把戏。这段时间，你们有了很大的变化，有人说你们两口子重新活了一次。都快60岁的人了，不拿出狠心，是改不掉过去的坏习惯、坏毛病的。今天当舅舅的亲眼看见了，心里比吃了一顿连筋带肥的五花肉还舒服。现在村里准备搞美丽乡村建设，分派我做你们的工作。开始我有些担心，现在我一点儿也不担心了。"

　　黄家舅舅说到这里，从身上掏出一张保证书，先念给他们听，然后又递给他们看。"你们看了之后，没有意见的话，就在上面签字盖章。过个十天半个月，会说他们设计的两种样式的图纸就出来了，到时候再让你们挑选。

如果不同意的话，当舅舅的丢人不说，也不好向村支书交代。"

黄二狗子不忍心舅舅再这样说下去，给老婆使了一个眼色，叫她快向舅舅表态。

"舅舅啊，你是我们黄家的当家人。村里安排了这么大的事，我们不听您的还听谁的？"黄二狗子的老婆认认真真地说道。

"我的外甥外甥媳，今儿你舅舅的心情好得很。还是我刚才说的那句话：现在是你们硬气的时候了。你们不能光改变人模样，还要学会享受好日子。盖一栋跟开运他们家一样的房子，自己住着舒服，别人看着也舒服。"

"舅舅说的这些我们都听得进去。现在我们两口子在这上面都签字、按指头子印，保证不拖村里的后腿！"

黄家舅舅并不是心血来潮。他看到这两口子畅快地签了保证书，习惯性地拍起他的胸脯道："今天我实话说给你们听，到时候我一定给你们上2000块钱的人情！"

"舅舅呀，您这个人情太重了。我们当晚辈的，应该尊重您孝敬您才对呀！"黄二狗子的老婆的话听起来一点儿也不虚假。

县委研究室李主任办公室。

他们正在开会，传达贯彻县委书记关于"认真研究黄家湾现象"的指示。

李主任首先把他带队到黄家湾调查研究的情况向研究室的全体同志做了通报。接着原原本本地传达县委书记听取他的汇报后所作的重要指示。

李主任在会上讲，调查研究是每个同志的基本功。善于在厂矿企业和乡村各地倾听民声，体察民意，掌握新情况、发现新问题、总结新经验，为县领导决策提供第一手资料，是全体同志面临的艰巨任务和肩负的光荣使命。

"黄家湾现象"是一个值得深入研究的重大课题，它的价值和意义远远胜过

我们那些苍白无力的僵化思维和陈旧手段。如果各地结合自己的实际情况，因地制宜地加以仿效和借鉴，全县的美丽乡村建设就不愁迈不上新的台阶。现在，我们要不失时机地深入研究和宣传推广"黄家湾现象"，制定出具有操作性的加速推进美丽乡村建设的统筹性方案，便于县委全体会议决策实施。让我们在这项工作中，把我们的研究能力和研究水平在美丽乡村建设中展示给全县人民。

说行动就行动。研究室的同志在李主任的带领下，一头扎进黄家湾。

黄家湾村委会。

全体村民户主大会是上午9点钟开始的。要求每家每户来一个说话算话的当家人参加会议。会议议程只有一个：表决通过黄家湾村美丽乡村建设中的村民责任。这个责任就是在改善居住条件上，典型引路，互帮互助，一家有难，全村支援，做到在"各家自扫门前雪"的同时，"还管他人屋上霜"。争取用1年的时间，完成全村住房条件的改善任务。

开会之前的这段时间，村民们已经明白了这方面的要求，个个精神抖擞，群情激昂。村干部们好长时间没有看到过这么高昂的情绪了。参加会议的人来得早，到得齐，张张笑脸上表达着对村里工作的认可和支持。

会议很快就结束了，100%的赞成票，会议室里洋溢着温馨又热烈的气氛。村支书似乎有些动容，他当场宣布：

"感谢全体村民对党支部和村委会工作的支持。如果到了年底，全村实现了住房条件改善任务的目标，我把我全年的奖金拿出来，全村盖了多少栋房子，就分成多少份人情，一分不留地上给大家！"

黄家舅舅站起来调侃地问村支书："我那个外甥媳妇同意不同意呀？要是不打招呼，晚上回去了小心跪搓板？"

"不要怕，不要怕！我负责杀鸡又宰羊，斟酒又劝酒！"村支书的老婆

站在会场人群中间斩钉截铁地说。

"我也这样搞！"

"我一样！"

"我也一样！"

……

几位村干部一个接一个地跟着表态。

黄家舅舅站起来大赞道："我的个天哪！共产党真是跟老百姓心连心哪！"他停顿一下望着参加会议的人，接着把胸脯狠狠地一拍："黄家湾的干部敢说敢做。我想发动大家放声高呼：共产党万岁！黄家湾万岁！"

话音刚落，呼声四起，春风含笑，大地光明……

十九

深圳市南山区。

张墨把设计好的中式四合院和欧式四合院两种风格的图纸的电子版，分成土建、给水、强弱电、雨污水、室内外装饰和环境布置六个子项，打包发给了黄会说。并且留言，再有大约一个星期的时间，黄家湾村的总体规划、详细规划和环境布置规划初稿就可以出来了，然后到彝水县召开一个由县、镇、村和有关部门负责人参加的专家评审会，讨论修改通过后，在农历三月底之前就可以动工了。

黄会说这段时间没有回家见过老婆孩子。他负责的那个科技攻关项目完成最后冲刺，正在进行封闭式运算复检，夜以继日，通宵达旦。看了张墨发来的微信，匆匆回复：

"大恩不言谢！"

张墨知道是怎么回事，没再往下说，随即投入了黄家湾的后期规划设计工作中。

后期规划设计包括环境治理、绿化布置、文化墙与牌坊设置、黄家湾文化广场、村级道路亮化工程及黄家湾中长期控制性建设规划。这些规划将充分融入文化元素，植入传统美德教育、公共道德教育与社会法治教育方面的内容。张墨说，这项大规划实施到位后，未来的黄家湾将以一幅移动的立体水墨画呈现在世人面前，成为中国中部地区不可复制的"江南新村"。

黄家湾黄满仓家。

去年黄满仓就准备建新房的，幸亏没有建，如果不是拖到今年，建起来的房子一定是个三间两层的火柴盒样子。前天，他把黄开运用过的那套图纸借了过来，拿到县城原原本本地复印了一套，顺便请打印店的老板帮他写了一份拆旧建新的请示。昨天，请了一位村干部和他一起跑到镇里办齐了审批手续。到了晚上，他又找黄开运要到了那个建筑老板的电话。他告诉老板，他的房子的面积、风格和黄开运家里的房子不差分毫。按照给黄开运建房的价格来建他的房子。老板说，一样的图纸，一样的施工工艺，还有之前使用过的模板和积累的施工经验，这次建起来简直是轻车熟路，水到渠成。表示工程总价款可以优惠2000元。黄满仓听了，当即决定请他过来建房子。今天早上，建筑老板带着大队人马来到黄满仓家里，签了合同就准备施工。村支书作为见证人，主持了开工仪式，并且亲手点燃了鞭炮。

这时候，黄油子风风火火地赶过来了。当时他听见了鞭炮声，意识到是从黄满仓家里响过来的，更意识到是黄满仓开工建房在放鞭炮，他着急起来。

见到村支书，黄油子开门见山地问，怎么搞得这么利索。村支书说黄满仓这几天一直在跑这个事，昨天办完了手续，今天就直接开工了。问过了书记，黄油子又问黄满仓，这些手续怎么个跑法。黄满仓详细地跟他说了一遍。村支书在旁边听见黄油子跟黄满仓的说话内容，插了一句，说可以派一名干部引着他去办手续。黄油子是个急性子，说风就是雨，催着书记现在就派人带他去办。村支书指着身边的黄副主任对黄油子说，黄副主任专门负责这个事，黄满仓的手续就是他帮忙办下来的。黄油子听完，发动摩托车，拉起黄副主任，说去就去了。

开工仪式办完，施工人员开始清场了，村支书把建筑老板请到了村委会，相互加了微信，把黄会说发给他的设计图纸电子版转给了建筑老板。

建筑老板比村支书的年龄小一大截，不到40岁，但从事建筑工程建设的经历却很丰富。他当过砌工，当过施工员和工程队长。10年前，为了照顾年迈的父母和妻子儿女，回到彝水县注册成立了一家二级施工资质的建筑公司，有3000多万的注册资本和200多号建筑工人，年收入在1.5亿以上。这次他给黄开运他们建房子，验证了他在县里面的好口碑。

现在村支书把他请到村委会，想跟他谈个大大的条件。

村支书在心里打着算盘：全村398户，假如每户平均投资50万的样子，等于2个亿左右的建房投资。如果这个系统工程由这位建筑老板全部承包下来，质量靠谱，村民信得过，建筑老板"一个工程做到底"，取得的收益是相当可观的。他的真实想法是：第一，请老板按一定的比例给老百姓打一个折扣。第二，大部分农户的工程款不可能一次性付清，想采取两年付清或三年付清的办法。村支书怀里还揣了另外一个小心思，想把这家公司在黄家湾产生的建安税，通过县研究室李主任做工作，争取县里、镇里采取"以奖代补"的形式奖励给黄家湾，用于公益设施的配套建设。村支书越盘算心情越美好。他认为这是个一举三得的好思路。

从路上到村里，老板一刻也没有停止过思考。他在想，如果把整个村里

的建房工程全部拿下来了，就不需要东拼西凑地拉业务了，这里面的信息成本、洽谈成本、通融成本、接待应酬成本完全可以忽略不计。建设过程中的转运成本、人力成本、模板配套成本会降到最低。还有一个在其他地方施工没有的好处，就是整体效果明显，规模效应无可估量。这个具有示范意义的美丽乡村建设典型，会使他这家公司的口碑和声誉在彝水县内外得到进一步提升，将为他今后业务的拓展产生"一花引来百花开"的连锁效应。

两个人在办公桌面对面坐下，老板就把一个装着两条烟的档案袋从自己的面前轻松自然地推到了村支书的面前。

村支书以为是装着资料的档案盒子。

老板说，这是两条烟，拿回去抽。

村支书一怔，用颤抖着的手，又推了过去。

"书记，我可不是个拉你下水的坏人！你看我们过去素不相识，现在萍水相逢，你我之间干干净净的，没有一点杂质。这两条不是害你的烟，你拿回去抽，出了问题我负责。"老板的话说得很实在。

"老板啊，我没有见过这样的世面，也从来没有抽过烟。收下了我害怕，抽上一口又咳嗽。不存在嫌多也不存在嫌少，总觉得上级不准我们搞的事就坚决不搞。还有，我想请你来承包我们黄家湾美丽乡村的房屋建设业务，你当老板的财大气粗一些，有些方面想请你照顾和优惠。我先说出来，你看怎么样。"

老板并不是想用两条烟来换取黄家湾的房屋建设工程业务。村支书推辞的那一会儿，把他搞得骑虎难下。听完村支书说的后半截话，心里才慢慢平静下来。

"我们村里390多户人家，我粗略地算了一下，大约有2个亿的建设任务。如果由你全部承包下来的话，我们想让你给个优惠，给我们打一点折扣。再就是，村民们的经济条件高低不一，有好有差。一年内实在付不清工

程款的农户，是否可以一部分按两年付清、一部分按三年付清，给村民一个喘息的机会。你放心，黄家湾的人还是本分听话的，暂时拖欠的工程款，今后不会成为收不回来的狗屎账。"

"这些都不是问题。我们在外面搞工程，既要讲效益，也要讲良心。我这个人不是盯着银子不眨眼的人，认钱不认人的事我也不会搞。我把黄开运的房子盖好了，得到的最大好处不是钱，而是村干部和村民的好评。现在书记既然代表村民们信任我，我一定在黄家湾美丽乡村建设当中服从领导，好好配合，保证不掉链子。房子是美丽乡村建设的面子，我要下决心让每个人都住得舒舒服服的。"

两个人一见如故，一拍即合，把各自的愿望和诚意准备写在双方即将签订的建设协议上。

第二天上午，黄家湾村委会办公室正在召开班子成员会议。村支书讲述了黄油子为建房子着急的那个过程，要村文书赶快把这10多天如何调查的情况统计起来。分当月、下月、下下月和上半年6月份4个时间节点，在今天晚上之前，分类排出各个节点准备建房的农户，由村里统一写总的报告，交给黄副主任，用一个星期的时间，负责报批回来。另外，村内还有一个统计，根据村民的家底，在工程款的结算方式上，选择一年付清、两年付清，还是三年付清；在建设方式上，把工程造价毫不隐瞒地告诉各家各户，看他们是愿意自建还是愿意村里统建。凡是愿意自建的，村里要无条件地搞好协调服务，对老百姓自己选择的建筑队伍不加任何干涉；凡是愿意村里统建的，村里、农户和施工队三方签订统建合同，质量监督工作由村里承担。不能因为建房申请批复不及时、施工队伍选择有矛盾而出现彼此扯皮和时间上的耽误。确保所有农户应建即建、愿建即建、想建即建。这项工作也要在一个星期内结束。并且要告诉村民们，建房过程中的第一安全责任人是建筑公司，第二安全责任人是各家各户，运输安全、用电安全、防火安全和施工安全，

一项也不能马虎，从源头上消除安全隐患。

村支书还说，每月新开建和穿衣戴帽的房子应当在40户以上，这样才能保证年底完成80%的建房任务。

前一天晚上，黄会说把最后定稿的图纸电子版，让张墨直接发给了建筑老板。这种技术交底的方式当然是建筑老板很乐意的一件事，有利于消除施工过程中的障碍因素。建筑老板说，这是他承建黄开运的房子之后又一次感受到的畅快，没有之前在其他地方常常遇到的"干急不流汗"的情况。

他在公司里开始准备工程合同。这种合同是市场监管部门统一印发的通行版本。黄家湾这项全包的综合性工程，共同遵守的绝大多数条款都直接印在里面，甲乙双方只需要分别填写达成一致的建筑面积、工程单价、工程总造价、付款方式和结清期限。现在他在考虑的关键条款，是工程单价上每平方米优惠多少。这个一旦确定下来，乘以总建筑面积，就等于在工程总造价中实际优惠的部分。也就是说，最后确定的单价，等于除掉优惠后的实际单价，用这个实际单价，乘于总建筑面积，就等于实际的工程总造价了。按照他们以往每平方米税后赚取14%左右利润的习惯算法，综合考量之后，他想在每平方米的单价上一次性优惠3%；这样算下来，每平方米的土建工程实际优惠9元左右，全村在工程造价上实际优惠600万元左右，每户大约优惠1.2万元以上。如果土建之外的部分或者全部装饰装修工程也交给他们做的话，他们将继续按照这个比例对农户进行优惠。算过了这笔账，这个数字让他有些吃惊。人在江湖上混，信誉是生存之本，他不能食言，也不想食言，心头一横，就这样定了下来。之后，他给村支书打了一个电话，建议黄家湾村委会通过黄会说的引荐或推荐，确定一名法律顾问对合同全部条款进行审查把关。村支书在感谢他的提醒的同时，心里也有些茫然不知所措。第二天上午，村支书干脆把合同一张一张地拍成图片，用微信发给黄会说。黄会说只回了一个"知"字和感叹号，随手就转给了张墨。

张墨根据黄会说发给他的内容，在网上查阅了彝水县近两年的原材料价格和人工价格。他告诉黄会说，这个老板是个牙齿不长、心不深的人，单位造价、优惠价均在合理范围之内，建议黄会说在深圳找一名熟识的专业律师进一步审查之后，可告知黄家湾向镇里报备。

村委会又在召开会议，不过这次是村委扩大会议，参加会议的是村干部和全体村民代表。讨论决定两件事：一是通报这里批复下来的黄家湾人居工程建设意见，公布每个时间节点建房的农户名单，让大家心中有数。二是把土建工程合同条款中的单价和优惠价交给大家讨论。让大家发挥个人能动性，与自己知道的行情进行全面地对比。同时让黄开运在会上把自己的建筑面积、每平方米单价和最后结算的情况，现场摆给大家听。然后留出宽裕的时间，让村民代表有什么问题提什么问题，有什么想法谈什么想法。一直讨论到大家没有意见为止。

第一个站起来发言的是黄满仓。他的房子已经开工5天了。怎么样签的合同，单价总价是多少，对这几天的工程质量是否满意，黄满仓说的话是有说服力的。

黄满仓是全村公认的直巴人，在大人小孩面前说的什么话都没人怀疑过。

第一个通报，已经足够让大家高兴了，代表们都欢欣鼓舞地相互祝贺。第二个通报一念完，黄油子像个冲天炮，突然站起来扯开嗓子："我来说两句！"一下子把其他声音压了下去，会场上一片安静。

"刚才宣布了我在第一批的建房户里头，其实我昨天就在这里把审批手续办下来了。今儿中午散会了，干部们和代表们到我老婆开的那个小馆子里去，把我自己放的60度的高粱酒好好整几杯。"黄油子比破竹子的声音还响亮还刺耳的嗓门儿，快要把会议室的房顶捅破了。

"你莫既想做人情，又想抠抠搜搜地算小账。要搞就搞成像样的席面，

没得七个碟子八个碗，没得柴鸡子、猪蹄子火锅，老子坚决不会参加的！"

黄家舅舅伸出一只手，再伸出一个指头，不断地捣着黄油子。

"您说的这算啥呀？！3个锅子20个菜也搞得出来。我先把话说在前头，让大家作证，您今天中午不搞个半斤八两，我就把你的辈分降成我的平辈。"黄油子说完之后自己弯着腰笑了起来。

"打你个没大没小的！我问你，你给老子降辈了，你老爹老妈的辈分降不降？"黄家舅舅也跟小孩似的开起了玩笑。

村支书还没有宣布散会，大家就你一言我一语，顿时热闹得不像个会场。

黄油子干脆跑到了会场外面，给老婆打起电话：

"我说老婆子呀，村里大会马上就要散了，你赶紧喊两个人来帮忙杀鸡子、剁蹄子，搞3桌菜，我刚才在会上吹了大话，我们的新房子开工已经5天了，中午把大家接到屋里好好吃一顿！"他老婆还没有回过神来，黄油子就挂断了电话。

黄家湾的人都晓得黄油子在屋里是说一不二的人，刚才他在外面给他老婆打电话所说的内容，大家听得一清二楚。在整个黄家湾，没人不羡慕他娶了一个贤惠温顺的好老婆。他倒也是个精明能干的人，挣的钱虽然不多，但是一进自家的门，钱全部交给老婆，不攒一分钱的私房钱。

黄油子的脚刚刚走进会议室，又是一阵高声大嗓：

"哎哎哎，都听到啊，会散了都过去，一个也不能少。我老婆子已经在开始弄了。"

散会后，所有人都来到了黄油子的家。入席落座的时候，黄油子找不见二狗子的人。

后来发现，二狗子一个人坐在角落里，他的那个脑壳像是重千斤，低在那里硬是抬不起来……

二十

3个月后。

彝水县"美丽乡村建设现场会"在黄家湾召开。

县里对这次会议高度重视，县委书记亲自到会讲话，县直各部门主要负责人、各乡镇的书记镇长，以及全县230多个村的支部书记，分乘20辆大巴来到了黄家湾，同时开通远程视频电话，黄会说夫妻和建设规划设计师张墨应邀在深圳进行线上视频连线会议。

黄家湾在前一天的下午召开了村民小组长参加的预备会议。要求全体村民晚上好好洗个澡，把房前屋后打扫得干干净净的，把牛羊鸡鸭的栏圈关紧关好，见了领导要讲文明礼貌，如果领导们问什么，要么笑着点头，要么说上几句暖心得体的话。在这个问题上，村支书最担心黄二狗子说话的时候刹不住车，嘴瓢了把正话说成了反话，得罪领导又丢人。总之，要把黄家湾山好水好人更好的印象留给参加会议的所有领导，让大家佩服黄家湾的同时，心甘情愿地支持黄家湾。

各个村民小组长都表示连夜去做群众动员工作，明天早上再挨家挨户地检查一遍。

第二天上午，车辆在颠簸不平的泥巴路上行进，一会儿停一会儿走，车上的人也一会儿看一会儿问，黄家湾头一回迎来了这些尊贵的客人。

参观结束，接下来就是集中大会。

现在的会风真是变了。他们在"亮天地"里开会，参加会议的人不要桌子，不要凳子，全部席地而坐，在自己的腿上记着笔记，也没有安排服务员提着水瓶倒开水。主席台上只有县委书记一个人，面前摆着一张村民吃饭用的小四方桌，坐的是村民家里的那种靠背椅子，四方桌上的扩音设备经过蓝

牙配对，连接在村里的无线喇叭上。

会前下发了会议手册，里面什么都有，就是没有县委书记的讲话材料。他讲话的时候，打开自己的笔记本，边看边讲。

县委书记讲话的时间并不长，话语却十分震撼人心，让参加会议的人颇为感慨。

简单地归纳起来，主要有以下三点：

第一，黄家湾是一面招展的旗帜，必须在全县每个村迎风飘扬。

第二，用活用足用好财税政策，激励黄家湾在美丽乡村建设的道路上大踏步地前进。具体地说，就是把黄家湾人居工程建设中实现的税收全部奖励给黄家湾，用在村级道路、水利设施、村容村貌整治和环境配套的亮化美化上。

第三，授予黄会说夫妻、规划设计师张墨和黄家湾人居工程建设改造施工单位法定代表人等"彝水县最有良知的人"荣誉称号，号召全县干部群众，对照检查自己的奉献意识，深入开展学习活动。

会场之外，有二三十名群众在那里围观，原以为高高在上的县委书记讲的都是他们听不懂的大道理。现在耳闻目睹，都是他们听得懂的心里话。

县委书记讲话过后，接下来就是经验交流和典型发言。研究室的李主任特别提醒，交流和发言的材料都在会议手册上，照着念一遍只能是耽误时间。现在只挑选一个人，好好地表个决心，看看怎么想，回去怎么搞，三言两语就解决了。

"我有个提议，让建筑公司的老总表个态行不行？"

"好！"大家一起响应。

建筑公司的老板本身就坐在会场前面的地上，闻讯站了起来：

"感谢大家对我的信任和鼓励。现在当着各位领导的面，我只说一点：发现我建的房子有任何问题，可以拒付全部工程款。黄家湾的公益设施建

设，包括环境打造，我只保本钱、保税钱、保工钱，不赚一厘一毫！发言完毕！"

场上热烈的掌声，经久不息。

在深圳的黄会说和他的爱人，还有规划设计师张墨在手机上看了这感人的一幕，示意要通过手机视频连线方式发言。

"太好了，太好了！"李主任大喜过望，当即安排连线。

月儿作为代表进行发言：

"尊敬的各位领导，各位长辈，我们太感谢你们、太感谢家乡的父母官了！"她哽咽得无法再说下去，泣不成声地趴在了办公室桌上……

这次现场会落下帷幕，村委会后面的那棵大树上飞来了一大群喜鹊也在翠林间凑着热闹。欢快的叫声，惹笑了灿烂的山花。黄昏的晚霞，让广袤的田野泛起了红晕。它们共同构成一幅浓墨重彩的油画。

黄二狗子的新房子也开始动工了。黄开运按照承诺，送来了图纸，请来了施工队，现在又帮黄二狗子打下手。黄二狗子嘴里不断地说着感谢，表示每天要给他付200元的工钱。黄开运一再提醒他不要提这个事了，可二狗子就是不长记性。

黄开运说，如果再说这些见外的话，就不给他帮这个忙了。

黄二狗子的老婆也是烦他把这个事老是挂在嘴上。实在听不下去了，不是假装跟他说话把他的耳朵揪一下，就是站在他的面前踹他一脚。

后来黄二狗子才多了一个心眼儿：帮忙就帮忙，完工了再去感谢也不晚。从此什么都依黄开运的，只做事不说话，把这份情谊装在了心里。

早在现场会召开的前一天下午，建筑公司的老板跟黄开运他们商量，把四合院右侧的三间厢房租过来作为他在黄家湾的办公地点。

建筑老板简单地起草了一份合同，写明每个月向黄开运支付200元的租金。

　　建筑老板在黄开运面前还没把合同打开，就被黄开运拽过来撕得粉碎。黄开运有些生气地说："你简直做生意做习惯了，把我们乡下人当成什么人了？我跟你说，你们在这里办公期间，柴米油盐什么都不要买，喜欢吃什么菜就在园子里摘什么菜。只有一两人的时候，只要不嫌弃，就跟我们在一口锅里吃饭。"

　　建筑公司的老板说，民营企业有民营企业的规矩，应支则支是现代企业制度的基本要求，要黄开运协助他完善这个手续，否则是经不起税务检查的。

　　黄开运说："我根本就不信，不签这个合同，临时借用几间小房子，你们公司会犯什么大不了的错。"

　　两个人争执不下，最后只好不了了之。

　　现在，建筑老板坐在办公室里，安排他的副总经理与县里的那家设备租赁公司联系，提前谋划和洽谈黄家湾村级公路建设所需的设备。接着又让办公室文员在电脑上把黄家湾详细规划中的公路建设参数调取打印出来，打算采取"后浪追前浪"的措施，建好一片房屋，修通一条道路，同步提升人居工程与道路工程的整体效果。

　　这个老板的脑筋太够用了，他找到了艺术美与建筑美的最佳契合点，把美学艺术开创性地运用于美丽乡村建设的具体实践。村支书听了这个初步方案，才见识到了企业家的格局和魄力。

　　说起这个叫郭元波的建筑老板，他真的是一个了不起的人物。

　　他是一个对建筑艺术学颇有研究的人。渊博的知识和高深的学识，不拘泥于狭小空间里的传统表现，而是在广袤的大地上用泥浆堆砌出与锦绣山河相呼应的人文景观。

　　10年前，他敏锐地意识到乡村文化旅游项目蓄势待发的生机与活力，

带领一帮兄弟进军彝水县高山之巅的七彩瀑布旅游项目。从发挥自然景观优势、生态资源优势和山乡文化优势出发，持续推进红色基因与天然禀赋的融合发展，形成50平方公里的香水河文化生态旅游区。从早期"瀑布单景"发展到了后来的全域处处都是景，打造了古法造纸、传统农耕、鸣音喇叭、七彩瀑布等共9个景区的一线串珠旅游品牌，目前拥有2个5A级景区、2个4A级景区、1个3A级景区，坐稳了襄荆地区A级旅游景区数量最多的文旅乡镇。每年接待游客20多万人次，旅游综合收入2亿多元，让那一带的山区农民端上了旅游的金饭碗。并且成为彝水县第一大农村文化旅游集散地，与湖北武汉的"木兰草原"共同名列湖北省县市区旅游发展潜力百佳区首位，还成为全域旅游服务质量标准制定者、引领者。

疫情后，他又瞄准新一波的农村文化旅游高潮的大好机遇，用3年时间，转战安陆市"李白文化艺术村"项目的论证与开发，让唐代诗歌文化元素在美丽乡村建设中繁衍生息，把"水泽云梦"的文化古韵谱写在美丽乡村建设的歌声里，掀起了武汉近郊"唐代诗歌满天飞"的文化旅游高潮。

眼下黄家湾的美丽乡村建设内容，对他这个富有农旅文化项目开发经验的民营企业来说，当然是一件游刃有余的事情。

二十一

村委会里，李大个子和徐商生怒目相视。

他们两个是邻居，是同一批人居工程改造的对象。村里专门说过，同一批的对象按照前后次序开工建设。事情就是这么不巧，他们两个屋场平起平坐，看不出哪个前哪个后。黄副主任决定，从左边的李大个子那里开始，

徐商生偏偏不答应，硬是要先从他这户开始。就为这个事，两家子的男人打架，女人吵架，闹得不可开交，黄副主任干脆叫他们到村委会来解决。现在两个人坐在会议室里喘着的粗气能把蚊子吹走，两个人的眼珠子瞪得恨不得蹦出来。

当时，机械设备停在那里不能动，黄副主任解决不了，只得向村支书报告。到了村委会，村支书劝来劝去，两个人装作什么也没有听见，村支书实在没办法了，叫黄副主任当着他们的面，写了"先""后"两个阄，让他们睁开眼睛好好看，看清楚了就开始揉成疙瘩。两个人看了干部看对方，看了对方再看阄，等到他们二话也没说了，黄副主任把两个阄分别揉成了疙瘩，然后鼓着手反复摇呀摇的，直到摇得他们两个人都着急了，黄副主任才把两个纸疙瘩小心翼翼地放在桌面上。黄副主任问村支书："哪个先抓？"村支书说："我一只手里捏一个，你们两个人的房子位置在左边的，就打开我的左手，房子位置在右边的，就打开我的右手。这样搞行不行？"两个人都说行。村支书说，既然你们都同意了，那抓了之后不管是什么结果都不能反悔。两个人小鸡啄米似的点着头。书记握着阄的两只拳头伸了出来。他们一个掰书记的左手，一个掰书记的右手。李大个子手快一些，抽开纸疙瘩一看，有气无力地低下了脑壳。村支书忙问什么结果，李大个子说，我在后头，我愿赌服输。

就这样，一场闹得不可开交的"战斗"结束了。

两个人站起来准备离开村委会的那一刻，村支书带着情绪补了一句：

"我跟你们两个家伙说句心里话，刚才拼死拼活的那一阵子，差一点点把我气死……"

他没有接着说下去，徐商生和李大个子却听出来了对他们的不满。

徐商生突然生出了愧疚之心：

"我跟你说呀李大个子，虽然我抓阄抓赢了，我还是想你在我前头搞算

了。现成的机器摆在你的门口，转来转去耽误时间。等你搞好了我再搞！"

李大个子不敢相信自己的耳朵，眨着眼睛摇着头，怀疑自己听错了。

"你莫到这里发愣了好吧，老子说的是真心话！"徐商生看着神情恍惚的李大个子说。

李大个子恍然大悟，赶紧上烟。

"黄家湾的人就是有觉悟啊。刚才还是提刀子、拿杠子的，现在说好就好了，把老子的魂都快吓掉了！"

黄副主任手舞足蹈，像个三岁的娃子，旁若无人地又喊又笑。

笑过，黄副主任站起来故意说：

"我今天晚上管你们两个人的饭！"

李大个子一听，张口就来：

"那咋行？你这完全是打我的嘴巴子呀！我来管，我来管！"

"今天开工是大喜，晚上管饭很吉利！"黄副主任张口就是一句顺口溜，把李大个子堵得哑口无言。

他立马道："坚决管，坚决管！请你们村干部都过去。我马上给老婆子打电话，下午不能杀鸡子，一定要搞腊肉腊蹄子。"又转过身来对徐商生说："你跟嫂子也说一声，叫她晚上不要做饭，去给我老婆子择菜洗菜，让两个媳妇子就这个机会取个和！"

说完，李大个子和徐商生各人打着各人的电话。

电话里传出来的声音还比较柔和，黄副主任断定两个媳妇子憋在心里的那股气已经烟消云散，跟村支书说：

"现在我回屋里拿两瓶我们彝水县的珍珠液酒，晚上搞几杯，怎么样？"

"搞就搞！我还怕你们几个呀？两瓶不行搞三瓶，三瓶不行搞四瓶！"

黄副主任后悔自己没有管住嘴，话说出去了又收不回来。女婿正月初二送来的一件酒，500多块钱一瓶，合共只有6瓶，看来今天晚上当中的4瓶算

是保不住了。

"后悔了是吧？舍不得是吧？当不住家是吧？"村支书一口气连发三问。

黄副主任经不起激将法，坐在发动了的摩托车上，望着他们几个说：

"好好好，好好好！你们给我等着，老子今晚上不把你们整趴在地上不是人！"说完，油门一拧就飙起来了。

黄副主任回家拿酒去了。就这个空儿，村支书把他们两个人表扬了一番，说脾气大、肝火旺的人都是直肠子，不喜欢弯弯拐拐，有话就说。看起来性格不好，实际上光明磊落。你们两个人左邻右舍的，都是我认账的好兄弟。好多村民也说你们好打交道。等新房子建起来了，过上了更好的日子，我估计你们两家子的关系没有最好只有更好。

村支书的话，两个人听得心里都舒服，都说今天晚上是个好兆头，必须好好地搞几杯。村支书说："也不要哪个多搞，也不要哪个少搞，要搞大家一起搞，搞到最后哪个受不了就不搞了。你们说是吧？"

这一席话说在他们的心坎上。说着说着，到了李大个子的家门口。

2022年农历八月十五。

黄家湾第二批次的人居工程建设进入收尾阶段。

住在湾子山顶上的杨保子的房子建设资金跟不上，面临停工。

黄家湾的人原来都觉得天老爷用眼睛看着杨保子，并且让他扬眉吐气了。

今天的杨保子坐在那把跟着他已有七八个年头的手动轮椅上，抱着用编织袋装着的四十几捆百元大钞，上气不接下气地号啕大哭着。听上去，感觉他用尽吃奶的力气，把悲戚至极的声音送进了方圆每一座能够听见的山峦。一阵一阵的回音，不断地撞击着人们的耳膜，像撕裂着黄家湾每一个人的心肺一样，使他们的心情沉重得简直无法形容。

黄家湾的山顶子上的那几户人家，一直稀稀疏疏地住在各自的小山坳

里，他们不清楚他们的先祖从什么时候开始来到这里的，只知道一辈接一辈地在这里走着竖起来的路，种着转起来的田。在这个1000多米的海拔高度上，他们手一伸，好像就能摸到天。他们脚一动，好像就能搅动满山的云。他们依靠从屋檐接下来的雨水，滋养着他们的血脉，也依靠那些老松树长出来的油钉，延续着他们的香火。

在最里头的那个山坳里，杨保子的家境更是糟糕一些。那年，他初中还没有读完，在外打工的爹妈由于同时患上了尘肺病，由走出去的两个活人变成了抬回来的两副棺材。他从此放弃了读书，跟着爷爷奶奶摸爬滚打在集体分给他们的那片贫瘠的土地上。15岁那年，挡不住的"打工潮"从山下席卷到了山上，杨保子被湾子里的一位好心哥哥带到贵州的高速公路建设工地上。一路上，他立志要用自己的一双手，告慰英年早逝的父母，靠自己的勤劳，给爷爷奶奶带回在极度贫困状态下生存的希望。半年下来，他的手机收到一条短信，工程队的会计告诉他这一年挣了1.2万多元，要他提供一个银行账号。杨保子后来说，他当时不敢相信这是真的，把短信看了一遍又一遍，直到那位黄家哥哥帮他确认之后，他才忍不住内心的喜悦，把这个好消息通过黄家哥哥的妻子上山告诉了他的爷爷奶奶。爷爷奶奶听了自然高兴极了，纵横的老泪，滴落在翻卷的苞谷叶子上，溢出心窝的欣慰伴随着他们看得见的希望，让他们突然有了一种幸福来敲门的感觉。于是他们走回家去，倾其所有，用最热情的方式表达他们对她的丈夫把孙子带出去打工的深深谢意。

杨保子的爷爷奶奶当天晚上睡了一夜的"放心觉"，他们于梦幻之中憧憬着孙子美好的未来，于清醒之时期盼和等待着孙子的佳音与喜讯。他们的孙子牵着他的恋人走进洞房的一幕幕场景，也时不时地在他们的脑海里闪现。总之，他们一下子摆脱了那副套在他们身上的精神枷锁，从儿子媳妇过世的伤悲情绪中纾解了出来。天快要亮的时候，他们透过平日里很少有阳光

照射进来的那扇窗子，把山顶上的那轮明月当作自己的孙子，相信要不了多大一会儿工夫，就会遇到从东边冉冉升起的那个太阳。因为山里人知道，太阳是神明的象征，只要月亮遇到了红彤彤的太阳，便意味着人间这一年一定会过上红红火火的日子。

可谓是人地两隔，天各一方。身在贵州高速公路建设工地上的杨保子，在千米隧道里的繁忙与劳累中并不知晓两位老人的万千思绪，他咬着牙，拼着命，用一个又一个的决心置换着一身又一身的汗水，用同龄人不曾有的斗志和勇气肩负着理想担当和希望。

那天，施工队的刘队长要民工们加班，说是从晚上干到天亮，发给每个民工300元的补助。杨保子同大家二话没说，唯命是从地听着"工头"的号令与使唤。他们都知道自己的身份，在打工中流汗、在流汗中挣钱是他们唯一的追求。他们并不是不怕累和不知道累，而是他们却始终抱着"力气是奴才，去了再回来"的乐观态度，压抑和掩盖着自己的呐喊与哀叹。

次日早上收工的时候，这群刚刚露出一丝舒心笑容的民工，突然被一个冒顶的巨石挡住了去路，他们回头一看，一堆乱石把杨保子重重地压倒在地上。经过抢救，杨保子虽然保住了性命，但由于腰椎神经断裂，导致了下肢的终身瘫痪。

3个月后的隆冬，狠心的刘队长编造出杨保子违反劳动纪律的理由，用一张车票和5万块钱把杨保子无情地送回了黄家湾，从此一了百了，心安理得地当着他的队长，也万事无忧地过着他耀武扬威的生活。

杨保子的爷爷奶奶不懂外面的世界，更不懂外面的事情，他们任凭命运的摆布，在无力与无助的交织中，默默地承受着这残酷的一切。

一年两年过去了，三年五年又过去了，两位老人带着轮椅上的孙子，相伴着从屋顶飘向山顶的那股断断续续的炊烟，过着极度艰难的生活。

昨天，从贵州转战到鄂西北某建设工地的刘队长，已是官至县处级职务的分公司经理。当时鄂西北这个高速公路项目从黄家湾擦肩而过，只占了杨保子家里的两分多地。面积最小，杨宝子一听见"高速公路"这几个字，心里就滋生了抵触情绪。征地拆迁工作迟迟不能往前推进，刘经理在碰头会上调查得知，原来是一个生活不能自理、走路靠轮椅的"瘫子"挡住了他们的施工进度。于是，刘经理先是痛骂手下无能，后又拍胸亲自上阵，声称越是艰险越向前，自己必须以身先士卒之态，坚决拿掉这个让他嗤之以鼻的"钉子户"。

会议之后，刘经理开着丰田越野，带着几个彪形大汉，直奔黄家湾杨保子家的那个山顶。

"哪个是杨保子？！"刘经理大声问道。

"我。你是哪个？"杨保子手转着轮椅，从屋里走向屋外，反问道。

"你不得了哦，竟敢阻挠国家建设，拒不腾地和拆迁，老子今天非把你整服帖不可！"

刘经理气势汹汹、不可一世的样子，简直像是要把杨保子吃掉。

杨保子定神一看来人，不禁吃惊地问道："你不是刘队长吗？"毫无疑问，杨保子认出了他。顿时放声大哭起来："老天爷啊老天爷，您真是长了一双眼啊，今天终于把这个良心被狗吃了的畜生送到我家门口来了啊。老天爷呀，我现在就到厨屋里把薄刀架到我的脖子上啊，这个姓刘的王八蛋不给我这个残疾人解决安然，我干脆就死了算了啊！"

杨保子使劲用手把轮椅转了一个身，在厨屋里的案板上拿起薄刀毫不犹豫地放在了自己的脖子上。刘经理见势不妙，赶紧扑通一声跪在地上，连连求饶：

"小爹呀，小爷呀，你千万莫走这一步啊，请你气平一平，怒忍一忍啊，咱有事好商量！"

在对面山坡上砍柴的爷爷奶奶听到门前狗叫声和杨保子的痛哭声，感觉

出了什么大事，拼着老命向家门口方向跑来。在越来越清梦的声音中，老两口意识到这一帮人绝对不是什么好人。待走到门口弄清真相后，杨保子的爷爷顿时火冒三丈，顺手拿起一根木棒朝跪在地上的刘经理抢了过去："老子今天和你这个畜生拼了，你还老子的孙子啊！"

刘经理带来的那几个彪形大汉顿时吓得直打哆嗦。老乡们见状，生怕闹出人命，经过一再劝说和阻拦，才使杨保子的爷爷停下手来。

次日，刘经理谁的麻烦也没找，不声不响地住院去了，他派了几位会说话的女子，带来了昨天答应赔偿的40多万元，交到了杨保子的手里……

杨保子失去了行走的自由，尽管这些钱不足以弥补他经历的那些苦难，但是在他的新房子无法建下去的当下，却给了他一定的安慰。

村干部们这道过不去的坎，现在终于迈过去了，后面的路，该怎样走，他们有信心也有顾虑。因为他们知道，"人有悲欢离合，月有阴晴圆缺"，万里晴空、霞光万丈的背后，也会有暴风骤雨、冰天雪地。

今后的路是必须走下去的。他们做好了所有的准备……

二十二

黄家湾第三批次人居工程开工时间定在2022年10月1日。这天，"两套锣鼓一起打"，公路建设、渠道硬化和人文景观布置同步进行。1个文化广场、30面文化照壁和4个进出口牌坊、1个湿地公园和1个森林公园踏着人居工程的节奏正式开建。

研究室的李主任受县委书记的委托，特意赶来出席开工剪彩仪式。在这个仪式上，李主任宣读了彝水县发展农村文化旅游项目的十条优惠政策。

李主任宣读的文件上说，为了打造全域旅游升级版，彝水县出台了高质量发展"黄金十条"，在重大农村文化旅游项目落户、农村文化旅游企业提档升级、创建名副其实的农村文化旅游品牌等十个方面给予各镇各村真金白银的政策支持。

郭元波的建筑公司头一天就知道了县里出台"黄金十条"这个文件的信息。到了晚上，他们按照之前与黄家湾签订的合作开发框架协议和《黄家湾自然景观与农旅项目规划设计书》，连夜组织人马，像一支奔赴战场的部队，以迅雷不及掩耳之势，于这天掀起了黄家湾农村文化旅游项目大干快上的高潮。

郭元波说，他必须兑现"保成本，保税收，保人头工资，不赚一分钱利润"的承诺。在黄家湾人居工程建设税收以奖代补和县里发展农村文化旅游项目奖励资金还没有到位的情况下，采取"带资建设，稳步推进，验收结算"的先行方式，努力实现黄家湾全部人居工程建设与自然景观农旅文化项目建设同步竣工。

现在的李主任，内心充满成就感。他有充分的理由相信，再过几个月，到了明年春暖花开的季节，黄家湾的美丽乡村建设成果和农村文化旅游景区，将会呈现出一派勃勃生机的繁荣景象。

他现在与黄会说和张墨已经是随时可以联系的老朋友了。这时，他站在轰轰烈烈的施工现场旁，接通了黄会说的视频电话。他像一位解说员，一边展示施工场景，一边口述施工内容。顿时把黄会说和张墨带入了施工现场。

现在，黄会说面对家乡日新月异、欣欣向荣的变化，不得不感恩于国家政策、智慧集中与力量迸发的使然，把原始意义上的乡愁之感量换成了莼鲈之思和欣欣得意的心境。他由衷地庆幸新时代"天时地利人和"的情景与状态了。很久以来，先祖和父辈们面对过太多的生活难题。他们脸上曾经挂着两行辛酸的泪，手里曾经拿着一本难念的经。当时的景象，让人感到他们的

浑身上下全是痛，似乎让人看不见猴年马月才是他们的出头之日。无奈的呐喊与呻吟，有时候真的会震撼苍穹、回荡山谷。但现在，勤劳的秉性、抗争的骨气和勤俭持家、耕读传家的良好家风正在逐步改变他们的命运，顺运绽放的姹紫嫣红的乡村之花，让他们拾回了丢失已久的人格和尊严。

黄会说说他天生热爱并沉浸于农民这个群体的劳作中。他们的勤劳、他们的互助、他们的胸怀和他们幸福而称心地活在自己精神世界的境界，犹如一道道亮丽的风景，不停地催着他去欣赏。目不暇接的场景与画面，给了他数不清的痴迷，太多太多的陶醉简直让他醒不过来。

他还说，作为一名生长在乡土生活气息浓郁和拥有乡村生活经历的黄家湾人，每当随处可见的乡村小伙与城里姑娘的婚姻、农民分布城乡的多处住所、农民与城市居民衣着的同一性、乡村放射状的超市与货币支付的数字化、"快递小哥"在田间地头和房前屋后穿梭，以及他们的风格各异、带有异域风情的四合院和他们对现代生活品质的认知与追求，就等于翻开了一部风云变幻的乡村文明史。特别是他每次回到黄家湾，于山岗上、丛林中，于小河边、杨柳下，于农舍间、篱笆旁，还有在芳香的泥土里、烂漫的山花里、飘散的炊烟里，以及开怀的笑声里和开朗的面孔里，伴随着与城市市井截然不同的浪漫时光，放足于广袤无垠的乡村大地，迎送这里头的每一寸光阴，就像打开嗓门儿，对着太阳、月亮和星星，唱颂高亢嘹亮的时代歌声。

张墨告诉黄会说，为黄家湾的建设出一份力将成为他人生中抹不去的记忆，成为他人生档案里的精彩一页。

说着说着，知识分子的特有冲动，把他的思绪代入另一种意境，他低声吟起现代诗人冯至的《我是一条小河》：

我是一条小河，

我无心由你的身边绕过

你无心把你彩霞般的影儿

投入了我软软的柔波。

我流过一座森林，

柔波便荡荡地

把那些碧翠的叶影儿

裁剪成你的裙裳。

我流过一座花丛，

柔波便粼粼地

把那些凄艳的花影儿

编织成你的花冠。

无奈呀，我终于流入了，

流入那无情的大海

海上的风又厉，浪又狂，

吹折了花冠，击碎了裙裳！

我也随了海潮漂漾，

漂漾到无边的地方

你那彩霞般的影儿

也和幻散了的彩霞一样！

黄会说也被打动了。

他情不自禁地轻唱起来：

绕过高山穿越大漠，

征途上还有无尽的跋涉，

不说道路坎坎坷坷，

酸甜苦辣都是歌。

没有湖泊的平静清澈

没有山泉的亮丽景色。

只有春风荡起的浪花朵朵，

我是草原上的一条小河。

山川给我跳动的脉搏，

阳光给我青春的光泽。

我的生命奔流不息，

远方的大海呼唤着我。

山川给我跳动的脉搏，

阳光给我青春的光泽。

我的生命奔流不息，

远方的大海呼唤着我。

《我是一条小河》这首老少皆宜的通俗歌曲，几多浪漫，几多情怀，抒发着对大地的热爱，对家乡的眷恋。

二十三

黄家湾。

进入腊月了，丁香的新房子进入最后一道工序。昨天安装了门窗，今天开始室内的粉刷和室外建筑垃圾的清运。

丁香原本不叫这个名字，也不是出生在黄家湾。她多舛的命运，一切都

是从她的父母把她过继给她的姑父母的那一天开始的。

姑母是丁香父亲一母所生的姐姐，膝下无儿无女，在丁香不到两岁的那年，丁香的父母在姑母的再三请求下，把她过继给了姑父母。父母晓得，姑父母的家，是黄家湾的中上等家庭。姑父与人为善，乐于助人。姑母是解放前打鬼子的儿童团成员，解放后又在黄家湾担任妇女干部。老两口德高望重，为人处世有口皆碑。所以把丁香过继给他们，丁香的父母一千个放心，一万个放心。

30多年前，丁香和田猫子结婚的第四年，田猫子就撇下她和两个咿呀学语的儿子扬长而去，从此不见踪影。这些年来，她这个单身女人，用自己的柔弱身躯，挑着抚小养老的重担，苦苦地撑着"为母则刚，为儿则孝"的这片天地。她在一天一天地望着儿子长大的过程中，为两位老人养老送终。之后，她完成了把两个儿子从小学送到大学，再从大学送到沿海打工的一系列的使命，然后一个人住在两间土坯房里，默默地过着只有自己跟自己说话的孤独生活。唯一期盼的，是两个儿子的成家立业和抱养孙子的天伦之乐。

黄亮子、黄旺子和丁香是差不多的年龄，他们自小一起玩耍，一起上学。那时候，黄亮子知道她是一个没有兄弟姐妹的独姑娘，又是一个长得咋看咋顺眼的好妹妹，虽然懵懂青涩，但是心里有说不清的喜欢。在丁香她姑父母的那副严肃得吓死人的面孔前，黄亮子不敢靠近她半步。后来，黄亮子在他的父亲走了多年之后妈又走了的岁月里，背着负重的行囊，离开不能为自己遮风挡雨的老家，开始了一场漫长的流浪。打那以后，黄亮子一直倚靠在市井的一角，丁香家里则发生了一个接一个的变故。这期间，他们天各一方，各自走着各自的人生路，不曾打听彼此的消息。丁香再也没有见到过亮子，亮子也再也没有见到过丁香。

春节临近的那天，两鬓斑白的黄亮子带着为父母扫墓的虔诚，从省城赶回老家。

　　这一回，是黄亮子的感恩之旅。父母在世的时候他不懂事，父母去世以后他又奔波于天南地北。如果再像过去一样，只是在遥望中寄托对父母的哀思，他极有可能忘记父母坟墓的具体位置，更难知道父母坟墓上有多少青黄。所以，他在退休之际必须回去一趟，到黄土岗上，给九泉之下的父母叩几个响头，到那条街上，向久违的父老乡亲道一声问候。

　　车行至黄家湾的西头，堆放的红砖挡住了去路。经询问街坊，方知丁香家里正在建新房子。他只好掉转方向，选择绕行。

　　黄亮子的父母分别是在50年前和40年前走的。除了乡愁和儿时的记忆，那里早已没有了生他养他的那个家的影子。按照童年伙伴黄旺子事先在微信上发给他的位置和路线，黄亮子径直把车子开到了黄旺子的家门口。

　　旺子说："我估计你今天走了一截冤枉路，之前忘了跟你说丁香娃子正在盖房子的事儿。"

　　"是的是的，我一走湾子的西头，就看见了堆放的一些建筑材料，然后才掉头绕行过来。"亮子一边回答旺子的话，一边坐在了旺子的爱人摆放在门前场子的椅子上。

　　"哎呀，莫说起，人都是命啊。丁香娃子真是命苦，先是从小离开了自己的爹妈，跟着她的姑爹嬢嬢当女儿。后来长大了，为了养活两位老人，留在屋里吃老米。哪晓得跟田猫子结婚了，他们两口子硬是搞不上架，最后实在过不下去了，只好一离了之。现在她把两个儿子盘到二十好几了，结婚要钱，盖房子要钱，过得好不容易啊！"

　　说起丁香的遭遇，就自然想到了田猫子。亮子知道他是住在田家湾小山丘那边的一户人家的小儿子。这一家子算得上那一带受人尊重的人家。两位老人不惹是非不欺穷；田猫子头上的一个哥哥和两个姐姐本分实在又听话；娶过来的嫂子贤惠得人见人夸。大姐嫁了一个会赶牲口的姐夫哥，改革开放以后卖掉了马匹，买了一台拖拉机搞运输。二姐长得好看，爹妈硬是舍不得

她嫁出去，在她的哥哥已经娶了老婆的情况下，却不嫌多余地把她留在家里"吃老米"。亮子打小就认得田猫子，帅气的长相里多了几分机灵，近乎憨实的骨子里夹着一些固执。在他平时的言行举止中，明显看得出他对农村生活没有兴趣。也看得出来，他想走出世代以来赖以生存的田家湾，向县城靠拢，融入城里人的行列。也想走南闯北，去当一个驰骋商界的生意人，不想守着田地，种着五谷过日子。到了谈婚论嫁的年月，了解他们的媒婆，让这对看来十分般配的青年男女走到了一起。时间不长，田猫子和丁香的姑父母便产生了思想观念上的冲突。一方是活跃开放、脑袋里装满了花花世界的女婿，另一方是安分守己的岳父岳母，磕磕绊绊地过着不够舒心的日子。丁香夹在中间，只能对丈夫一忍再忍。一天，心高气盛的田猫子狠下心来，以结束婚姻的方式，给了丁香致命的一击。丁香的姑父母一边接受无情的现实，一边劝着丁香"与其和一个指望不住的丈夫过着心里抻不长的日子，不如自己带着儿子往后看"。丁香听了，觉得所言极是，就这样，淡然地送走了一个个春夏秋冬，在孤独无助的状态下，过着属于自己的年年月月。

"你们平时帮过她没有？"

"帮个啥子啊，根本不敢帮。"旺子停顿了一下，为难地望着亮子说，"她的两个儿子常年在外头打工，她平时一个人在家里，假如我去了，会说不清的。"

"有什么说不清？"

"你不晓得湾子里那几个人的脾气啊，说话不打草稿，好事不出门，恶话传千里。无根无影的事，他们能说得水都点得燃灯。那些疯言疯语的唾沫，有的时候恨不得把人淹死。话再说回来，别人原来把丁香娃子给我介绍过。其实当时我跟老婆子的恋爱谈得已经快结婚了，那时候也只是提了一下，后来被别人当成笑话传出去了。这些年碰见她了，话都没敢说上一句，生怕别人捕风捉影，搞得我们两口子不得安宁。"

旺子一股脑儿把他的难言之隐对亮子说了个透，亮子听了觉得有些道理。

"干脆这样子，你、我、商生，还有豁牙子约好了一起去帮一下她，即使别人看见了，也不会说三道四。"亮子说。

徐商生跟李豁牙子是丁香的邻居，他们从上辈到下辈，从没产生过任何隔阂。要说去丁香家里，最不会引起是非的，恐怕在黄家湾只有他们两个。

"这倒是个办法。不过……"

旺子欲言又止。

"不过什么？你说说看。"

"约着一起去可以，但是有几个人的思想一定要搞通活。"

"哪几个？"

"第一是我的老婆子。这个事情应该在她面前打开天窗说亮话。我们每个人平均出多少钱，或者帮什么忙，一点点也不能瞒她，并且最好叫她跟我们一起去。"

"还有呢？"

"第二就是跟丁香娃子离婚几十年的那个田猫子。莫看他撒手不管，跑得远远的跟别人结了婚，但就怕他吃着碗里看着锅里，到时候晓得了，当心找我们扯不完的筋。"

"那怎样联系他？"

"估计联系不上。可以叫他的姐姐参加，一来证明我们不是打歪主意；二来一旦他闹事了，叫他姐姐出来摆平。"

"这个主意好！"

"还有，就是你的老婆子。她是城市里的人，防怕她小肚鸡肠。"

"那倒不会，这方面她还好。"

"反正我弄不清你们两口子的底细，插不上嘴，你自己把握好。"旺子一本正经地说。

"按照你说的这些意思，看能不能这样分工：由我当着你们两口子的面，把去帮丁香娃子的事，毫不避讳地说清楚，最好让她跟我们一起参加；再叫丁香娃子把她那个姑子叫过来，让她知道我们的真实意图；我呢，叫我爱人也过去。然后每家送500块钱，怎么样？"

"可以是可以，但是你是拿工资的，条件比我们好一些，干脆你送1000块，我们几个送500块。"

旺子说的时候，似乎没有商量的余地。亮子觉得符合情理，就满口答应了。

当晚，亮子和旺子他们各执其事，分头去理顺那些头绪，不想节外生枝和出现不愉快。

不料，亮子在做旺子爱人的思想工作时，竟然简单极了。她非常通情达理地说："你看，现在我们都快是60岁的人了，你们年轻时的那些小故事，早已是陈年旧事了。现在人家生活艰难，我也是个女人，一听到她的事，我就心疼。你们莫担心，到时候我跟你们一起去安慰我这个可怜的姐妹。"

经她这么一说，大家心里一亮，顿时被她佩服得五体投地。

第二天一吃过早饭，大家把凑起来的钱一齐交给了亮子。他们不想路贸然到丁香娃子家里去，在东门外的王厨子餐馆订了一桌饭，等一会儿了，把丁香娃子请过去。这样，既不会让丁香娃子感到唐突，也不会招来闲言碎语。

后来，事情进展得还是比较顺利的，果然不算为难地把丁香娃子请到王厨子餐馆。

他们坐在那个简陋的小包房里，气氛有些沉闷，大家的神情怎么也无法轻松地表现出来。

丁香心里好像明白大家今天的意思，亮子代表大家刚刚说完，她就接过话茬：

"你们今儿这能把老天爷感动得流泪的搞法，是不是想眼睁睁地看到我痛哭一场啊？不过我不会哭的。这些年来，不管日子怎么难过，我都没有流过一滴眼泪，更何况我面前的千条沟万道坎都已经迈过去了。现在儿子长大了，也快成家了，楼房已经建得差不多了，下一步就是享福哄孙子了。我领受兄弟姐妹们的好心好意，你们今儿给我送来的温暖，比六月间的太阳还扎实。我现在什么也不差了，假如今后遇到别的困难，我再找你们帮忙！"

丁香说的这番推心置腹的话，听起来很是坚强自然，但是，就在她起身离开这里的时候，亮子和旺子他们看见她忽然低头又匆匆抬起衣袖的那一刻，却感到她的心里装着诉不完的委屈；还有，那双从未向不公乞求过的眼睛，好像滴落着泪水……

不管怎么说，丁香的房子现在盖起来了。他们都感激黄会说、村委会和美丽乡村建设的政策给丁香带来的变化，默默地祝福她在以后的日子里过得越来越好。

黄家湾村委会。2022年腊月二十一。

网格员突然接到一个炸雷一样的消息：

李保田在去县城购买装饰材料的路上，发生了交通事故。他骑着摩托车，不料一辆大货车超车之后在他的前面来了个急刹车，导致李保田直接钻进了大货车的屁股后头。路人看见，赶紧围上前去，只见面目全非的李保田躺在那里没有了动弹。待交警和救护车赶过来，身上和地上的血已经凝固，断定他当场就走了。

李保田的家发生了塌天的大事，这与"浓霜尽打在快茄子上""黄鼠狼咬的尽是病鸭子"没有什么两样。房子盖起来了，三年付清工程款的钱还得靠明年和后年去挣。房子快装修好了，还没有来得及享受一天的生活。家家户户都在准备过年的时候，这个家又一下子失去了养家糊口的顶梁柱，现在

怎么办，明天怎么过，全村的老老少少都傻了眼。

黄开运是在第一时间把这个噩耗告诉黄会说的。哑巴妻子也赶到李保田家里去守着他的爱人，用无声的安慰缓解她的极度悲痛。

月儿在一旁听见了这个不幸的消息，待两个孩子入睡，悄悄地把黄会说拉出卧室，在客厅里详细地询问着来龙去脉。

黄会说说，怪只怪建房子这件事太分心了，小户人家什么都得精打细算，能省一分是一分。骑着摩托车的保田叔如果不是大脑静不下来，没有想着七七八八的事情，就不会发生这么惨的交通事故。

"那怎么办？"

"这还用问？亡人入土为安是一码事，事故责任划分是另一码事。当务之急是办理丧事。保田叔家里没有兄弟姐妹，保田婶又处在万分悲痛之中，两个孩子一个上高中，一个上初中，现在他们绝对是六神无主的。"

"那怎么办？"月儿又问了一个怎么办。

"我刚才在电话中跟父亲说了，让他在黄家湾周围找一个"一条龙"的班子，安葬的安葬，办招待的办招待，整个费用也不过3万块钱左右，这个钱由我们先垫着，交给村里黄副主任负责管理和开支。在我看来，这个事故如果是大货车突然刹车，导致保田叔的摩托车追尾的话，保田叔家里可能会得到一笔像样的赔偿。如果不是这回事儿，后面的情况就比较糟糕了。事故调查估计需要十天半个月的时间，结果出来以后，看双方的责任究竟是怎样划分的。如果全部责任或大部分责任在保田叔身上，我们垫付的这笔钱就算了，等两个读书的弟弟长大了再说。"

"情理相融，入情入理，你说的这些很管用！"月儿分析，"保田婶现在肯定接受不了这个现实，哭得像个泪人。这时候该去帮人家一把，这会比冬日暖阳还要温暖。不过这几天得辛苦父亲了。等一会儿我给我爹妈也打个电话，让我妈过去陪陪保田婶，多个说话的人，免得在悲痛里走不出来。今

天晚上你就把钱打给父亲。多打一点，有些开支预料不到，宽打窄用不至于着急。"

黄会说按照爱人的意思，在手机上给父亲转了4万块钱，并告诉了他和月儿商量的意见，说有什么特殊情况再联系。

黄家湾这几天真的是祸不单行，李保田的丧事刚办完，一个丢人现眼的消息传遍了黄家湾。

昨天晚上湾子里的人听了，没有一个人说黄改常不该死的。

那天，在县城当了一个领班的小工头，并且租住在县城龙腾小区A栋一单元13层的黄改常，是从这个单元楼上的14层掉下去摔死的。当时他无路可逃，选择了从14层打开窗户翻越到他住的13层。殊不知，他在惊慌失措之中乱了方寸，所以，他掉下去的时候连哼都没有来得及哼一声，就一命呜呼了。

回过头来看这件事情，其实黄改常从13层到14层去偷情，他和那女人是完全商量好了的。他们前前后后偷情已达1年之久，每次经过一番严谨而神秘的合计，偷起情来，那简直是一千个放心、一万个畅快。这一次，楼上的女人又眉飞色舞地告诉他，说她那个在沿海打工的男人这个黄金周因为加班赶任务不回来了，老板表态在春节放假期间一并给予考虑。黄改常听了，心中那团熊熊的烈之火一下子像冬天的干柴一样燃烧了起来，于是微信发消息，定于腊月二十五的傍晚到女人家里去。

女人的男人本来已经一再地说他这次是不会回来过年的，女人对此不够放心，她又专门进行了反复确认。直到她认为板上钉钉了，才兴奋无比地把这个消息分享给了黄改常。黄改常心里再清楚不过了，楼上的女人是一个有事闷在心里、和他偷情偷得滴水不漏的人，虽然每次偷情没有出现过任何的纰漏，但是为了慎重起见，他还是在问了又问、稳了又稳之后，才放心地做出了让他们"疯狂一场"的决定。

那天下午，黄改常先是理发刮胡子，后是洗澡换衣裳，跟过年一样，显得格外风光和潇洒。傍晚时分，黄改常如约而至，一进门便是一阵急切的拥抱。他们虽然只有一层楼之隔，但碍于家人和邻里的目光，不得不忍着折磨，那昼夜不眠的相思之苦和翻腾难平的万千思绪，常常只能使他们在相遇时，通过一个个心领神会的眼色和深夜里的一个个相拥相爱的梦境，感受相聚和拥有的美丽心情。这一刻，他们的一切愿望都实现于眼前，一切欢快都浓缩于零的距离。他们愉悦极了，在游离于妻子与丈夫之外的海洋里，把庆幸变成了骄傲和自豪。若不是床的结实和楼层隔音效果的优良，若不是傍晚噪声的覆盖和楼栋炊具的鸣响，黄改常和女人在偷情过程中所发出来的叫声，不光左邻右舍，恐怕连整栋楼的人都会听得见的。

砰，砰，砰。门，突然被敲响了三下。这对偷情的男女立即竖起了耳朵。

紧接着又是三下。

黄改常以迅雷不及掩耳之势，连忙提着裤子，看着女人。

女人指着卧室窗户，示意他从那里翻下去。

黄改常唯命是从，连连点头。

"点你妈个腿，赶快给老娘翻下去！"女人压低嗓门儿，在痛骂中指点着黄改常。

黄改常唯恐被发现，就在毫不迟疑地翻过窗户的那一刻心惊肉跳的，身子顿时失去了四肢的支撑，从四五十米高的楼层坠落在了地上。

女人并不知道发生的这一切，她的男人敲了两遍门之后，又转身乘坐电梯把刚才没有拎完的东西拎了上来。待他第三次敲门之后，女人一本正经地迎了上来，一边接过行李，一边问长问短，殷勤地服侍着远道回来的老公。这样一来，一晃便是半小时。处乱不惊的女人情意绵绵地对蒙在鼓里的老公说："你原来说不回来的，我什么菜也没有买，准备简单地过个年算了。没想到你今天却回来了，我现在去超市买点像样的菜，晚上把我老公好生慰劳

一下。"老公听罢，很是感动。

女人出门，坐着电梯很快到了一楼。在她心里，说是去买菜，其实是想知道黄改常翻窗逃跑之后的情况。急人的是，无论怎样拨打黄改常的手机，黄改常那边总是没有接听。女人顿生疑惑，到了一楼，发现一堆看不清的黑乎乎的东西，打开手机手电筒，只见黄改常躺在血泊之中……

黄改常死了，这无疑是一种报应。他拥有了他不该拥有的东西，上苍让他用生命的句号圈定了他应得到的结局。

3天之后，真相大白了。那个女人的老公为了不伤及自己孩子的幼小心灵，把被人侮辱的泪水默默地吞进了自己的肚里，息事宁人地为妻子掩盖，准备过了春节，等孩子6月份参加高考之后，再去结束他现在这种在众人面前抬不起头的窝囊日子。

现在的问题是，黄改常跟他的老婆办了离婚手续，在县城和一个女的勾搭成奸，吃着碗里看着锅里"离婚不离家"，不让他的老婆跟别的男人来往。在这次黄家湾的人居工程改造建设过程中，黄改常死皮赖脸地要他老婆仍以两口子的名义把房子建起来。老婆看在孩子的分上就按照他的要求这样申报了。现在家里盖新房的钱是他的老婆东借西挪勉强凑起来的，工程款才付了三分之一。在建房子之前，黄改常大言不惭地撂下了剩下的大头由他年底回来付一部分，到明年这个时候由他全部付清的大话。他这一死，钱打水漂了，又留下了遭人耻笑的丑行。他的老婆说她没脸再活下去了，手里拿着寻短见的绳子、刀子，准备一死了之。村支书派人在他家里守的守，劝的劝，整整一个晚上，黄改常老婆的死心仍然不改。英子这几天跟黄开运夫妻俩一起办完李保田的丧事，听到黄改常老婆的这个情况，二话不说，接着过去做工作。

到了黄改常那个不叫家的"家"，只见建好的毛坯房外面堆着一些乱七八糟的建筑垃圾，被黄改常抛弃的原配老婆像疯了一样目光呆滞地坐在凳

子上，蓬乱的头发在隆冬的寒风里贴在哭干了泪水的脸上。村里黄副主任和几个人围着她，看样子已经没有了语言。

英子一边朝她走去，一边脱着自己的上衣外套，等走到她的面前，轻轻地披在了她的身上。

有人递来一把凳子，让英子坐下。

"嫂子啊，你看你哭得死去活来的样子，这么丢人的男人死了值得你哭吗？"英子开门见山地说，"如果我是你，少了一个一年四季不归家的祸害，一定会谢天谢地，哈哈大笑，少了这个王八蛋，是老天爷帮的大忙，这该多好哇，硬是下跪磕头都来不及！"

黄改常的老婆慢慢地抬起头来看着她，似乎有些醒悟。

"死猪不怕开水烫，让他到阴曹地府再去偷人！"英子又气愤地说了一句。

"妹妹呀，我的脸往哪里放啊？！"黄改常的老婆终于开口了。

"什么放不放？有什么不能放？你自己算一下账，这对你是好事还是坏事？我敢断定，全黄家湾的人和黄家湾以外晓得这个事的人，都会觉得这是一个天大的好事！"英子越说声音越大。

黄改常的老婆绝对把她的话听进去了，慢慢地直起身来，目光不再黯淡，脸上的神色也渐渐好转。

"我还要说嫂子你几句。现在新房子马上就要弄好了，两个孩子一天一天地长大，黄家湾周围的人都在羡慕黄家湾。你放着清福不会享，明摆着的账不会算，钻在牛角尖里不出来，还一把鼻涕一把泪地折磨自己，什么丢人不丢人啊，我看你是傻到天傻到地了。如果你真的想死，只要你愿意把新房子充公，让你的娃子变成孤儿，我们现在都走开，一个也不阻拦你！"

黄改常的老婆听到这里，就势倒进英子怀里，放声大哭。

英子的话像一服灵丹妙药抚慰了黄改常老婆的心灵。在场的人都瞪着眼

睛，觉得在这个节骨眼儿上来了一个大救星……

二十四

　　2023年的春节，黄会说他们没有回黄家湾过年。抱着两个孩子，需要带的物品太多，进站出站实在是很不方便。现在是新年的二月二了，正好两个孩子也已经满周岁。他们回到了黄家湾，那个搞规划设计的同学张墨也带着老婆孩子过来看看黄家湾的美丽乡村建设成果。

　　他们这个时候回到黄家湾，黄开运老两口有些遗憾也非常理解。哑巴妻子比画着说，她经常梦见两个孙子，一周岁的时候回来肯定更可爱。现在他们果真回来了，黄开运把亲家亲家母也接到了黄家湾。四合院里住着大大小小十几个人，其乐融融，一天到晚充满欢声笑语。

　　村支书和几位村干部闻讯来到黄开运家里，怪黄会说没有提前告诉他们。黄会说一再向家乡的父母官解释，一年到头忙得打转转，难得在春节期间好好休息一下，虽然之前没有打招呼，但是今后几天会好好地相聚。这次回来给大家一个惊喜，也算是联络彼此情感的好办法。

　　村支书和几个村干部原本是有想法的，经黄会说这么一说，大家也就自然而然地把思路顺到他那边去了。

　　张墨提议说今天的太阳好得很，可以一起到湾子里边走边聊，看看人居工程、村级公路、渠道硬化和文化类的项目建设情况，在品尝和分享这些来之不易的劳动果实的同时，对发现的有些问题也可以趁早提出整改意见。

　　大家齐声响应，说走就走。

　　路上，大家很是欣喜。

张墨说："随着我国乡村振兴战略的深入推进，各级政府和社会各界都在积极探索如何实现乡村振兴的目标。在这个过程中，村支书作为基层政权的代表和村级组织的领导者，扮演着至关重要的角色。你们既是政府与村民之间的桥梁，也是实施乡村振兴战略的关键人物。从村支书的角度出发，落实好乡村振兴战略是你们艰巨而光荣的任务。"

"书记叔叔，你们现在要想把规划设计师说的这些抓实抓好抓出成效，就得加强自身学习，多操心，多吃苦，搞出别人可以借鉴学习的样子来。这种'样子'，就是我们黄家湾平时所说的'记号'。你们用整整一年的时间做的这些记号，肯定会给两代人、三代人甚至五代、六代人留下抹不去的记忆。

"现在黄家湾的新农村建设已经接近尾声了。在这大半年，对广大村民开展了一系列的思想道德行为教育，我不敢肯定人人的素质都达到了最高境界，但我相信，教育的效果绝对是明显的。这是一项长期性的工作，请村里一定持之以恒地抓下去。现在，村民的居住通行条件和农业基础设施这些硬件虽然都上去了，但不能一蹴而就，抱着枕头睡大觉。因为这不是一件一劳永逸的事，有些关键性的工作需要你们一如既往地抓下去。在农民住好房、走好路的同时，如何引导农民去挣钱、挣大钱，是新时代对村级组织治理能力的严峻考验。"黄会说严肃认真地对村支书说。

"我的侄儿啊，你说的这些高大上的东西太深奥了。我大部分听不懂，听得懂的小部分过一会儿又忘掉了。我还是想麻烦我的侄儿跟你上次写的那封信一样，把你刚才说的这些东西写在纸上。等你们回去了，我在黄家湾慢慢地琢磨，慢慢地学习。"参加陪同的村干部们都赞同村支书的这个提议。

"好哇好哇。等我回深圳了，把这方面的内容整理成一个电子版发给你们，然后再打印一份给你们寄过来。希望叔叔们不要指望一口就吃出个大胖子来，根据黄家湾的实际情况，一步一步地朝前走，走一步算一步，每一步

都走出个名堂来。"黄会说爽快地接受了村支书的意见。看得出来，他自己的一颗心装满了黄家湾发展的前景和希望。

"你每次回来都给我上一堂长知识、长见识的课。我们书读得少，在外面看的也少，思想开阔不起来。一天到晚在村子里转，不是五谷杂粮，就是猪马牛羊。在争取政策和资金支持上也没有什么策略和方法。这一年，黄家湾搞美丽乡村建设，幸亏有你们出主意、想办法、指路子。现在村容村貌变了，村民群众的居住水平提高了，一看见他们笑逐颜开的脸，我就感到荣幸和骄傲。这都是你们给我的运气和福分。村支书说的全是心里话，听起来没有一点虚情假意。

"叔叔，你是黄家湾的书记，我是黄家湾的后代，其实我们都在努力改变黄家湾的面貌。于你们来说，是尽职尽责。于我们来说，是尽心尽力。我们远在天边，动口不动手，说得了干不了，再多的理论也接触不到黄家湾的实际，只能在力所能及的范围内做一些力所能及的工作。而你们却与这片土地终身为伴，在这方水土上繁衍生息。你们像一根纽带，维系着党同人民群众的血肉联系，使党的三农政策在农民手里生根发芽。方方面面说起来容易做起来难，叔叔们还得一步一步地走下去，还得培养后来人接着你们打下的基础干下去。美丽乡村建设是一项系统工程，别看现在大的框架起来了，以后管理维护更新的任务需要环环相扣，常抓不懈。人力、物力、财力需要跟上，一些无法预料的难题还需要你们在充分的心理准备下及时破解。"

不知不觉地走到湾子入口处，张墨望着眼前的一片四合院深有感触地说：

"黄家湾的人可以用勤劳勇敢、踏实本分来形容。如此统一的思想和团结一致的行动，是我没有见过也没有想到的。我还看到彝水县各级干部竟然有如此扎实的工作作风和如此之高的工作效率，这在我走过的其他地方也是少见的。以后我要把我的规划设计业务广泛地拓展到美丽乡村建设当中去。

把黄家湾一户一景、一步一景、一山一景、一水一景、一树一景、一处一景的这支万花筒作为农村文化旅游的一个范本，不断进行升华和复制。"他顿时把黄家湾美丽乡村建设的成就化为激励自己的力量，准备甩开膀子大干一场。

黄二狗子是在打扫自家门前场子的时候看见他们走过来的。他一把扔掉手上的扫帚，跑过来紧紧地抱住黄会说，惊喜地问："我的亲侄儿子啊，你啥时候回来的呀？"村支书向他做着解释，提醒他带着大家到他屋里看看。

黄二狗子一阵好好好，是是是，礼貌得不能再礼貌地把他们引进了屋里。

现在的装饰材料都讲究环保，黄二狗子屋里的墙体和家具闻不出一点点不好的味道。

乡下人装修房子崇尚简单大气，不喜欢花里胡哨。所以二狗子放弃了吊顶。乡下人常年跟土地打交道，灰大泥巴多，所以二狗子在一楼的地板上专门采用了水磨石工艺，旋转的楼梯间和二楼铺装了品牌的复合木地板。室内的家具家电都是全新的，从每个房间上方的风口来看，二狗子安装了一套冷暖两用的中央空调。

黄二狗子说，现在住在新建的四合院里，家里什么东西都淘汰了，唯独两样没有换。村支书问是哪两样。黄二狗子一本正经地回答，一是前年才买的大电视机，还是好好的，一点也不落后，没有换。大家竖起耳朵听他往下说，他就忍着不吭声了。黄会说有些着急地催问了两遍，他才笑嘻嘻地说："二是你的婶婶我还没有换。"

"换你个腿！给你三个胆子也不敢！"黄二狗子的老婆边笑边说地揪了一下他的耳朵，惹得大家哄堂大笑。

走出黄二狗子的家，不远处便是李大个子和黄满仓住的屋场。两栋并排而建的新房，一栋四合院和另一栋四合院相得益彰地矗立在那里。这两家人

从窗子和门口看见一群人走过来，断定是黄会说他们，一窝蜂地跑了出来。上烟，打招呼的男人女人们高兴得恨不得蹦起来。

"你们的老婆娃子呢？"李大个子问黄会说和他的同学。

村支书接过话："他们两个人的爱人和孩子都在你开运哥那里，我们是来陪他们走走看看的。"

"还有谁呀？谁在陪他们？"李大个子又问。

"你开运哥的亲家公和亲家母在陪他们。"村支书回答。

"刚好我今天过生日，又是我的农家乐餐馆试营业的第一天，中午和晚上准备的是四桌菜，干脆把这四桌合到一起放在中午搞，请他们都过来，另外把二狗子和黄油子他们也喊上。我现在就打电话。"

李大个子说打就打。二狗子和黄油子一呼即应，两个人爽快极了。

黄满仓说这样好得很，今天李大个子搞，明天他来搞。

李大个子叫黄满仓开车多跑几趟，把开运两口子、亲家母亲家公还有月儿和双胞胎，再加上张墨的老婆孩子一个不少地都接过来。

黄满仓扭头就去开车，直奔黄开运的家。

总共没有20分钟的工夫，一拨一拨地接过来了。

他们参观了李大个子和黄满仓的房子，又来到外面看四处的环境。

李大个子和黄满仓的门前是个一左一右的"Y"字形的三岔路口。左右是新建的两个文化牌坊，牌坊的位置不同，但是上下联刻着同样的文字：

大道至简幸福路
美丽乡村黄家湾

中间是一块很养眼的照壁，照壁上用楷体写着：

翻过百步梯

拥抱兰草园

其实乡下的花，在一年四季的时光里，不管它们有名无名，也不管它们花期短长，它们婀娜多姿的神态，比《桃花源记》里遍地的桃花不会有丝毫的逊色，山上山下，房前屋后，姹紫嫣红的，黄白淡雅的，多得随处可见，甚至令人眼花缭乱。

乡下人从小到大看惯了漫山遍野的花花朵朵，以往他们无意去触摸这些与温饱冷暖无关的浪漫，平常岁月中一直背负着生活的重担，压根儿没有去用心感受过。无论春夏秋冬，还是风雨霜雪，任凭烂漫的山花年复一年地沉寂在不屑一顾的视线之外，一种习以为常的视觉麻痹，让流动的血脉消退乃至丧失了对花花朵朵的敏感。

现在黄家湾拥抱着满山遍野的优质蕙兰，打造了1000多亩的"原种野生兰草园"。常年生活在大都市的人们没有不喜欢的。黄会说打内心里感激他的同学的借鉴与创造，将"一径九花、一品九命"的中国兰，以丰盛祥和与高贵雍容之态，装点了黄家湾的秀丽山川。今后来到黄家湾的人，走在不宽不窄的林间小道上，一定会在蓦然回首的一瞬间发现这山野的无限美好。还有那些善于吟诗作赋的文化人，一旦看到这个别致的场景，肯定会陶醉于眼前兰草园的诗情画意中。

两户人家对牌坊和照壁建在他们开门可见的位置一直心存感激。他们说，类似这样的地方过去不是堆着垃圾就是长着杂草，现在是乡村旅游的文化设施，把他们这里的环境美化得恰到好处。

现在人到齐了，离吃午饭还有一会儿时间，黄满仓建议大家在这三个地方合张影，争取年前冲洗放大装裱，挂到客厅的醒目位置。

这个建议当然很好，大家说照就照。张墨当即取来自己的专用相机，观

察了一下头顶的阳光，先是让20多个老老少少站立在牌坊的空白处，拍下了"见字亦见人"的美丽画面。接着又以中间的照壁为背景，把幸福的一瞬装进了镜头里。

没过一会儿，李大个子的老婆大声呼唤准备上菜了，催着他们赶紧进来就座。

刚刚入席，黄满仓突然提议，请黄会说和张墨给李大个子的农家乐取个名字。

李大个子听了大喜，赶紧提醒大家安静下来，免得影响他们的思路。

黄会说和张墨彼此相望。一阵思索之后，两人同时开口："香、客、来！"

几个村干部相互呆望，听了这个名字还没有找到感觉。

李大个子不解，左右环顾一番后看着大家，意思是等着给这个名字说出一番大吉大利的解释。

村支书猛地回过神来："哎呀！两张不同的嘴，说出同样的话。正宗的文化人真是不得了哇！"

大家都看着他，黄满仓不解地问是咋回事。

村支书掰着指头："你们给我听好！"

大家心急如焚，催他快说。

"一个名字等于四个名字，四个都是好名字。"村支书掰着自己的手指头一个个地数，"香客来、客来香、来香客、客香来。完全可以'转转用'，咋转咋舒服。这个名字用一百辈一千辈都不落后。李大个子今儿算是逮住了啊！"

全场的人听了，把羡慕的目光一下子集中到了李大个子的身上。

李大个子确实高兴，他抬起屁股，直起身子，一下跳在凳子上，大声地说：

"现在都不要说了，我来说！"

村支书知道他平时是个家喻户晓的炮筒子，也知道他现在高兴得不说嘴发痒，干脆让他畅快地说个够。

"我不是吹也不是巴结，我说的是心里话。'香客来'这个名字是喝了一肚子墨水的两个博士为我取的，也是我们村干部为我挣的。现在我们黄家湾的牌坊、舞台、文化墙，还有寒冬腊月的村民们坐在太阳下面看着堰塘里枯荷叶拉家常，完全是一幅不需要笔墨纸张的天生图画。

"现在走出去太有面子了，浑身上下都溢满了幸福。自从自己家里开始建四合院，村里大搞美丽乡村建设后，我们村里的环境有了翻天覆地的变化。院子不是扫干净的，而是拖把拖干净的。各式各样的竹篱笆跟自然长出来的一样。随手一拍，发在网上，天南地北的人都在称赞。今年稻花香麦浪滚的那一阵子，一些胡子比头发还长的摄影师拍都拍不够。这个面子是会说他们送给黄家湾的，书记和全体村干部又代表黄家湾送给了我们家家户户。我们黄家湾的每个人都要记住这笔恩情账，用好好劳动、好好发家致富的实际行动来报答为我们创造幸福生活的所有恩人！"

在场的人都同意他说的这些，点头的点头，鼓掌的鼓掌。

村支书以为他说完了，刚开口说出"开席"二字，不料李大个子用力把桌子一拍：

"莫慌，还没有说完！"

大家只好把正拿起的筷子放回了桌子上。

李大个子说他家里现在红红火火，开的农家乐，种的樱桃树，一年四季赚了这钱赚那钱；还有田里长的绿豆、黑豆、红豆、大豌豆，山上点的木耳、花菇、黄丝菌、牛肚菌、羊肚菌，都是农贸市场和超市里的抢手货。

李大个子还觉得现在村里的风气跟过去大不一样，黄家湾美丽乡村建设往前搞一步，村容村貌就往前提升一步。"'村村响'的广播，随时响在耳

朵旁边；村里的微信群从早到晚把大家搞得乐呵呵的；那些宣传小册子让我们随时接受教育和帮助。大家不信回过头来看一看，黄家湾的每一个人，都在讲文明礼貌，把过去的一些不三不四的坏习惯甩到了九霄云外。我们现在住的四合院，八辈子加起来也没有现在好。不是我吹大话，我的爷爷奶奶和我的爹妈他们做梦也没有想过。"

李大个子骄傲地说了一大通，大家越听心里越舒服。

这时，村支书神采飞扬，挥起大手：

"不说了，要说，等县委书记和李主任他们来了，你给我架起高音喇叭喊破嗓子使劲说。来，现在搞酒！"

于是乎，欢声笑语，菜香酒香弥漫……

中午时分。

县委书记看完几夹子文件，拎起电话问政研室的李主任在哪里。李主任说，老婆把饭做好了正准备吃，个把多月没有在家里吃顿饭了。县委书记说算了算了，你在家门口等着，我们马上到黄家湾去。

李主任觉得时间太仓促了。他不清楚之前是否通知过黄家湾，也没有问还有哪些人参加。跟老婆简单地招呼了一声，直接往楼下走去。

县委书记是农民家庭出身的干部。他从临时工开始干起，一步一步地成长为镇党委书记再到县委书记。这么多年来，他一直在彝水县摸爬滚打，经历了计划经济向市场经济转轨的全过程。在工作实践中，用自己的本心，跟农民建立了深厚的情感，脚踏实地、说干就干的工作作风在全县上下有口皆碑。

有一次，他在大会上讲，新时期要有新时期的思路和方法。因循守旧解决不了新问题；不跟基层干部打成一片是不可能调动积极性的。在实际工作中，不管出发点好到什么程度，但方法简单、作风粗暴的那一套是绝对不可

取的。

李主任站在路口边等边想，估计县委书记现在想去黄家湾，开启一次慰藉心灵之旅。

车子来了。

李主任二话没说，直接坐在了前排。

"书记，现在已经12点30分，您看我们中午在哪里用点便餐？"

"路上就不考虑这个问题了。农村的饭吃得晚。我们到黄家湾了遇饭吃饭。如果碰不见，遇不到，我们就在村里转一转，看一看，在老百姓家里坐一坐，聊一聊，好好享用一顿精神大餐。你说怎么样？"

李主任深表同意。

50多里的车程，全是柏油路和水泥路。他们大约大半个小时便到了黄家湾的村口处。

车子刚刚停下，正在外面打电话的黄油子，看到一辆高级轿车，顿感不是一般的来头。他扭头跑进屋里，火急火燎地喊道：

"快点出去，快点出去，来大官了！"

闹哄哄的场面突然静了下来。

"怎么回事？"村支书吃惊地问。

"1号车，1号车，绝对是县里的1号车！"

"在哪？"

"停在门口，人刚下车！"

容不得多说，喝酒吃饭的人一窝蜂地挤出门去。

"老乡们好啊！"听见屋里的嚷嚷声，县委书记干脆往里走去，在门口跟他们碰了个正着。

村支书之前见过县委书记和李主任，但他现在不敢相信自己的眼睛。对自己面前的这两个大人物，激动地大声嚷道：

"哎呀我的个书记和主任呀，怎么会是你们呀？！"

"今天中午刚好有点时间，突然想来黄家湾转转。"县委书记平易近人地说。

"您真是稀客啊！咋硬是风不吹草不动地叫我们没有一点准备呀！"村支书紧紧握着县委书记的手，侧过身子，无比激动地大声喊道，"会说会说，快过来快过来，你看我们的县委书记来了！"

站在门里头的一群人赶紧闪在两边，给黄会说和张墨让开了一条路。

两个人欣然地跟县委书记和李主任寒暄。

"书记和主任今中午肯定还没有用餐，您看看，我们才进行了一小半，如果不介意的话，请两位领导加入我们的行列，与大家同乐吧！"黄会说诚心诚意地邀请道。

"可以呀，可以呀。农村的饭我吃起来既习惯又爽口，吃得再饱也不胀。我好长时间没有在农户里吃过饭了。"县委书记没有推辞，边说边走到了桌子面前。

李大个子的老婆和几个女人赶紧见机行事，麻利地收拾残碗残筷，拿来两套干净餐具放在上席位置。

"不对不对。两套餐具应该放在这里。"忙乎着的李大个子的老婆见县委书记在跟她说话，心里的紧张和冲动糅在一起，两只脚轻飘飘的，一不留神，咣当一声，滑倒在地上。

"嫂子不要紧吧？"县委书记有些不好意思地问。

"没得事，我们乡下人经得起这些！"李大个子的老婆站起身来，顺手拍拍自己的屁股和大腿，哈哈大笑起来。

插曲过后，县委书记指着上席的位置坚定地对黄会说和张墨说：

"你们两个应该坐在这里，我跟李主任坐在两边陪你们！"

"这可不行。您是彝水县的父母官，除了您和李主任，我们谁也没有资

格坐！"

"不不不，你们为黄家湾立了大功，应该你们坐这里。快坐快坐！"

说着说着，县委书记和李主任连拉带拽地把黄会说和张墨请到了上席位置。

"报告书记，我先说几句行吧？"

县委书记点头。

村支书清了清嗓子，对着那几桌黄家湾的客人：

"从现在起，大家都要斯文点吃，斯文点喝，让县领导亲眼看到黄家湾的人是名副其实的美丽乡村人。"

听了村支书的话，大家都老老实实地坐在那里动也不动。

县委书记看了，推心置腹地说：

"大家不要这样子。现在是生活时间，不是工作时间。咱们除了年龄有大小，辈分有高低，在人格与尊严上没有任何区别。俗话说，拜年拜到二月二。今天拜年还说不上晚。我跟李主任代表县里敬大家一杯，并通过你们向黄家湾全体村民致以新春最美好的祝福，向从这片土地上走出去的华巍公司高端人才、为黄家湾美丽乡村建设付出巨大心血的黄会说夫妇，以及我们的规划设计师张墨表示最衷心的感谢！"县委书记又接着说："今天，我还要借这个机会感谢黄家湾村党支部、村委会的全体班子成员。你们作为党组织任命和村民群众选举产生的最小的官，干着天下最难的事。我在彝水县的干部大会上经常强调这样一个观点，要想考察检验一个干部工作上有没有本事，关键看是否具有驾驭全局的能力、独当一面的能力和决战决胜的能力。现在看来，你们不仅完全具备了这三个能力，而且在大事难事面前干得出人意料。你们是农民的主心骨。你们真的是'一名党员一面旗帜，一位骨干一个先锋，一级组织一个堡垒，一个时期一座丰碑'。说到这里，今天我不知道用什么办法来感谢你们在黄家湾美丽乡村建设过程中做出的特殊贡献，唯

有把这一大杯酒干了。"说完，县委书记一口喝了下去。

在座的所有人深受感动，他们二话不说，端起酒杯，一饮而尽。

放下杯子，张墨按捺不住地向县委书记透露了黄会说两口子的一个秘密：他们打算今年投资200万元为村里捐建一座"美丽乡村博物馆"。

黄会说本来没打算说这个事的，没想到老同学心里装不住事，放出了这个"大炮"。

黄会说看了一眼月儿，干脆把他们的想法和盘托出。

"书记，主任，过年的那几天我们在深圳分析来分析去，想想今年为黄家湾做点什么贡献。最后才突发奇想，就是请我们这位规划设计师将黄家湾在不同历史时期的山川河流、阡陌田野、人间烟火及劳动生产状况和面貌，以绘本再现的形式，真实地描绘出来。这件事做好了，至少可以起到三个作用：一是挖掘和弘扬地域文化，让我们的后代了解他们的祖辈一代一代地在这片土地上繁衍生息、创造幸福的过程。二是向我们的后代传承劳动本色和勤劳基因，培养他们用自己的聪明才智开辟自己的未来幸福之路。三是在黄家湾，形成独有的历史文化生活样本，发挥人文档案资料在坚定文化自信中的作用，实现跨越时空、薪火相传的特殊功能。"

"简直太好了。新时代的知识分子就是具有开创性视野。这是我们在美丽乡村建设中还没有考虑到的事情。你们这个思路，启迪了全县新农村建设的全局性思维。"县委书记接着说，"李主任呀，我们下一步一定要坚持高点建设与档案资政的相互统一，逐步达到'村村有分馆，县里有总管'的要求，让地域文化在'可见的历史'教育中发挥引领和推动的双重作用。对于黄家湾这个美丽乡村文化典型，县委政研室要加强'乡贤能人'这个课题的深入研究，让这面红旗在全县高高飘扬！"

李大个子和黄油子他们虽然不能准确理解县委书记所说的全部内容，但是他们听得懂大致的意思，那就是黄家湾的美丽乡村建设搞得好，搞得妙，

值得全县学习，也值得向外地推广。

说到这里，张墨乘势而上：

"书记啊，还有一个事儿，村支书不敢开口，黄会说他们两口子也不好意思说。"

"什么事呀？尽管直说！"

"听村里书记说，黄家湾的3000多亩油茶园，是20世纪50年代集体组织开发的。但由于油茶市场一直没有形成，成熟的油茶籽始终没有找到深加工的终端，每年几十万斤都白白浪费了，老百姓心疼得舍不得，头疼得要不得。砍掉吧，田埂上和挂坡地上的油茶树最细的也有小碗口那么粗，乡亲们还舍不得；不砍掉吧，那些油茶果子掉在地上，走起路来绊脚不说，长起来的新树苗只能等到冬里砍下来当引火柴来烧，费劲费神费工夫，还影响了其他农作物的安种。眼下一晃，这六七十年过去了，现在城里人吃厌了豆油、菜油、花生油，对茶籽很是青睐，茶油成了抢手货。村里很想在县里的扶持下，让这个油茶基地起死回生，为老百姓再增加一条致富门路。"

县委书记听完，用诧异的目光缓缓地扫视着大家：

"我发现黄家湾人的目光真的不是一般的敏锐呀。今年年初，国家农业农村部刚发了文件，要求全国有条件的地区大力发展油茶产业。你们提出这个愿望和思路正当其时，我不仅支持你们的想法，还为你们敏锐地抢抓政策机遇感到惊叹。"说到这里，县委书记扭头对李主任讲："你回到县里之后，第一件事情就是跟荆山油脂有限公司的张总对接，要坚持一头服务企业发展、一头服务乡村振兴这个不能改不能变的基本原则和前提，支持鼓励他们用足用活国家油茶生产扶持政策，像他们在县里其他地方发展油茶生产一样，借助黄家湾群众的积极性和已有的基础条件，迅速把黄家湾这个油茶基地打造成全县规模最大、效益最好的典型。关于这件事情，你要跟踪负责，三天两头问地抓在手上，把我们的追求定位到春季有花夏有果，秋季流油冬

流金的最高目标上来。我们只要带着对老百姓的深厚情感抓落实、带着美丽乡村建设的日的使劲干，这个可以辐射全县农村文化旅游的示范工程和带动全县农民自主增收的支柱产业一定能够实现滚动发展的整体效应！"

县委书记说完，在座的干部及村民群情激昂。

不知不觉，已经是下午3点多钟。

县委书记决定返回县城。如果不是公务缠身，他很希望在这里逗留一下午，并且晚上跟老百姓拉拉家常谈谈心，然后住上一宿，用充分的时间在美丽乡村建设的方法途径和质量效益方面和黄会说及黄家湾的村民们畅所欲言地探讨一番。

二十五

2023年，注定是个不寻常的年份。

植树节的当天，彝水县荆山油脂有限公司总经理张传明亲自带领油茶种植技术人员进驻黄家湾，带着送技术、送种苗、送扶持资金和包管理、包收购的"三送""两包"方案，计划用1个月的时间完成原有老油茶树的修枝管理和空白地块的补栽。再用两个月的时间，按照旅游步行道的建设水准在林间合理设计作业道，全面布置"一业管总，多业统筹；企业牵动，农户联动；农旅结合，共同受益"的产业格局。

彝水县珍珠液酒业有限公司，是一家生产了80多年高端优质白酒的国有大型企业。而黄家湾这个地方远离城市喧嚣和工业化污染，被誉为"彝水县的天然氧吧"。黄家湾成功实施乡村振兴战略的消息传开之后，珍珠液酒业

公司认为机不可失，结合自身的产业需求，调整原材料进购的主要方向，不再舍近求远，帮助黄家湾种植"双千亩"优质小麦高粱，实行定向收购，为此，公司派专人带领种植技术专家深入田间地头进行指导，通过精选品种、守时播种、科学管控、有机施肥，全面实施全链条式的订单农业项目，让黄家湾的老百姓在自己的家门口就能坐着挣钱。

阳春三月，"中国作家新创作论坛彝水创作基地"在彝水县挂牌。来自全国的100多名作家来到黄家湾采风。

6月，中国报业协会组织全国100多家日报的副刊编辑来到黄家湾，以"我眼里的黄家湾"为题，拟在各自的副刊上推出散文诗歌专辑。

7月，曾经联袂创作过爱情歌曲《多情的彝水河》的词曲作者来到黄家湾进行歌曲创作，一首反映新时代乡村巨变的《乡村新曲》唱响神州大地：

头上的大雁骑着白云向天歌
南来的燕子衔着春泥住村落
绿油油的田野似画卷哟
数不清的牛羊哼着小曲逛山坡

你看四合院山上山下一座座
张家摆酒席啊李家笑呵呵
你看视频里儿女叫爹娘哟
城里姑娘跑到乡下找哥哥

还有快递哥走在田埂送包裹
小轿车村头村尾在穿梭
还有空调房里制冷暖哟

超市里扫码扫着农家好生活

儿时的桃李现在成了观赏果

妈妈的灶台现在没了大铁锅

爷爷告别了旱烟袋哟

乡下的后生好像城里小帅哥

你看广场上锣鼓喧天震山河

他在亮歌喉啊我在舞中乐

镰刀生了锈扁担睡大觉哟

送走了箩筐送走了日出而作

还有树上的鸟儿唱唱和和

篱下的菊花啊卿卿我我

还有芍药牡丹点头笑哟

多彩的蝴蝶飞舞着美丽传说

黄家湾红了，红遍了荆山山脉，红遍了汉水南北。这是新时代乡村巨变的感应与回声。它在浩瀚的苍穹标注着自己的红点，人们不需要寻找仰望的视角，放眼一顾便知它的坐标。

如今的黄家湾，恰似一道人间彩虹，闪耀出梦幻般的色彩……